Scarlet
스칼렛

www.b-books.co.kr

오늘만
널
사랑해

오늘만 널 사랑해

1판 1쇄 찍음 2018년 7월 31일
1판 1쇄 펴냄 2018년 8월 9일

지은이 | 여은우
펴낸이 | 정 필
펴낸곳 | (주)뿔미디어

기획 · 편집 | 박경희, 문지현
표지 디자인 | 김수진

출판등록 | 2002년 9월 11일 (제1081-1-132호)
주소 | 경기도 부천시 원미구 소향로 17, 303(두성프라자)
전화 | 032)651-6513 / 팩스 032)651-6094
E-mail | scarlets2012@hanmail.net
블로그 | http://blog.naver.com/dahyangs
비북스 | http://b-books.co.kr

값 9,000원

ISBN 979-11-315-9211-3 03810

오늘만
널
사랑해

여은우 장편 소설

Contents

1

유헌은 무뎠다. 축복인지 저주인지는 알 수 없었다. 무뎌서 많은 것을 잃었지만, 무뎌서 살아남을 수 있었기에.

많은 것을 잃은 사람의 아침은 늘 같았다. 햇빛이 그대로 투과되는 남색 커튼이 오늘도 쏟아지는 밝음을 막지 못했고, 솜이 죽은 이불과 잔뜩 눌린 베개도 변하지 않았다. 그의 방을 뒤덮고 있는 쓸쓸한 냄새도 똑같았다.

그래서 오늘 하루도 같으리라 생각했다.

— 야! 이 새끼야, 너는 핸드폰을 폼으로 들고 다니냐?

유난히 시끄럽던 벨소리가 유헌의 잠을 깨우기 전까지는.

"민재 형?"

— 하이고오. 누군지 바로 알아봐 주셔서 감사합니다. 전화를

9

열다섯 번이나 걸어야 받는 귀하신 분일 줄은 상상도 못 했네요.

"무슨 일인데 새벽부터 전화예요."

— 새벽 같은 소리 하네. 곧 있으면 12시다, 12시야.

유헌이 베개에 마구 얼굴을 비볐다. 이미 헝클어져 있는 머리를 더 엉망으로 만들고 나니 그제야 바닥에 있는 시계가 눈에 들어왔다. 민재의 말마따나 새벽이라 우기기에는 다소 무리가 있는 시간이었다.

— 유헌아. 형 부탁 좀 들어줘라.

"아니, 다짜고짜 전화해서 갑자기 뭔 부탁이에요?"

— 급하고 중요한 일이라 그래. 그리고 너만 도와줄 수 있는 일이야.

"지금 나처럼 쓸모없는 사람이 없는데 제가 형을 어떻게……."

해가 중천에 떠 있다고는 하나 아직 잠기운이 남아 몽롱한 상태였다. 유헌은 눈도 뜨지 못한 채 귓가에 울리는 목소리에 집중했다. 민재의 목소리가 여간 심각한 게 아니었다.

— 어떤 사람이 너를 경호원으로 꼭 쓰고 싶대.

"저를요?"

— 어. 꼭 너여야 한대.

"그게 말이 돼요?"

— 말이 안 될 건 뭐야. 너 겁나 유명한 국가대표 선수였어.

눈이 번쩍 뜨이는 말이었다. 유헌은 얼굴을 잔뜩 찌푸린 채로 민재의 말을 곱씹었다. 몇 번을 되짚어 봐도 말이 안 되는 상황이었다. 불명예스럽게 태극 마크를 반납한 게 어언 5년 전이었다. 단순히 그의 이름을 기억하는 사람이 있다고 해도 신기할 일인데, 경력까지 기억해 그를 찾는 이가 있다니. 믿기 힘들었다.

"손목 뭉개진 사격 선수를 누가 경호원으로 쓰고 싶어 해요."

— 인마, 요즘은 총 못 쏴도 경호해. 너 뭐 대통령 경호라도 하려고 그러냐?

"아니, 총 안 쓰면 저를 경호원으로 쓰려는 이유가 있을 리가 없잖아요. 확실한 거 맞아요?"

— 맞다니까. 나도 살짝 의심스러워서 이것저것 찾아봤는데 이상한 구석은 없어. 그리고 애초에 나한테 부탁한 사람도 내가 엄청 신뢰하는 형이야.

"정말요?"

— 아, 정말이라니까. 무조건 너여야 된대. 엄청나게 애타게 찾고 있대.

"아니, 왜요?"

— 그걸 내가 아냐? 근데 이쪽이 엄청 절박하게 나오는 데다가, 너한테 다 맞춘대. 해 달라는 조건 다 들어주겠대.

짧게 정적이 일었다. 민재는 유헌의 대답을 기다리는 중이었고, 유헌은 믿기지 않는 제안에 꿈을 꾸고 있는 건가 고민하느라 말을 할 수 없었다.

"형은 그게 말이 된다고 생각해요?"

— 혹시 아냐. 너의 광팬이었다던가, 이런 거일지.

"아니, 상식적으로 그게 말이······."

— 그 형이 나한테 얘기한 게 일주일 전이야. 너한테 다리 이상하게 놓는 걸까 봐 이것저것 찾느라 오늘까지 꾸물거린 거고. 확인해 봤는데 이상한 건 정말 없어.

"믿을 만한 거예요?"

— 아, 그렇다니까. 그리고 이쪽이 너무 절박하대. 오늘 그 형이 거의 울 것 같은 상태로 전화를 했어. 그 의뢰인이 너를 정말 미친 듯이 만나고 싶어 한대. 무슨 일이 있어도 너랑 그 사람이랑 만나야 된다고 다 죽어 가길래 내가 너 오늘 보낸다고 했어.

"아, 형!"

결국 유헌이 이불을 박차고 일어났다. 생판 모르는 사람과 강제로 만나게 된 상황이 여간 당황스러운 게 아니었다.

— 유헌아. 그간 너랑 내 정을 봐서라도 한 번만 나가 줘라. 내가 다 확인했어. 이상한 거 정말 없다니까?

"아니, 형. 그래도 그렇죠. 이렇게 갑자기 다짜고짜······."

— 내가 그 형한테 받은 게 워낙 많아서 그래. 내 체면 생각해서 한 번만 나가 줘. 문제 될 거 없을 거야. 나 이제 심사 들어가야 되거든? 만날 장소랑 시간, 문자로 보내 놓을 테니까 그거 확인해라. 끊는다?

"아, 형! 민재 형!"

폭풍이 휘몰아친 기분이었다. 유헌은 끊긴 핸드폰에 대고 몇 번이고 민재의 이름을 불렀다. 당연히 들려오는 목소리는 없었다.

말 그대로 날벼락이었다.

당황스러움에 눈만 껌뻑거리고 있을 때, 민재가 보낸 문자가 도착했다. 시간과 장소만 적힌 간결한 문자였다. 액정을 한참 들여다보다 결국 허탈한 웃음을 흘렸다. 납득하기 어려운 상황이었다.

오랜만에 연락이 오더니, 누군가가 간절하게 유헌을 찾고 있다는 소식을 알리고, 그의 의사와는 상관없이 덜컥 약속을 잡아 버렸다. 마음 같아서는 시원하게 상욕이라도 하고 싶지만, 서열이 확실한 체육계에서 가능한 일이지도 않을뿐더러 민재에게 신세 진 일이 너무도 많았다.

[유헌아, 눈 딱 감고 한 번만 만나 봐. 너한테 득이면 득이지 실일 것 같지는 않다.]

[부탁한다! 나 좀 살려 줘.]

유헌은 장소에 이어 도착한 문자를 몇 번이고 다시 읽었다. 그냥 무시하기에는 그에게도 염치라는 게 있었다. 선수 생활을 그만둔 뒤, 폐인처럼 하루하루를 보낼 때 온갖 뒤치다꺼리를 다 해 준 사람이 민재였다. 모두가 등을 돌린 후에도 유일하게 유헌의 곁에 남아 챙겨 준 이기도 했다. 그런 민재가 이렇게나 급작스럽게 체면까지 강조해 가며 부탁을 했으니 무시할 수 없었다.

"오후 5시. 익선동 J빌딩 915호라."

게다가 궁금했다. 대체 어떤 사람이기에 유헌을 기억하고 있는지, 대체 어떤 인연이 있기에 그렇게나 절박하게 찾고 있는지.

결국 그는 머리카락을 한 번 더 헝클이고는 자리에서 일어나 욕실로 향했다. 시간이 얼마 없었다.

"더럽게 구석진 곳에 있네."

허겁지겁 샤워를 하고, 헐레벌떡 옷을 차려입고 지하철로 달려 갔던 유헌의 얼굴이 잔뜩 구겨졌다. 민재가 전해 준 빌딩은 꽤나 굽이진 곳에 있었다.

유난히 밝은 길눈으로도 돌고 돌아 도착한 빌딩은 이질적이었 다. 고궁(古宮)을 품고 있는 동네의 고즈넉함이 잔뜩 묻어 있는 건 물인데도, 이상하게 주위와 어우러지지 않았다. 더 적나라하게 표 현하면 그냥 건물 자체가 이상했다.

"915호면 9층일 텐데."

일단 915호가 존재할 수 없는 구조였다. 나이에 어울리지 않게 손가락까지 써 가며 서너 번 세어 본 건물 층수는 분명 다섯 개였 다. 눈 씻고 찾아봐도 9층이 없었다.

"여기가 아닌가?"

잘못 찾아온 게 아닐까 생각해 봤지만 민재가 보내 준 주소지 는 분명 이곳이었다. 익선동에 있는 J빌딩은 이곳 하나였고, 안내 판도 이곳이 목적지임을 알리고 있었다.

"처음부터 꼬이네."

유헌의 한숨이 제법 컸다. 건물의 입구를 빤히 바라만 보던 그 는 결국 어렵사리 발을 뗐고, 괜히 곱아드는 손을 꽉 쥔 주먹으로 감춘 채 로비로 향했다. 작은 건물이었다. 몇 발자국 옮기지 않았는데 안내 데스크가 보였다.

그곳엔 각이 잡힌 유니폼을 입고 있는 사람 대신 찌든 피로가 묻어 있는 중년의 경비가 앉아 있었다. 경비는 다가오는 유헌을 보면서도 입을 떼지 않았다. 그저 눈으로 용무를 물었다.

"혹시 915호가 이 건물에 있나요?"

경비의 눈빛에서 한심함이 보였다. 질문을 던지기는 했지만, 유헌 역시 참 바보 같은 물음이라 생각했다. 5층짜리 건물에서 915호를 묻다니. 얼굴로 열이 몰렸다.

"5층 제일 안쪽."

"예?"

"5층에서 내려서 제일 끝."

유헌은 몇 번이고 눈을 깜빡이다 고개를 꾸벅 숙였다. 용건이 끝났음을 안 경비가 조금의 미련 없이 시선을 돌렸다. 5층짜리 건물에 정말 915호가 있을 줄이야.

엘리베이터 앞으로 향하면서도 고개를 갸웃거렸다. 흔한 일은 아니지 않나. 그게 아니면 모르는 새에 이런 게 새로운 유행이라도 된 건가.

느릿하게 내려온 엘리베이터는 더 느릿한 속도로 올라갔다. 많이 들어 본 목소리가 5층임을 알리고, 천천히 문이 열렸다. 모든 게 느렸다.

"제일 안쪽……."

그새 엘리베이터의 속도가 전염되기라도 한 건지, 아니면 잠재의식 속의 두려움이 유헌의 발을 늦추고 있는 건지, 그의 발걸음이 느려졌다. 민재가 봤더라면 달팽이 새끼라며 혀를 끌끌 찰 만한 속도였다.

"505, 506, 507……."

작은 건물은 생각보다 방이 많았다. 유헌의 발걸음에 따라 커지던 숫자는 끝으로 가자 형태를 아예 뒤바꿨다.

"915."

915호는 509호 옆이었다. 처음부터 915호는 아니었는지, 호수를 알리는 푯말이 다른 방들과 달랐다.

「초인종이 고장 났어요. 두드려 주세요.」

915라는 숫자를 한참이나 들여다보다 더 아래로 시선을 옮기니 단정한 글씨가 적힌 작은 칠판이 보였다. 문에 대롱대롱 매달려 있는 팻말치고는 꽤나 정성이 가득했다.

"뭘까."

유헌은 목소리를 내는 일을 별로 좋아하지 않았다. 듣고 나면 누구든 돌아볼 법한 매력적인 저음을 가지고 있음에도, 말을 꺼내는 일 자체를 꺼렸다. 구겨진 얼굴로 핸드폰 화면을 눈에 담았다. 4시 58분이었다. 그는 숨을 크게 들이쉰 다음, 모조리 뱉어 내고 문을 두드렸다. 어느새 오른손보다 편해진 왼손 주먹이 소리를 냈다.

"안에 아무도 없어요?"

머뭇거림과 싸우다 겨우 용기를 냈건만, 몇 번이나 두드려도 답이 없었다. 결국 유헌은 두드림을 멈추고 크게 목소리를 냈다. 오랜만에 마신 바깥공기가 폐부로 가득 차자 기분이 이상했다.

"누구세요?"

유헌이 모르는 새에 약속이 파투 나기라도 한 건가 진지하게 고민할 때쯤, 여자의 목소리가 문 너머로 들려왔다.

"이유헌이라고 하는데요. 경호 관련한 일로 약속이 돼 있습니다."

다급한 발걸음 소리가 나더니 얼마 있지 않아 문이 열렸다.

"들어오세요. 벌써 5시구나. 몰랐네."

여자는 쾌활했다. 뿜어내는 분위기도 밝았다. 그러나 한 번도 만난 적 없는 여자였다. 어려서부터 기억력 하나는 비상했던 유헌이었다. 사람 얼굴 외우는 일에는 타의 추종을 불허했다. 그러나 지금 그가 마주하고 있는 여자는 그의 데이터에 존재하지 않는 사람이었다.

민재의 말대로 정말 광팬이기라도 했던 걸까. 실없다는 생각도 잠시, 온갖 가능성이 머릿속에 뭉게뭉게 피어났다.

"저를 엄청 찾으셨다고……."

"아, 네. 근데 그분은 제가 아니라 저희 아가씨예요."

"아가씨요?"

"네. 지금 잠깐 볼일이 있어서 나가셨는데, 금방 오실 거예요. 차 한잔 드릴까요?"

"괜찮습니다."

꼬리에 꼬리를 물던 생각은 '아가씨'라는 단어에 단숨에 정리
됐다. 본능적으로 한 여인이 떠올랐다. 불가능한 일이라는 것을
알면서도, 쌓여 있는 기억에 몸이 먼저 반응했다.

유헌이 차를 거절하자 여자는 작업실 안쪽에 있는 소파로 그에
게 자리를 권했다. 복도 비스무리하게 생긴 통로를 지나자 커다란
창이 보였다. 거의 벽 전체를 덮고 있었다.

커다란 창 앞에는 책상이 하나 있었다. 창을 마주 보고 있는 책
상에는 온갖 종이 더미와 컴퓨터가 한 대 놓여 있었다. 그 옆에는
하얀 소파가 있고, 소파 왼쪽 벽에는 책이 빼곡하게 꽂힌 붙박이
책장이 있었다.

소파 위에는 푸른 바다가 그려진 그림이 한 점 걸려 있었다. 그
림이 담고 있는 바다의 푸름은 자연스레 큰 창이 품고 있는 하늘
의 푸름과 이어졌다.

눈앞에 펼쳐진 풍경이 무서울 정도로 익숙했다. 인생에서 가장
행복했다 자부할 수 있던 시절, 그의 눈에 들어차던 분위기와 색
감이었다. 하늘과 바다라면 사족을 못 썼던 사람, 그래서 하늘과
바다를 닮은 색을 보면 언제나 웃었던 사람.

유헌이 감히 그의 세상이었노라 자부하는 사람이 만들어 내던
공간과 너무도 똑같았다.

"늦어서 죄송해요. 이유헌 씨 맞으신가요?"

참 오랫동안 듣지 못했던 목소리가 닿아 오자 유헌의 몸이 빳

빳해졌다. 그에게 문을 열어 줬던 여자의 목소리가 아니었다. 유헌은 딱딱하게 굳은 채 조금도 움직이지 못했다.

몸을 돌려 상대를 확인하고, 인사를 하며 자신을 소개해야 하는데, 목소리의 주인을 눈으로 확인할 자신이 없었다. 아주 오랜 시간 듣지 못했지만, 단 한 순간도 잊지 못한 목소리였다. 눈을 떠도, 감아도 아른거려서 수도 없이 죽고 싶다는 생각을 하게 했던 목소리기도 했다.

"이유헌 씨?"

결국 유헌은 천천히 몸을 돌렸다. 떨림을 감추기 위해 쥔 주먹이 하얗게 질릴 정도로 온몸에 힘이 들어간 상태였다.

"이유헌 씨 맞으신 거죠?"

뒤로 돌아 마주한 광경에 아무런 말도 할 수 없었다. 시공간이 멈춘 기분이라면 설명이 될까. 유헌을 둘러싼 공기의 흐름이 멈추고, 귓가에 울렸던 목소리가 잘게 쪼개져 계속해서 맴돌았다. 얼굴은 하얗게 질린 지 오래였고, 잔뜩 긴장했던 손은 힘이 풀려 덜덜 떨리는 중이었다.

"아니신가요?"

꿈을 꾸고 있다고 생각했다. 현실이 아니라고 눈치채지 못할 만큼 생생한 꿈을 꾸고 있는 게 분명했다. 그게 아니고서야 설명이 되지 않았다.

"저는 서이영이라고 합니다. 이유헌 씨 뵙고 싶어서 지인분께 부탁한 사람이요."

꿈이 아니라면, 기억을 잃었다는 이유로 멀어진 옛 연인이 그의 눈앞에 있을 리 없었다.

▲▽▲

유헌이 이영을 처음 만난 건 열일곱이었다. 성당 소속의 고아원에서 후원 행사가 열린 날이었다. 유헌은 그곳에 살고 있는 고아였고, 이영은 후원회장인 국회의원 서인겸의 딸이었다.

'저기, 혹시 여기 바오로관이 어딘지 아세요?'

'네?'

'바오로관에 가야 하는데 어딘지를 몰라서요.'

'아……. 저쪽으로 쭉 가서 커다란 나무 뒤쪽으로 꺾어지면 나와요.'

첫 대화는 웃음이 날 정도로 별게 없었다. 아버지의 자선 활동에 동원된 부잣집 아가씨는 길을 몰라 헤매는 중이었고, 세상이 무료한 소년은 평소처럼 성당 주위를 배회하던 중이었다.

'고맙습니다.'

어린 유헌의 눈에 이영은 천사 같았다. 보자마자 '예쁘다'는 소리가 절로 나왔다. 호르몬이 폭발하는 나이에도 이성에는 눈곱만큼도 관심이 없던 유헌이건만, 이영을 본 순간에는 심장이 콩닥거렸다.

고개를 살짝 숙이며 고마움을 표현한 이영이 멀어질 때까지,

유헌은 멍하니 그녀의 뒷모습을 바라봤다. 새하얀 피부도, 커다란 눈망울도, 새빨갛던 입술도, 생생하게 아른거렸다. 난생처음 느낀 감각이었다.

'이유헌!'

'신부님?'

'야, 인마. 내가 너 찾다가 마른다, 말라. 빨리 안 올래?'

이영에게 홀려 멍해져 있을 때, 잔뜩 애탄 표정의 요셉 신부가 유헌을 질질 끌고 갔다.

'오늘 후원의 밤이라 증서 받고 사진 찍어야 된다고 내가 몇 번 말했냐. 응?'

'아……. 그거 오늘이에요?'

'오늘이에요? 그래 오늘이다, 인마! 빨리 와!'

귀 한쪽이 잡혀 질질 끌려가는 방향이 익숙했다. 유헌은 그제 야 정신을 차리고 요셉 신부에게 물었다.

'요셉 신부님, 행사 바오로관에서 해요?'

'한 일주일은 설명하지 않았니?'

이름 모를 예쁜 여자애가 묻던 곳과 같은 곳에 간다니. 유헌은 곧장 신부의 손아귀에서 벗어나 옷매무새를 정리했다. 갑작스런 행동에 그를 향해 의심의 눈초리가 쏟아졌지만, 유헌은 특유의 해맑은 미소를 지어 보이고는 제 발로 앞장서 나갔다.

'신부님! 늦어요! 얼른 가야죠!'

'어쭈?'

바오로관 안으로 들어가니 유헌을 기다리고 있던 수녀들의 손놀림이 바빠졌다. 그가 대충 매무새를 다듬은 것과는 비교가 되지 않게 말끔해졌다.

'유헌아. 정신 똑바로 차리고 행동 잘해야 돼. 너한테 둘도 없는 기회야.'

유독 유헌을 아끼던 글라라 수녀는 같은 말을 계속해서 반복했다. 거물 정치인이 꽤 큰돈을 들여 투자하는 자선사업이었다. 스포츠 인재 육성을 위한 노력이라며 선수층이 얇은 분야에 소외계층 아이들을 끌어들였다.

공문이 내려오자 고아원의 모든 사람들이 너도나도 유헌을 찾았다. 당장 내년이면 이곳에 더 머무를 수 없는 아이인지라 걱정이 쏟아지기도 했고, 무엇보다 어렸을 때부터 그의 운동신경이 워낙 좋았다.

여러모로 조건이 들어맞으니 후원자 쪽에서도 빠르게 승낙했다. 정작 유헌 본인은 지금 벌어지고 있는 상황에 딱히 관심도 없고 생각도 없는지라 몰랐지만, 글라라 수녀의 말대로 둘도 없는 기회였다.

일단 후원하겠다고 이름을 밝힌 국회의원이 한창 주가를 올리고 있는 '서인겸'이었고, 유헌이 몸 담그게 되는 분야도 '사격'이었다. 듣도 보도 못한 경기도 아니고, 한국 선수가 좋은 성적을 냈던 종목이었다.

그러니 유헌이 잘만 해서 태극 마크라도 달게 된다면, 너무 이른 나이부터 드리워져 있는 인생의 어둠을 조금이라도 물러가게 하리라고 믿었다. 유헌 말고, 유헌을 둘러싼 이들이 그렇게 믿었다.

'아니, 국가대표 다는 게 쉬운 것도 아니고 뭐 어떻게 될 줄 알고 기회래요.'

'열심히 하면 되지!'

퉁퉁거림에 따끔한 잔소리가 쏟아졌다. 글라라 수녀의 한마디에 다른 수녀들의 거드는 말이 더해졌다.

유헌은 그 어린 나이에도 무척이나 냉소적이었다. 노력이면 다 된다는 말은 믿지 않았다. 세상에는 개인의 노력으로 해결할 수 없는 것들이 너무 많았고, 그는 누구보다 그 사실을 잘 알았다.

오로지 노력대로 세상이 굴러가면 유헌에게도 멀쩡한 부모가 있었을 테니.

'이쪽입니다, 의원님.'

열심히 해도 소용없는 게 있다며 툭 한마디 던지려는 순간, 원장 신부가 처음 보는 얼굴과 함께 나타났다.

'유헌아, 인사드리렴. 오늘부터 너를 후원해 주실 서인겸 의원님이시다.'

다닥다닥 붙어 있던 수녀들이 뒤로 자리를 비키고, 사람 좋은 얼굴을 한 중년의 남자가 익숙하게 악수를 청했다.

'네가 유헌이니? 훤칠하게 잘생겼네.'

얼떨결에 내민 손을 마주 잡으니 인겸의 얼굴이 더 환하게 변했다. 누가 봐도 인자한 미소였지만, 유헌은 어쩐지 그가 떨떠름했다. 쏟아지는 원장 신부의 눈빛 때문에 그런 내색은 할 수 없었지만.

'어?'

인겸에게 머물렀던 시선은 그의 뒤에 선 여자아이에게로 옮겨졌다. 내내 아른거린 얼굴이었다. 이영 역시 유헌을 다시 보리라고는 생각하지 못했는지 안 그래도 커다란 눈이 더 커져 있었다.

'아는 사이니?'

'아까 제가 여기로 오는 길 물어봐서 그때 봤어요.'

이영은 차분하게 대답했고, 잠시 굳어졌던 인겸의 얼굴은 금세 풀어져 다시 활짝 웃는 낯을 유지했다.

'둘이 미리 만났다니 신기하구나. 이 아이는 내 딸이다. 서이영이야. 유헌이 너랑 나이가 같단다.'

유헌은 이영의 이름을 몇 번이고 곱씹었다. 이름이 참 잘 어울린다고 생각했다. 가까이서 마주하니 심장이 더 빠르게 뛰고, 얼굴에도 열이 몰리는 게 느껴졌다. 괜한 부끄러움에 눈을 피하고 싶은데, 동시에 계속해서 얼굴을 보고 싶어 시선을 돌리지도 못했다.

'그럼 행사 시작하러 가 볼까요?'

'예, 의원님. 유헌아, 너도 얼른 오거라.'

두 아이 사이에 흐르는 기류가 마음에 들지 않았던 건지, 인겸은 서둘러 유헌과 이영을 떨어뜨려 놓았다.

그 이후에 이뤄진 행사는 평범함 그 자체였다. 유헌과 인겸이 장학 증서를 사이에 두고 사진을 찍고, 원장 신부를 껴서 셋이 사진을 한 번 더 찍고, 기자들과 몇 가지 인터뷰를 하고 끝이 났다.

흥미로운 점이라고는 이영과 유헌이 끊임없이 서로를 훔쳐봤다는 것밖에는 없었다.

유헌은 한참이 지나도록 이영과의 첫 만남을 잊지 못했다. 이 순간이 유헌의 세상이 온통 이영으로 바뀐 순간이었으니까.

기억하고 싶지 않은 그날의 사고로 이영과 헤어지고, 몇 년 동안 아무런 소식도 듣지 못한 채 그리워만 하고 있을 때도, 유헌은 이영을 사무치게 그리워했다.

보고 싶었다. 그가 기억하는 이영의 마지막은 스물셋이었으니, 그 이후의 이영은 어찌 되었을지, 지금은 어떤 모습으로 웃고 있을지 무척이나 보고 싶었다.

모든 것이 무너지고, 모든 것을 내려놓은 상태에서도 이영에 대한 그리움만은 온전히 버리지 못했다. 하루도 그녀를 그리지 않은 날이 없었다. 매일같이 곱씹었고, 매일같이 상상했다.

그토록 그리워했던 대상을 이렇게 만나게 되자, 유헌은 그저 멍하니 입만 벌린 채 아무런 말도 하지 못했다. 그가 마주하고 있는 이영은 오랫동안 그려 왔던 모습과 정확히 일치했다. 시간이 만들어 준 분위기가 더해진 이영은 눈물이 고이도록 아름다웠다.

"이유헌 씨? 혹시 어디 아프신가요? 지금 안색이 너무……."

유헌이 바짝 언 채 아무런 말을 하지 못하자 이영이 그에게로 천천히 다가왔다. 그는 내쉬는 숨조차 가둬 버린 채 다가오는 이영을 바라봤다.

하마터면 손을 뻗어 볼을 그러쥘 뻔했다. 떨리는 손으로 부드러운 얼굴을 감싸고 한참이나 어루만지고 싶었다. 오래전 그랬던 것처럼. 그러나 그렇게 할 수 없었다. 유헌은 그와 이영의 마지막이 어땠는지 똑똑히 기억했다.

"괜찮습니다."

"아, 다행이네요. 혹시 어디 아프신 줄 알고 걱정했어요. 아프신 거면 말씀해 주세요. 무리하지 않으셨으면 좋겠어요."

"전혀 아프지 않아요. 걱정 안 하셔도 됩니다."

"제가 이유헌 씨를 왜 찾았는지 궁금해하실 것 같은데, 얘기가 길어질 것 같으니 일단 앉을까요?"

이영이 유헌에게 자리를 권했다. 유헌은 뭔가에 홀린 듯이 이영을 바라보다 그녀의 손짓을 따라 자리에 앉았다. 그녀와 테이블을 사이에 두고 마주 앉아 있는 상황이 믿겨지지 않았다.

"혹시 저를 예전에 보신 적 있나요?"

조심스럽게 던져진 질문은 그대로 유헌의 가슴에 꽂혀 그의 심장을 후벼 팠다. 이영이 모든 기억을 잃었다는 게 실감이 났다. 이영의 머릿속에 유헌과의 추억은 존재하지 않았다. 그가 그녀를 아는지조차 남아 있지 않아 저렇게나 떨리는 목소리로, 저렇게나 떨리는 눈으로 물어 올 정도였다.

"……네. 있습니다."

잔뜩 잠긴 목소리로 유헌이 답했다. 단순히 본 적만 있는 사이가 아니었다. 절절하게 사랑했고, 누구보다 애달아 했고, 서로가 세상의 전부였다.

"그러면…… 제가 기억을 아예 잃어버린 것도 아시나요?"

당장이라도 눈물이 차오를 것만 같아서 유헌이 이를 악물었다. 그는 크게 숨을 들이쉰 뒤 고개를 끄덕였다. 사고 소식을 전해 듣고 그대로 뛰쳐나가 병원으로 달려가던 기억이 생생했다.

"네. 알아요."

목소리가 잘게 떨려 왔다. 티 내지 않으려 무척이나 애를 썼건만, 오랜만에 만난 연인 앞에서는 수많은 각오도 무용지물이 됐다.

"기억을 되찾으려고 노력 중인데, 제가 열여덟에 썼던 일기장을 발견했어요."

"일기장이요?"

"기억을 찾을 수 있는 단서가 없어서 찾을 엄두도 내지 못하다가 최근에 조금이나마 흔적을 찾았거든요."

유헌의 눈동자가 마구 흔들리자 이영은 틈을 놓치지 않고 바로 이야기를 쏟아 냈다.

"근데 있는 거라고는 일기장 하나라서……. 여기에 이유헌 씨 이름이 많이 나와서 혹시 하는 마음에 검색해 봤다가 유헌 씨가 제 아버지랑 같이 사진을 찍은 걸 보고 연락드렸어요."

처음 유헌을 만났다던 날 이후로 그의 이름은 하루도 빠지지 않고 일기에 등장했다. 이영의 일기장이 아니라 유헌의 일기장이라고 해도 믿을 만큼 그에 대한 얘기들로 가득했다.

오래도록 좋아한 사람이었을까, 아니면 아주 친한 친구였을까. 혼자 고민하던 이영은 혹시나 하는 마음에 그의 이름 석 자를 인터넷에 검색했고, 사진 속에 있는 남자의 정보가 곧장 쏟아졌다. '전 사격 국가대표'라는 설명과 함께 올림픽에서 딴 메달이 나열되어 있었다.

사격 메달리스트와의 접점이 있기는 힘드니 동명이인이 아닐까 했던 의심은 얼마 가지 않았다. 아버지인 인겸의 후원 증서를 받은 사진이 오래된 뉴스 자료로 남아 있었다.

사진을 보자마자 다짜고짜 유헌을 아는 자를 수소문하기 시작했다. 쉬운 일은 아니었으나, 이영에게는 정보를 살 수 있는 돈과 인맥이 있었다.

유헌의 근황을 알아낸 뒤에는 곧장 그를 만나기 위한 명분을 만들었다. 사격 선수들이 경호 업무로 빠지는 건 일반적인 수순이었으니, 경호원을 구한다는 이야기를 흘리며 유헌을 콕 집어 요구했다.

"제가 잃어버린 기억을 다 알고 계시는 분 같아서 유헌 씨를 어떻게든 만나 뵙고 싶었어요."

이영의 목소리가 살짝 떨렸다. 그녀의 예감은 적중했다. 유헌은 이영이 잃어버린 기억을 모두 기억했다. 잊을까 두려워 매일같이 곱씹었으니.

"저한테…… 제 기억을 알려 주실 수 있을까요?"

조심스러운 질문 앞에서 유헌이 굳어 갔다. 모두 쏟아 낼 수 있었다. 처음 만난 열일곱의 그날부터 처음으로 나눴던 키스, 처음으로 나눴던 밤, 서로에게 붙어 속삭이던 밀어, 전부 나열할 수 있었다.

그러나 모든 사실을 말하면 이영은 다시 또 유헌에게 묶여야 했다. 마음 같아서는 제 품에 가두고 세상으로부터 그녀를 격리시키고 싶지만, 이영은 다른 세계에 사는 사람이었다.

잠룡이라 불리던 거물급 국회의원은 이제 대선 후보가 되어 차기 대권을 노리고 있었다. 이영은 그런 이의 딸이었고, 결혼마저도 하나의 사업이 되는 세상 속에 살았다.

총을 잡다 손을 잃은 천애고아와는 이뤄질 수 없는 사이였다.

"죄송합니다."

그래서 유헌은 다시 또 도망쳤다. 그토록 그리워하던 사랑이 다시 그를 찾았음에도, 그토록 애달아 하던 사랑과 드디어 마주했음에도, 그는 다시 등을 보였다.

"고등학교 시절에 친했던 건 사실이에요. 이영 씨 아버지께 후원받아서 운동했었거든요. 그렇지만 이후에는 교류가 없었습니다."

유헌은 표정을 지워 내고 거짓말을 했다. 이영은 아무것도 기억하지 못하니 그의 거짓말을 알아챌 수 없을 거라 생각했다.

그녀를 마지막으로 봤던 날의 기억이 겹쳐지면서 또다시 가슴이 저릿해졌지만, 이를 악물고 버렸다. 차라리 유헌 혼자 아픈 편이 나았다. 모든 진실을 알고 나면 이영 역시 힘들어질 터였다. 원하지 않는 전개였다.

"별다른 도움이 못 될 거예요. 이영 씨에 대해서는 서인겸 의원님 때문에 굵직한 소식을 들었던 게 전부입니다. 부탁하신 일은 제가 맡을 게 못 되네요."

유헌은 말을 마치자마자 자리에서 일어났다. 이영의 모습이 계속 눈에 밟혔지만 다른 방도가 없었다.

"이유헌 씨!"

잡아채는 목소리가 들려왔지만, 유헌은 도망치듯 작업실에서 뛰쳐나왔다.

'지금이 멀어질 수 있는 유일한 기회다.'

'……의원님.'

'지금이 마지막이야.'

5년 전, 끔찍하던 마지막의 기억이 유헌을 덮쳤다. 이영으로부터 멀어질 수 있는 유일한 기회라며 그를 밀어내던 인겸의 목소리가 생생하게 되살아났다.

유난히도 느린 엘리베이터가 속을 태웠지만, 유헌은 이영에게 붙잡히지 않고 건물 밖으로 향할 수 있었다. 가을 저녁의 쌀쌀함이 몸을 시리게 했지만, 애달픔에 얼어붙은 마음 탓인지 그리 춥게 느껴지지 않았다.

누가 쫓아오는 것도 아닌데, 집으로 돌아가는 내내 발을 재촉했다. 좁은 방 안에 들어오고 나서야 숨통이 트였다.

한 걸음 한 걸음에 이영의 얼굴이 맺혔지만, 잊어야 할 모습이었다. 5년간 어떻게든 버텼으니 오늘의 기억으로 더 오랜 세월을 버티면 되리라고, 유헌은 그렇게 스스로에게 되뇌었다.

[어떻게 됐냐.]

[잘했어?]

삐걱대는 침대에 몸을 던지고 나니 민재로부터 문자가 왔다. 답장할 여력이 없어 핸드폰 전원 버튼을 꾹 눌렀다. 눈을 뜨고 있어도, 눈을 감고 있어도 아른거리는 이영의 상(像) 때문에 아무것도 할 수가 없었다.

차라리 잠이라도 들면 좀 나을까 싶어 식탁 위의 약상자를 들췄다. 손목이 총을 거부하고, 이영과 헤어지게 된 이후로부터 지독한 불면과 싸워 왔다. 약이 없이는 잠을 잘 수 없었다.

턱턱 막혀 오는 숨이 시야를 까맣게 가려 갈 쯤, 난데없이 초인종이 울렸다. 민재와 고아원 식구들을 제외하고는 외부와 철저히 단절된 삶을 사는 유헌이었다. 찾아올 이가 없었다.

"누구세요?"

깨질 듯 아파 오는 머리 때문에 신경질적인 목소리가 나갔다.

"……서이영입니다."

유헌은 그의 귀를 의심했다. 믿을 수 없어 인터폰을 다시 확인하니 분명 이영이었다. 걱정과 불안함이 가득 서린 얼굴이 문이 열리기만을 기다리고 있었다.

"대체 여긴 어떻게……."

곧장 문을 열었다. 어떻게 알고 찾아온 거냐는 물음은 끝맺지 못했다. 이영이 울고 있었다. 어디서부터 울면서 온 건지 눈은 이미 새빨개져 있고, 유헌과 마주친 눈동자는 마구 흔들리는 중이었다.

"갑자기 찾아와서 죄송해요. 이렇게 무턱대고 집 알아내서 찾아오는 거 실례라는 거 아는데, 제가……. 제가 너무……."

잔뜩 잠긴 목소리는 연신 눈물만 훔쳐 낼 뿐, 쉽게 말을 잇지 못했다.

"사실 일기장에서 이 사진을 발견했어요."

유헌이 당장이라도 손을 뻗어 눈물을 닦아 주고 싶다는 충동과 싸우는 동안, 이영은 떨리는 손으로 빛바랜 폴라로이드 사진 한 장을 내밀었다.

유헌과 이영이 함께 찍은 사진이었다. 둘 다 코와 볼에 생크림을 묻힌 채 활짝 웃고 있었다. 이영이 유헌에게 몸을 바짝 기댄 채로 두 팔로 그의 허리를 감고, 유헌 역시 이영을 감싼 모습이었다.

시간의 흔적이 묻어 있는 사진에는 바랜 잉크로 '2012. 03. 22.'라는 글자가 적혀 있었다. 그날은 유헌의 스물두 번째 생일이었다.

'제대로 찍히는 건 맞아?'

'맞다니까!'

'어디 봐야 돼? 여기?'

'음…… 아마 맞을걸?'

'뭐야, 서이영. 아무것도 모르고 사 온 거야?'

'아, 어떻게든 찍히겠지! 얼른 봐! 얼른! 나 찍는다?'

어디를 보고 찍어야 하는지도 모른다면서 무작정 안겨 오는 이영이 사랑스러워서, 그녀가 셔터를 누르든 말든 그저 이마에 입을 맞추기 바빴다. 지금 생각해도 손끝이 아릿해질 정도로 행복하고, 그리운 기억이었다.

"이 사진을 보면 사귀던 사이인 게 분명한데……. 제가 기억을 하나도 못 하니까 어떻게 된 건지 도무지 물어볼 수가 없었어요."

사진 속의 모습은 누가 봐도 서로를 사랑하는 연인의 모습이었다. 그러니 고등학교 시절 이후 아무런 접촉이 없었다는 거짓말은 진작 들켰다는 뜻이었고, 정확한 사정은 몰라도 유헌이 옛 연인이었다는 사실을 이영이 알고 있다는 뜻이기도 했다.

"우리가 어떻게 헤어졌는지도 모르고, 그래서 유헌 씨한테 제가 끔찍한 기억인지 어떤 건지 알 수 없지만, 지금 제 상황이 너무 절박해요."

"이영 씨, 우리는……."

"제발 도와주세요."

그러나 유헌에게는 그녀를 밀어내는 선택지만 존재했기에, 어떻게든 이영을 밀어내고자 했다. 아주 호되게 싸우고 헤어졌다는 거짓말이라도 늘어놓으려 했건만, 뒤따르는 이영의 말이 지나치게 애절했다.

"제발 제가 기억을 찾게 도와주세요."

눈물범벅이 된 얼굴이 계속 눈에 밟혀서 차마 도와주지 못한다는 말이 입 밖으로 나오지 않았다. 유헌은 짙은 한숨을 뱉으며 거절 대신 물음을 던졌다.

"왜 기억을 찾아야 하는데요? 왜 갑자기 찾으려고 하는 거예요."

이영은 답을 내놓지 못하고 입술을 짓이겼다. 시선을 내린 그녀는 고개를 숙인 채로 그저 울기만 했다.

"그냥……. 그냥 한 번만 아무것도 묻지 말고 도와주시면 안 될까요."

"……."

"제발, 제발 한 번만……. 한 번만요."

이유를 말하기 전까지는 도와주지 못한다거나, 헤어진 연인에게 찾아와 할 부탁은 아니라든가, 하는 수만 가지 거절의 이유가 있었다. 그러나 유헌은 이영에게 매정하게 돌아가라 하지 못했다. 그녀의 작업실에서 애써 거짓말을 하고 뒤돌아 나온 노력이 무색할 정도로.

"부탁드릴게요. 원하는 거 다 해 드릴 수 있으니까, 제발 한 번만 도와주세요."

결국 유헌은 무너졌다. 하얗게 질리도록 꽉 힘을 준 손이 풀어지고, 애써 만들어 냈던 단호한 목소리 역시 사라졌다.

"……도와줄게요. 찾을 수 있게."

결국 받아들이면 살이 깎이는 건 그 자신이라는 사실을 알면서
도, 그는 이영을 밀어내지 못했다. 10년 전 그 순간처럼.

2

한숨도 자지 못했는지 두 눈이 퀭했다. 유헌이 돕겠다 답하자마자 이영은 그대로 주저앉았다. 온몸에 힘이 풀린 그녀를 부축해 겨우 차에 태웠다. 빨간색 벤틀리였다. 기억을 잃어도 취향은 변하지 않는 건지, 여전한 모습에 괜히 웃음이 났다.

이영은 하도 울어 얼굴이 통통 부어서는 유헌의 갈 길을 걱정했다. 택시를 타면 된다고 몇 번이나 이야기를 하고 안심을 시키고 나서야 그녀를 데려다주고 그의 작은 방으로 돌아올 수 있었다. 예전과 똑같았다.

외투를 던지듯 벗어 놓고 벽에 기대자마자 후회가 밀려왔다. 유헌에게 있어 이영은 불가항력이었다. 그녀 앞에만 서면 그가 가진 의지는 순식간에 물거품이 되곤 했다.

밀어냈어야 하는데, 어떻게든 외면했어야 하는데. 그래야 이영 역시 더 이상 아프지 않았을 텐데. 아무 소용 없는 후회를 하며 머리를 박으니 아침이었다.

이영은 당장 오늘부터 그녀의 작업실에 찾아와 달라 부탁했다. 지금이라도 모든 연락처를 없애고 거취를 옮겨 이영으로부터 멀어져 볼까 생각했지만, 그럴 때마다 어젯밤 울고 있던 그녀의 모습이 아른거렸다.

결국 유헌은 지하철 3호선에 몸을 실었다. 출근 시간도, 점심 시간도 아닌 어정쩡한 시간대에도 사람들로 꽉 차 있었다. 경복궁 역이라는 알림에 맞춰 지하철에서 빠져나왔다.

그래도 한 번 와 본 길이라고 지리가 제법 익숙했다. 대로변에서 좁은 골목길을 따라 움직이니 J빌딩이 나왔다. 이제는 915호가 어디냐 묻지 않고 곧장 5층으로 가는 엘리베이터에 탔다.

막상 문 앞에 서니 쉽게 문을 두드릴 수 없었다. 이미 물을 엎질러 놓고도 여전히 흔들렸다.

"유헌 씨! 오셨네요!"

그러나 그 망설임은 활짝 문을 연 이영으로 인해 금세 사라졌다. 화들짝 놀란 유헌의 몸이 들썩이고, 이영은 그의 모습을 보며 엷게 웃었다.

"복도에서 사람 오가는 소리가 들리거든요. 이 층에는 저만 들어와 있어서 소리가 들리면 전부 제 손님이에요."

"아……."

"근데 문을 안 여시길래……."

"그……. 초인종을 찾느라고……."

말도 안 되는 변명이라는 걸 유헌과 이영 모두 알았지만, 서로 모른 척하며 넘어갔다. 둘 사이에 놓인 어색함과 불안감을 하나하나 집어내기에는 시간이 지나치게 모자랐다.

"커피 괜찮으세요?"

"그냥 물 한 잔이면 돼요. 커피를 안 마셔서요."

오랜 운동으로 인해 웬만한 음료는 피해 왔다. 사격을 그만둔 지 햇수로 따지면 어언 6년이건만, 몸에 밴 습관은 쉽게 사라지지 않았다.

아무렇지 않게 커피를 권하는 모습에서 이영이 기억을 잃었다는 사실이 다시 실감이 났다. 이영은 유헌보다 더 극성맞게 그가 먹을 음식을 챙겼다. 혹시 도핑에 걸릴 만한 성분이 들어간 제품은 없는지, 몸에 좋지 않은 음식은 없는지, 늘 눈에 불을 켜고 살피고는 했다.

어디 가서 아무거나 함부로 받아 마시지 말고 물만 마시라는 이야기를 했던 것도 이영이었다. 무서운 척을 하느라 눈썹에 잔뜩 힘을 주던 표정이 떠올라 유헌도 모르게 살짝 웃음이 샜다. 이영은 늘 인정하지 않았지만, 유헌에게는 전혀 무섭지 않고 마냥 사랑스러운 얼굴이었다.

유헌에게 이영은 그런 존재였다. 잠깐 떠올리는 것만으로도 웃게 하는 사람.

"갑자기 찾아가서 정말 죄송했어요. 생각해 보니까 죄송하다는 말씀도 제대로 못 드렸더라고요."

물을 내놓는 얼굴에 미안함이 가득했다. 유헌은 괜찮다며 그녀를 달랬다.

"기억은 어떻게 도와드리면 돼요?"

물을 한 모금 넘기고, 곧장 본론을 시작했다. 이영과의 사이에서 어색함이 흐르는 분위기를 버텨 내는 게 싫기도 했고, 이영이 생각하고 있는 방식을 알아야 유헌 나름대로 큰 그림을 그릴 수 있었다.

"그냥 뭐든지 말씀해 주시면 돼요. 유헌 씨가 알고 있는 저에 대한 모든 이야기를요."

제안은 쉬웠으나 담고 있는 내용은 어려웠다. 어디부터 어디까지 설명해야 하는지, 얼마만큼 솔직해져야 하는지, 가닥을 잡기 힘들었다.

"아무런 가감 없이 솔직하게 말해 주세요. 필터링 없이요."

이영의 목소리가 제법 단호했다.

"저는 과거에 대한 건 다 알고 싶어서 유헌 씨한테 부탁드린 거니까 제가 불편할 만한 이야기여도 상관없어요. 그냥 전부 말해 주세요."

게다가 꽤나 간절하기까지 했다. 그래서 유헌은 속절없이 고개를 끄덕이고 말았다. 이영의 부탁을 감히 거절하는 유헌은 세상에 존재하지 않았으니.

"아, 그래서 말인데 괜찮으시면 녹음해도 될까요? 제가 전부 기록하려고 하는 거라서……."

대체 무슨 사연이 있기에 저렇게나 기억에 집착하게 된 걸까. 유헌의 머릿속이 복잡했다. 무엇 때문에 갑자기 과거를 수소문하는 건지 묻고 싶었다.

"왜 갑자기 과거를 찾으려고 하는 건지는 말해 주기 힘들어?"

갑작스런 반말에 이영의 눈이 커졌다. 그제야 유헌은 그가 예전처럼 말을 놓아 버린 걸 깨달았고, 서둘러 말을 이었다.

"죄송합니다. 제가 옛날에 하던 대로……."

"아니에요. 나이도 같고, 고등학교 때부터 만났던 거니까 당연히 말 놨겠죠. 오히려 제가 이런 상황이 돼서 이렇게 딱딱하게 말했으니 유헌 씨가 더 당황스러우셨을 거예요."

유헌이 눈에 띄게 당황하자 이영이 손사래까지 쳐 가며 괜찮다 말했다.

"그게 편하시면 말 놓으셔도 돼요. 그…… 원래 그랬을 테니까……."

눈동자를 한곳에 고정하지 못한 채로 눈빛이 흔들렸다. 유헌은 그런 이영을 빤히 바라보다 조심스럽게 입술을 뗐다.

"그럼 놓을게. 그편이 편할 테니까."

이영이 조금은 멍해진 눈으로 고개를 끄덕였다. 말을 놓고 나니 옛 생각이 더 물씬 밀려들었다. 둘 사이에 이런 무거운 정적은 존재하지 않던 시절이었다.

"대신 너도 놔. 나만 놓으면 좀 그렇잖아."

"아……. 그래. 그럴게."

유헌이 기억하던 친근한 말투가 들려오자 온몸이 바짝 긴장이 됐다. 그제야 실감이 났다. 지금 유헌이 이영을 마주하고 있다는 사실, 게다가 묻기로 한 과거를 풀어내기 위해 마주하고 있다는 사실이 피부에 와닿았다.

"그럼 녹음 시작해도 될까?"

"해도 되는데 어디부터 어떻게 시작을 해야 할지 감이 안 잡혀서."

함께한 추억이 워낙 방대하니 어디서부터 어떻게 시작해야 할지 감을 잡기가 힘들었다. 이영은 녹음기 버튼을 누르며 방황하는 유헌의 길을 잡았다.

"처음부터 얘기해 줘. 우리 처음 만난 순간이 어땠는지부터."

긴 이야기의 시작이었다. 아주 긴 이야기의 시작.

이야기의 시작은 고아원에서 바오로관을 찾던 이영의 모습이었다. 처음 만났던 후원식에 대한 설명은 곧바로 유헌의 전학으로 이어졌다.

소위 말해 '똥통'이라 불리는 고등학교에서 강남의 유명한 학군에서도 노른자로 꼽히는 곳으로 전학을 갔다. 오로지 사격을 위한 일이었다. 사격부가 있는 곳을 따라 인겸의 이름으로 옮겨 간 곳에는 이영이 있었다.

'여기로 전학 온 거야?'

'……응.'

무뚝뚝한 사춘기 소년은 제법 살가운 물음에도 딱딱한 답만 늘어놨다. 후원식의 그날처럼 같은 교실 안에서 제법 여러 번 눈이 마주쳤다. 하루에도 몇 번씩 서로가 서로를 살폈다.

유헌은 당장 주어진 사격 훈련보다도 이영을 관찰하는 데에 공을 들였다. 긴 생머리를 한쪽으로 곱게 늘어뜨리는 모습이라든지, 새하얀 피부라든지, 수업에 집중할 때 반짝이는 눈이라든지. 머릿속이 이영으로만 가득 차는 기분이었다.

'야, 인마. 너는 후원받아서 온 놈이 이렇게 설렁설렁 하면 어떡해?'

그러니 훈련에서는 당연히 성적이 나오지 않았다. 유헌이 고아라는 사실과 국회의원 서인겸의 후원을 받는다는 사실은 이미 전교에 수두룩하게 소문이 퍼진 상태였기에, 입이 거친 감독은 남들 앞에서도 아무렇지 않게 공격을 하고는 했다.

그럼에도 유헌은 별로 신경 쓰지 않았다. 고아라는 꼬리표는 유치원 때부터 따라온 오랜 동반자였고, 사격에는 애초에 관심이 없었으니 딱히 타격이랄 게 없었다.

딱 한 번, 이영이 사격 연습장에 찾아왔을 때만 처음으로 마음이 흔들렸다.

인겸의 동생이 이사장으로 있는 학교였다. 이영이 들어가지 못할 곳이 없었고, 누구도 그녀를 건드리지 않았다. 평소대로라면 사격부를 제외하고 아무도 들어올 수 없는 곳이었지만, 이영만큼은 당당히 자리를 잡고 유헌을 바라봤다.

'너 이딴 식으로 할 거면 때려치우고 후원인지 나발인지 다 끊으라고 해! 이 새끼가 정신이 빠져 가지고! 운동이 장난이야?'

하필이면 그날 감독과 코치에게 깨질 대로 깨졌다. 유헌의 사격은 형편없었고, 자연스레 고성이 오갔다. 유헌이 할 수 있는 것이라고는 고개를 처박고 붉어진 얼굴을 감추는 게 전부였다.

'저기!'

훈련이 끝나자마자 사격장을 나가는 이영을 붙잡았다. 땀에 절어 차마 바짝 다가가지는 못했지만, 어떻게든 찾아가 변명을 늘어놓고 싶었다. 철모르는 사춘기 소년은 '아마' 좋아하고 있는 소녀 앞에서 체면을 구긴 게 여간 신경 쓰이는 게 아니었다.

'나 오늘만 이상한 거야. 원래 잘 쏴.'

변명을 늘어놓는 유헌의 얼굴이 새빨갰다. 그 모습을 빤히 바라보던 이영은 그저 작게 웃고는 고개를 끄덕였다.

'그래. 다음에 보러 오면 더 낫겠지.'

그날부터 유헌의 마음에 불이 붙었다. 이영이 언제 찾아온다는 말을 하지 않은 탓에, 매일매일 긴장을 잔뜩 한 상태로 훈련에 임했다. 지하철을 타고 족히 한 시간 반은 가야 하는 긴 등굣길도 자전거를 타고 달리기 시작했다. 유헌의 체력 강화용 자체훈련이었다.

원체 운동신경이 좋았던지라, 마음을 먹고 달려드니 효과가 확연히 드러났다. 남들이 들으면 고작 여자애 말 한마디에 이렇게 사람이 달라지냐며 혀를 찰 만했으나, 어린 소년에게 있어서는 이영의 한마디가 커다란 세상 그 자체와 같았다.

'오늘은 한 시간만 더 하자.'

'더요?'

'그래, 인마. 너 지금 제대로 물오르고 있어서 이 타이밍 놓치면 안 돼.'

유헌이 각종 대회에서 상위권을 차지하며 두각을 드러내기 시작하자 감독의 입에서 후원이라는 단어가 사라졌다. 공기 권총. 가장 경쟁이 치열한 분야에서 나날이 성장해 가니, 틈만 나면 자존심을 긁으며 화풀이를 하듯 괴롭히던 모습은 종적을 감췄다.

우스운 일이라고 생각했으나 꽤나 도움이 되는 상황이었다. 그래서 유헌은 그저 입을 다물었다.

추가 훈련을 하기 위해 홀로 남았던 날, 처음으로 세상에 총과 과녁밖에 없는 세상을 경험했다. 한 번도 느껴 본 적 없는 집중력이었다. 유헌은 오로지 과녁만 바라봤고, 단 한 발도 정중앙을 벗어나지 않았다.

'이제 됐다. 그만하고 쉬어.'

한 시간으로 약속됐던 시간은 이미 세 시간이 지난 후였다. 코치가 종료를 알렸지만 그 목소리도 귀에 들어오지 않았다. 푹 빠져 있는 그를 깨운 건 작게 들려온 박수 소리였다.

이영이 입꼬리가 올라간 채로 박수를 치고 있었다. 그 모습에 유헌의 얼굴이 또 화르르 달아오르자, 그녀의 얼굴에 더 큰 웃음이 번졌다.

'언제부터 와 있었어?'

'두 시간 전? 들어와 보니까 너 혼자 남아서 총 쏘고 있던데.'

수줍음을 겨우 감추고 다가갔을 때, 유헌은 심장이 터질 것 같았다. 이영이 다시 찾아왔다는 사실도 좋았지만, 그녀가 최상의 컨디션인 자신의 모습을 봤다는 사실이 여간 뿌듯한 게 아니었다.

'진짜 잘 쏘네. 저번엔 형편없더니.'

'……저번에도 그 정도는 아니었거든.'

유헌이 툴툴거리자 이영이 활짝 웃었다. 그날부터 이영은 유헌의 훈련을 매일 지켜봤다. 조용히 찾아와 그가 사격을 하는 모습을 지켜보다가, 훈련이 끝나면 함께 사격장을 벗어났다.

'오늘은 빨리 끝났네?'

'컨디션이 영 아니라서. 이런 날은 계속 잡고 있어도 소용없더라고.'

'오늘도 잘하던데?'

'아니야. 다른 날보다 안 됐어.'

왜 기다리느냐는 질문은 하지 않았다. 그냥 이영이 찾아오는 것 자체가 너무 좋았으니까.

전혀 어울리지 않는 조합이 붙어 다니기 시작하니 학교엔 당연히 소문이 퍼졌다. 이영이 유헌의 사격장에 매일 찾아간다는 이야기는 후원받는 고아가 부잣집 아가씨를 꼬시는 중이라는 내용으로 바뀌어 사방에서 수군거렸다.

인겸이라는 연결 고리가 있다고는 하나 좀처럼 겹치는 부분이 없는 둘이었다. 하나부터 열까지 달랐다. 이영은 학교의 이사진과 친척 관계에 있는 부잣집 아가씨였고, 유헌은 두 시간 반을 꼬박 자전거로 달려 등하교를 하는 고아였다.

'쟤네 아버지가 뭐라고 안 하시나? 딸 엄청 신경 쓴다던데.'

'이제 슬슬 뭐든 말하겠지. 좋게 볼 사람이 없잖아.'

'근데 웬일이야. 정말 안 어울리게.'

유헌이 지나가면 모두가 눈을 흘기며 한 마디씩 덧붙였다. 유헌은 남들의 수군거림이야 이골이 날 정도로 익숙해진지라 별 타격은 없었지만, 이영이 걱정됐다. 아이들이 말하는 대로 유헌 때문에 집에서 한 소리 듣고 있지는 않을지 걱정이 됐다.

'오늘은 별로 표정이 안 좋네? 과녁도 빗나가더니.'

'별로 안 빗나갔거든.'

'열심히 빗나가던데?'

이영의 얼굴에 장난기가 가득했다. 그 모습에 피식 웃던 유헌은 이내 표정을 굳히고는 슬쩍 눈치를 봤다.

'집에서는 뭐라고 안 해?'

많은 것들이 생략되어 있었지만, 숨어 버린 글자들을 되묻는 질문은 없었다. 이영은 의외라는 표정을 지어 보였다.

'소문 같은 거 하나도 신경 안 쓰는 줄 알았더니?'

'나랑 관련된 건 신경 안 써.'

유헌의 목소리가 제법 단호했다.

'근데 점점 너한테로 번지길래. 정말 집에서는 뭐라고 안 할까 걱정도 되고. 솔직히 너랑 나랑은……'

직접 말로 내뱉기에는 다소 자존심이 상했다. 제 처지에 대해 크게 비관한 적은 없었지만, 요즘따라 여러모로 마음에 들지 않았다. 이영만큼 좋은 집안까지는 아니어도 적어도 평범한 집안의 아들이었다면 지긋지긋한 '후원'이라는 단어에서는 멀어질 수 있지 않았을까 생각했다.

'뭐 어때. 그런 걸로 수군대는 인간들이 못된 거지.'

이영은 별거 아니라는 듯 앞으로 나아갔다.

'집에서 뭐라고 해도 상관없어. 어차피 내 인생인데.'

얌전하기만 할 것 같던 얼굴에 살짝의 반항기가 스쳤다. 그마저도 찰나였지만.

'유헌아.'

'어?'

'나 너희 성당 데려가 줄 수 있어?'

'……오늘?'

'응. 지금 당장.'

학교에서야 자주 붙어 있었다지만, 하교 이후에는 한 번도 뭔가를 같이 한 적이 없었다. 이영은 기사가 딸린 검은 세단에 몸을 실었고, 유헌은 낡은 자전거를 몰고 집으로 가곤 했었으니까.

　그러니 다짜고짜 성당에 가고 싶다는 이영의 말은 꽤나 파격적인 제안이었다.

　'자전거 타고 가야 되는데.'

　'타고 가면 되지!'

　'내 뒤에 타고 갈 수 있어?'

　'안 될 건 뭐야?'

　'불편할 텐데?'

　'괜찮아. 나 그 정도로 공주님 아니야.'

　이영의 의지가 워낙 확고했다. 몇 번이고 의사를 되물은 유헌은 결국 자전거 뒤에 그녀를 태웠다. 당연히 쑥덕거림이 따라왔다. 자전거에 함께 탄 채 이영이 유헌의 옷깃을 잡고 달리는 모습은 꼭 순정 만화에나 나올 법한 장면이었으니.

　유헌은 따라오는 시선이 걱정이 되면서도 못내 짜릿했다. 공주님을 말에 태운 기사라도 되는 기분이었다. 그리고 무엇보다 심장이 터질 것처럼 뛰었다. 잡은 듯 아닌 듯, 짧게 쥐어 닿은 이영의 온기가 지나치게 좋았다.

　'더 가야 돼?'

　'엄청 가야 돼. 가면 깜깜할걸.'

　'너 맨날 이렇게 학교 와? 대체 몇 시에 출발해?'

　'4시 반.'

　'새벽 4시 반?'

'어. 체력 훈련도 할 겸.'

'말도 안 돼…….'

믿을 수 없다는 듯한 목소리가 귀여웠다. 진심으로 놀란 모습
이 새로워서 유헌은 한참이나 웃었다.

유난히도 날이 좋았다. 길가에 핀 벚꽃이 석양이 내린 하늘에
휘날리는 모습은 말 그대로 장관이었다.

'와. 진짜 해 졌네.'

'오래 걸린다고 했잖아. 갈 때는 기사님 불러.'

말을 듣기는 한 건지, 이영은 대꾸도 하지 않고 멍하니 앞으로
걸어갔다. 그녀의 시선은 성당 중앙에 있는 성모상에 고정됐다.
죽은 예수를 끌어안고 슬퍼하는 피에타상이었다.

유헌은 아무런 말 없이 그녀의 옆을 지켰다. 쉽게 말을 꺼낼 수
있는 분위기도 아니었지만, 피에타상을 바라보는 이영의 모습이
너무도 아름다웠다.

오래도록 담아 두고 싶었다. 아주 오래도록.

'멋있다. 넋 놓고 보게 돼.'

이영은 피에타상을 보고, 유헌은 그런 이영을 바라봤다. 이영
이 뱉는 모든 감탄사가 곧 그녀를 바라보는 유헌의 심정이 됐다.

'이영아.'

'응?'

'기다려 주라.'

'……뭘?'

'그냥……. 그냥 조금만 기다려 주라.'

소년은 얼굴이 새빨개진 채로 말했다. 이야기를 듣는 소녀의 얼굴에 물음표가 가득했지만, 소년은 더 이상 답하지 않았다.

유헌은 순수하게 빛나는 이영을 보며 어떻게든 그녀의 옆에 서고 싶다는 생각을 했다. 고아원과 학교가 전부인 세상에만 살며 단 한 번도 탐내 보지 않은 그의 첫 욕심이었다.

부잣집 아가씨의 옆에 세상의 수군거림 없이 떳떳하게 서 있기 위해서는 유헌이 그에 맞는 위치로 올라가야 했다. 일찍 철이 들어 버린 소년은 그 사실을 누구보다 잘 알았고, 몇 시간 전까지만 해도 손에 쥐고 있었던 총을 떠올렸다.

그날 이후로 유헌은 사격에 죽기 살기로 매달렸다. 이영이 얼핏 보기에도 분위기가 달라진 게 확연히 드러났다.

절박함을 담아 사활을 거니 이전과는 비교가 되지 않는 성적이 나오기 시작했다. 감독과 코치는 솟아오르는 광대를 감추지 못했다. 숱한 메달 소식이 현수막으로 걸리니 유헌을 향한 시선도 조금씩 달라졌다. 우스운 일이었다.

그러나 유헌은 멈추지 않았다. 머릿속이 사격과 이영 둘로 양분된 기분이었다. 반에서 이영과 대화를 나눌 때와 훈련이 끝나고 함께 사격장을 걸어 나가는 시간이 그에겐 유일한 휴식이고 행복이었다. 그 시간을 제외한 모든 시간에는 오로지 사격에만 집중했다.

그는 순식간에 사격계의 혜성이 됐다. 시작한 지 1년도 되지 않아 두각을 드러내는 모습에 사격판이 요동쳤다. 유헌이 대회에서 총을 잡으면 너도나도 슬쩍 눈을 흘기며 그를 담았다.

실력에 노력까지 더해지니 운까지 따랐다. 처음 총을 잡았던 봄을 지나 겨울에 다다르니 국가대표 상비군에 발탁이 됐다. 그보다 상위에 있다고 할 수 있는 선수들의 연이은 부상 탓이었다.

'상비군? 정말?'

'응. 나도 신기해.'

'와, 엄청나다. 너 그러면 곧 태극 마크 다는 거네? 이제 열일곱인데?'

'열여덟 얼마 안 남았거든? 그리고 상비군에서 위로 올라가는 거 힘들어. 얼마나 걸릴지 몰라. 아예 안 될 수도 있고.'

부끄러움에 이것저것 비관적인 이야기를 늘어놓았지만, 말을 하는 얼굴이 붉었다. 이영은 그 모습에 한참이나 웃다가 함께 진심으로 기뻐했다.

'너 국가대표 되면 학교에 현수막 또 걸리겠다.'

'걸어 주려나?'

'당연히 걸지! 이유헌 국가대표 발탁! 성당에도 걸릴걸?'

'아…… . 성당은 진짜 걸리겠다.'

질색을 하는 유헌의 모습에 또 함께 한참을 웃었다. 유헌이 이영 옆에서 들뜨는 것만큼이나 이영 역시 유헌 옆이 좋았다. 유일하게 숨통이 트이는 사람이었다. 그의 옆에 있으면 서인겸의 딸이 아니라 온전히 서이영이 되는 기분이 들었다.

'둘이 함께 있구나.'

사격장에서 이 얘기 저 얘기를 나누고 있을 때, 낯선 목소리가 공간을 채웠다. 유헌에게만 낯선 목소리였다. 이영은 곧장 일어나 어두운 낯빛으로 남자를 맞았다. 인겸이었다.

'오랜만이지, 유헌 군? 우리 이영이랑 친하다더니 정말이었네. 보기 좋구나.'

'……안녕하세요, 의원님.'

'그래그래. 오늘은 우리 집에 가서 함께 식사하는 건 어때? 이미 원장 신부님께는 말씀드렸다.'

갑작스런 등장도 당황스러웠지만, 늘어놓은 제안은 더 당황스러웠다. 저녁 식사라니. 유헌의 얼굴이 미세하게 구겨졌다. 대체 갑자기 무슨 일일까 싶어 머리를 굴리는데, 인겸이 곧바로 이유를 내놓았다.

'상비군 됐다며? 어린 나이에 대단하구나. 국가대표 되는 것도 금방이겠어.'

인겸이 정치인 특유의 넉살 좋은 미소를 지어 보였다. 그의 뒤에 있던 보좌관이 이영과 유헌에게 손으로 방향을 안내했다.

유헌의 위치가 올라가기 시작했다는 방증이었다. 그토록 원하던 것이었으나 묘하게 씁쓸해서 소년과 소녀 모두 굳게 입을 닫았다. 조금 전까지 나누던 환한 웃음은 진작 사라진 지 오래였다.

'생각할수록 대단하구나. 아직 1년이 채 안 됐을 텐데.'

'운이 좋았습니다. 선수들이 부상이 많아서요.'

'아무리 다른 사람들이 나가떨어져도 내 실력이 있어야 뽑히는 거지. 장하구나. 요즘 훈련도 엄청 열심히 하다고 윤 감독이 여간 칭찬을 하는 게 아니던데.'

저녁 식사 자리는 무척이나 불편했다. 함께한 이영의 어머니는 친절했고, 인겸의 질문 역시 어디에도 모난 곳이 없었으나, 그들을 둘러싼 분위기 자체가 무거웠다.

무엇보다 숟가락을 들고 있는 이영의 표정이 어두웠다.

'힘내서 태극 마크 달자꾸나. 아주 멋있을 거야. 서인겸이 후원하는 선수가 국가대표라고 하면 아마 난리가 날 거다.'

딱히 야심을 감출 생각도 없는 말이었다. 유헌은 그저 작게 웃으며 음식으로 시선을 돌렸다. 인겸은 식사가 끝날 때까지 그의 후원을 강조했다. 얼마든지 더 힘을 쏟을 테니 성적으로 보답하라는 게 요지였다.

'미안. 아버지가 좀……'

'됐어. 왜 네가 사과해. 네 잘못도 아닌데. 그리고 맞는 말인걸, 뭐.'

이영이 한참을 우겨 성당으로 가는 차에 함께 탔다. 한참이나 말이 없던 이영은 겨우 입을 열어 사과를 전했다. 이영이 다 숨이 막히는 식사였던지라 여간 신경이 쓰인 게 아니었다.

'너무 신경 쓰지 마. 그냥 하던 대로 해. 국가대표 안 달면 뭐어때. 상비군도 대단하잖아.'

달래는 말이 쏟아졌지만, 유헌은 그저 싱긋 웃고는 별다른 답을 하지 않았다. 곱씹을수록 인겸의 말은 틀린 게 없었다. 좋은 성적을 내면 여러 가지가 뒤따르게 되어 있었다. 오늘만 해도 상비군이 되었다는 이유로 인겸의 집에 초대받았다.

그래서 유헌은 더 이를 갈았다. 다치지는 않게, 그러나 그가 할 수 있는 최선을 다했다. 결국 그는 국가대표로 깜짝 발탁됐다. 이전에 선발된 선수가 불의의 사고로 선수촌을 퇴소하게 되면서 급작스럽게 결원이 생겼고, 상비군 중 가장 최근 성적이 좋은 유헌이 빈자리를 차지하게 됐다.

올림픽이 불과 7개월 남은 열여덟의 겨울이었다.

선수촌 입소 안내를 받고, 태극 마크가 박힌 운동복을 미리 받은 날, 유헌은 당장에 이영에게 전화를 걸었다. 집 앞이니 나올 수 있냐는 제법 비장한 연락이었다.

'여기까지 또 자전거 타고 온 거야? 이렇게 추운 날?'

'오늘은 버스 타고 왔어.'

둘 사이에 실없는 말이 오갔다. 오늘따라 둘러싼 분위기가 무겁고 긴장감이 돈다는 걸 느낀 데서 나온 어색한 행동이었다.

'나 국가대표 됐어.'

'알아. 들었어. 윤 감독님이 아버지한테 바로 전화하셨더라. 축하해. 정말 고생했어.'

환한 웃음이 번진 얼굴이 달아올랐다. 한겨울의 찬 공기가 스친 흔적이라기에는 지나치게 붉었다.

'나 당장 내일 태릉으로 입소해서 지금 이런 말 하는 거 되게 나쁜 놈 같다는 거 아는데, 도저히 못 참아서 달려왔어.'

크게 숨을 들이쉬어 시린 공기를 한껏 마신 유헌은 천천히 이영에게 다가갔다. 이영의 얼굴에 앉은 홍조가 점점 더 심해졌다.

'나랑 사귀자, 이영아. 내가 멋지게 메달 따 올게.'

고백을 하는 유헌의 얼굴 역시 어느새 붉어져 있었다. 이영은 잠시 눈을 깜빡이다 푸스스 웃음을 터뜨렸다. 그 모습에 유헌이 바짝 긴장했다. 이영의 눈에는 그마저도 귀여웠지만.

'메달 안 따 와도 돼.'

'……어?'

'메달 안 따와도 되니까 그냥 사귀자고.'

유헌은 대답을 한참이나 곱씹었다. 이영이 고백을 받아 줬다는 사실이 무척이나 현실감이 없어서 그 순간 수도 없이 생각하고 되뇌어야 했다.

'와. 와. 잠깐만. 와. 와!'

그러다 그 사실이 실감 나기 시작했을 때는 큰 소리를 뱉으며 어쩔 줄 몰라 하다 바닥에 주저앉고 말았다. 다리에 힘이 풀린 탓이었다.

그 모습을 보고 한참이나 웃던 이영은 조심스럽게 유헌의 차가운 손을 꽉 잡았다. 언제 챙겨 나온 건지 따뜻한 손난로가 서로의 손 틈에 있었다.

'무르기 없다.'

'멍청이. 내가 왜 물러. 너나 나중에 마음 바뀌어서 딴소리하지 마.'

'내가 마음이 왜 바뀌어. 절대 그럴 일 없어.'

소년과 소녀는 추운 줄도 모르고 양손을 맞잡은 채 한참이나 쭈그려 앉아 얘기를 나눴다. 서로가 서로의 붉음을 훔쳐 얼굴에 잔뜩 묻히고는, 그저 웃기만 했다.

무척이나, 정말 무척이나 행복했던 인연의 시작이었다.

3

"그럼 고등학생 때부터 사귄 거야?"

"응. 열여덟부터."

오전에 시작된 대화는 어느새 석양이 지는 하늘을 배경으로 이어지고 있었다. 아주 어린 날부터 만났다는 사실이 꽤나 놀라웠는지, 이영의 눈이 놀람으로 튀어나올 기세였다.

"열일곱에 처음 만나서 내가 엄청 치근덕댔어. 반에 너 앉아 있으면 괜히 옆으로 지나다니고, 괜히 한번 말 걸어 보고."

추억을 풀어내니 옛 기억이 계속해서 쏟아졌다. 열여덟의 유현은 무척이나 어렸고, 무척이나 서툴렀다. 지금 곱씹어 보니 그저 패기 하나로 밀어붙인 것과 다름이 없어 계속 웃음이 났다.

"그…… 있잖아. 뭐 하나만 더 물어봐도 돼?"

새어 나오는 웃음을 참느라 고군분투하고 있는 유헌과 다르게 이영의 표정은 심각했다. 잠시 뜸을 들인 그녀는 숨을 길게 들이쉬고는 천천히 물었다.

"우리 헤어진 이유가 혹시 내 사고 때문이야?"

순식간에 유헌의 표정이 굳었다.

"솔직하게 말해 줘. 맞아?"

"그맘때 헤어진 건 맞아. 근데 사고가 유일한 원인은 아니었다고 생각해."

"……그럼 뭐였는데?"

망설이던 목소리가 미세하게 떨렸다. 그러나 유헌은 답을 내놓지 못했다.

"미안. 이야기가 좀 기네."

유헌의 시선이 이영에게서 멀어졌다. 거짓말은 아니었다. 이별의 과정을 설명하기까지 너무도 많은 일이 있었다. 둘 사이에 있었던 스캔들부터 유헌의 손목이 박살 나기까지의 이야기가 필요했고, 사이사이에 있는 자잘한 이야기 역시 빼놓을 수 없었다.

"아아. 아니야. 내가 더 미안하지. 미안. 오늘만 해도 하루 종일 얘기했는데, 무리하게 물어봤네."

아쉬운 빛이 스친 것도 잠시, 이영은 곧바로 표정을 바꾸며 손사래를 쳤다.

"요 앞에 맛있는 곳 아는데 저녁 같이 먹을래? 점심도 걸렀잖아."

유헌이 알겠다며 고개를 끄덕였다. 이영과 붙어 있을수록 욕심이 커지리라는 걸 알았지만, 그에게 있어 이영의 제안을 거부하는 일이란 불가능했다.

"프랑스 가정식인데 정말 맛있어. 가게가 작은데 분위기도 좋고."

외투를 챙겨 작업실 밖으로 나가는 발걸음이 제법 경쾌했다. 나란히 발을 맞춰 걸으니 기분이 이상했다. 꼭 예전으로 돌아간 느낌이 들어 유헌의 가슴 한쪽이 저릿했다.

"여기 엘리베이터 느려서 불편하지? 매번 말하는데도 안 고쳐주더라."

처음 이곳에 찾아올 때는 느린 속도에 툴툴거렸지만, 지금은 아니었다. 유헌은 엘리베이터에 있는 이 시간이 더 천천히 흘러가기를 바랐다. 이영과 보내는 모든 순간이 소중했다. 사라지는 게 사무치게 아까웠다.

"내일부터는 조금 끊어서 얘기하자. 밥은 먹고 일해야지. 오늘 너무 달렸네."

"그래. 그러자."

유헌이야 이영이 하자는 대로 전부 맞춰 줄 생각이었으니 어느 쪽이든 상관없었지만, 천천히 이야기를 늘려 그녀와 더 오래 함께하고 싶었다. 적어도 이야기가 지속되는 동안은 매일같이 만날 수 있을 테니까.

"뭐 먹을래? 난 맨날 먹던 거 있어서 그거 시키면 되는데."

"네가 시키는 거 다음으로 먹고 싶은 거 시켜."

"내가 먹고 싶은 거? 그럼 안 되지. 너 먹고 싶은 거 시켜야 지!"

"예전부터 항상 그랬어. 나 크게 가리는 거 없어서."

유헌에게는 무척이나 자연스러운 일이었다. 한창 선수 생활을 할 때는 식단 조절을 하느라 밖에서 먹을 수 있는 음식이 얼마 없었다. 그렇지만 이영과 만나는 시간은 어떻게든 확보해야 했기에, 이영이 원하는 곳에 들어가서 그녀가 먹고 싶은 음식을 두 개 시켰다.

기억이 없는 이영은 살짝 시선을 내렸다. 무척이나 다정한 제 안을 아무렇지 않은 거라는 듯, 능숙하고 자연스럽게 툭툭 뱉는 모습에 괜히 얼굴이 붉어졌다.

일기장과 사진을 보고 보통 사이가 아니라는 생각은 진작부터 했다. 그러나 기억을 잃고 난 이후에 한 번도 만난 적이 없었기에 그 전에 헤어졌으리라 짐작했고, 헤어진 지 꽤 오래되었으니 어린 날 스쳤던 인연이라고만 생각했다.

그러나 막상 마주한 유헌은 한없이 깊었다. 눈동자, 기억을 전 하는 목소리, 이영을 대하는 태도, 어디 하나 가벼운 구석이 없었 다. 마주한 시간은 고작 이틀 남짓이었지만, 뿜어내는 분위기가 무척이나 진솔했다.

그렇다 보니 헤어지게 된 이유가 더 궁금했다. 사고라고 명확 히 말하지 않는 것을 보아 그 이면에 숨겨진 사연이 있어 보였으나, 유헌의 입은 쉽게 열리지 않았다.

"정말 그렇게 주문해?"

"어. 괜찮아."

유헌이 엷게 웃어 보였다. 이영은 잠시 넋을 놓고 그 모습을 바라봤다. 자세히 볼수록 잘생긴 얼굴이었다. TV에 나오는 여느 배우 못지않았다. 이목구비도 뚜렷했고, 강도 높은 운동이 만들어 낸 몸은 탄탄했다. 키도 185는 될 정도로 컸다.

"주문해야 되는 거 아니야?"

"응? 아, 어. 해야지."

멍해졌던 정신은 그녀를 기다리는 서버로 인해 금세 제자리를 찾았다. 얼굴을 알아보고 반가움을 전하는 서버에게 자연스럽게 주문을 마친 그녀는 다시 또 유헌의 곳곳을 살폈다.

훤칠한 그의 얼굴 어딘가에는 슬픔과 아련함이 가득 묻어 있었다. 품고 있는 분위기 한구석이 유독 어두웠다.

혹시 나 때문일까. 결코 가볍지 않은 생각이 스치니 그녀가 듣지 못한 다른 이야기가 더욱 궁금했다.

"올림픽은 어땠어? 두 번 나가서 다 금메달 딴 건 검색해서 봤어."

화려했던 과거 얘기가 나오니 유헌이 머쓱한 표정을 지었다. 결코 돌아오지 않을 영광이었다.

"첫 올림픽은 나도 나한테 기대를 안 했으니까 마냥 신기했지. 놀랍기도 하고. 올림픽 메달은 정말 신이 내려 주는 거라던데, 그

말이 맞나 보다 그런 생각도 하고."

아무도 유헌에게 관심을 갖지 않았다. 입소식에 찍힌 사진 한 장으로 인해 잘생긴 외모로 큰 화제가 되기는 했으나 누구도 그의 성적에는 스포트라이트를 비추지 않았다. 실제로 메달을 바라보기에는 부족함이 있었다.

그러나 막상 경기가 시작되자 유헌은 세계를 깜짝 놀라게 했다. 그 스스로도 상상하지 못한 결과였다. 경기에서 총을 잡은 순간 손에 전기가 올랐다. 그때부터 뭔가 사고를 치게 되리라고 생각은 했지만, 그게 금메달일 줄은 유헌 역시 몰랐다.

"올림픽 운이라는 게 있대. 내가 그게 있나 봐."

"실력이 있는 거지. 금메달은 아무나 따나. 메달 따고는 뭐 했어?"

"너한테 전화했어."

"나한테?"

목에 메달을 걸고, 쏟아지는 인터뷰를 하고 나서 곧장 이영에게 전화를 걸었다. 베이징이라 시차도 한 시간밖에 나지 않아 그녀가 자고 있을지 모른다는 걱정은 할 필요가 없었다.

'이영아!'

전화를 받자마자 다짜고짜 이름을 불렀다. 수많은 감정과 수많은 말이 함축된 첫 마디였다.

'……너 울어?'

뭐라도 대답이 들려올 거라고 생각했던 것과 다르게 핸드폰은 조용했다. 혹시 전화가 끊기기라도 한 건가 유심히 들어 보니 그제야 흐느끼는 소리가 들려왔다.

이영은 내리 10분을 울기만 했다. 유헌이 한참이나 어르고 달래야 할 정도로 서럽게 우는데, 그 모습이 어찌나 사랑스러웠는지 달래는 와중에도 웃음이 새어 나왔다.

'좋은 일인데 왜 그렇게 울어.'

— 아니, 그냥……. 너 고생한 것도 생각나고…….

태릉에 가 있는 동안 하루에 한 번이나 통화를 할까 싶을 정도로 훈련에만 매달렸다. 그럴 수밖에 없는 환경이기도 했고, 유헌 자체가 그만큼 절박했다. 메달은 아니더라도 훌륭한 국가대표이고 싶었다. 그래야 이영의 옆에서 함께 빛날 수 있다고 생각했다.

그 과정을 모두 지켜본 이영은 유헌이 쏘는 마지막 한 발을 끝내 보지 못했다. 심장이 터져 버리는 줄 알았다. 그만큼 떨렸고, 그만큼 긴장했다. 함께 화면을 지켜보고 있는 가족들에게 울음을 들키지 않기 위해 이를 악물어야 했을 정도로 벅차기도 했다.

"그럼 내가 제일 먼저 축하해 줬어?"

그러나 그 기억은 이영의 안에 존재하지 않았다. 분명 과거에 느꼈으나 이제는 지워진 지 오래였다.

"응. 엄청 서럽게 울어서 내가 달래 줬어."

"내가 울었다고?"

"어. 나 훈련하고 고생하던 게 생각나서 울었대."

이영은 못 말린다며 웃었다. 유헌 역시 그녀를 따라 웃었다. 행복했던 기억에 지금의 이영이 겹쳐지니 가슴이 떨려 왔다. 다시는 이렇게 마주할 일이 없을 거라 생각했다. 다시는 이렇게 마주 앉아 서로를 향해 웃으며 따스하게 시간을 보낼 거라 생각지 못했다.

분명 마주하고 있는 현실임에도 믿겨지지 않아 꼭 꿈꾸는 기분이었다. 이 순간이 꿈일까 봐 두려웠다.

"창피하네."

"귀여웠어."

또 무척 자연스러운 칭찬이 따라왔다. 이영은 부디 그녀의 얼굴에 피어나는 홍조가 조명에 가려지기를 빌며 괜히 시선을 옮기다 화제를 바꿨다.

"은퇴하고는 뭐 했어? 이제 부상은 회복된 거야?"

유헌에 대한 정보는 최근의 것만 봤기 때문에 이전의 삶에 대해서는 알지 못했다. 이영의 물음은 아무런 악의가 없었으나, 유헌의 얼굴엔 씁쓸함이 묻어났다.

총을 다시는 잡지 못하게 되고, 이영과도 헤어진 삶은 말 그대로 암흑이었다. 민재의 소개로 여러 경호 업체를 거쳤지만 채 3주를 가지 못했다. 버틸 수가 없었다. 버틸 의욕 자체가 들지 않았다. 올림픽 금메달리스트라고는 하나, 나이가 어린 탓에 지도자가 되기도 힘들었다. 코치로서 일할 수 있는 전문적인 교육도 받지 못했고, 지도 경력도 없었으니 국가대표 팀에는 합류할 수 없었다. 대신 어린 학생들을 지도하는 건 어떠냐는 제안이 들어오기도 했지만, 다른 누군가를 봐줄 만한 상태가 아니었다.

이영이 그의 세상 전부였고, 그의 세상이 사라지니 유헌은 그 대로 무너져 버렸다. 그는 그렇게 세상과 단절된 채 5년이란 시간을 홀로 보내야만 했다.

아무것도 남은 것 없이.

"그냥 계속 쉬었어. 짧은 시간에 운동을 하도 했더니 지쳤나 봐."

구구절절하게 아팠던 얘기를 늘어놓고 싶지는 않았다. 이영이 그의 고통을 체감하는 게 싫었다.

"너는?"

혹여 이야기가 이어지면 어떻게든 제 마음이 드러나게 될까 봐 서둘러 말을 돌렸다. 하지만 진심으로 궁금했다. 이영을 애타게 그리워하는 동안, 그녀는 아무런 기억이 없는 채로 어떻게 살아왔는지 알고 싶었다.

"사고 이후에 한 2년은 열심히 여행만 다녔어. 어디라도 돌아다니면서 생각을 좀 비워야 살겠더라고."

이영 역시 유헌만큼이나 가볍게 그녀의 이야기를 털어놨다. 그러나 유헌은 말 너머에 있는 고통이 보였다. 사랑하는 사람에게 연인의 아픔을 읽는 일이란 숨 쉬는 것만큼이나 쉬운 일이었다.

"그러다 운이 좋게 출간하게 되었는데 생각보다 반응이 좋아서 지금은 계속 글만 쓰고 있어."

"작가인 거야?"

"응. 나 나름 유명하다?"

어린아이가 품에 쥔 사탕을 자랑하는 듯한 이영의 모습에 웃음이 터졌다. 서로의 눈에 담긴 각자의 모습에 웃음이 한가득이었다.

"어떤 글 쓰는 거야? 물어봐도 돼?"

"그냥 소설. 사랑하는 얘기도 쓰고, 평범하게 살아가는 얘기도 쓰고."

"제목 알려 달라고 하면 알려 줄 거야?"

"아니. 안 알려 줄래. 부끄러워."

이영이 단호하게 유헌을 막으니 테이블에 또 웃음이 흩어졌다. 배꼽 빠지게 웃긴 이야기가 오가는 것도 아닌데, 계속해서 웃게 됐다. 그는 그 이유를 알았지만, 기억을 되찾아 가고 있는 이영은 그저 기분이 좋기 때문이라고 생각했다. 오랜만에 좋은 사람을 만난 덕이라고.

기억을 잃은 그녀가 유헌과 함께한 시간은 고작 이틀이었다. 두근거리는 감정의 정체를 인식하기에는 마주한 시간이 지나치게 짧았다.

"맛은 어때? 입에 맞아?"

"응. 맛있어."

"입맛에 안 맞는데 맛있다고 거짓말하는 거 아니지?"

"아니야. 정말 맛있어. 예전에도 많이 먹었던 거라 잘 맞아."

"나 예전에도 프랑스 요리 좋아했어?"

"엄청 좋아했어."

식사와 함께 이어지는 대화는 마냥 즐거웠다. 어디에도 불편한

구석이 없었다. 서로에 대한 가벼운 이야기가 오가다가 지금처럼 과거 얘기가 나올 때면 유헌이 자연스레 답을 했다. 답이 끝나면 몰려오는 정체 모를 공허함이 있었으나, 유헌과 이영 모두 모른 척 넘어갔다.

자연스럽게 식사가 끝나고, 가을밤의 찬 기운이 둘을 감쌌다. 식당 밖으로 나왔으니 서로 인사를 나누고 헤어지면 될 일인데, 누구도 먼저 멀어질 생각을 하지 않았다.

"지하철 타고 가?"

"응. 너는? 차 타고 청담동 가는 거야?"

"아니. 오늘은 작업실에서 자려고. 정리할 것도 많고."

"바래다줄게."

속도가 다른 발이 조금씩 맞춰져 나란히 걷기 시작했다. 별다른 말은 없었다. 낙엽 진 거리의 운치를 즐기는 척 시선이 풍경에 닿았으나, 둘 모두 서로의 숨소리에 집중했다.

작업실과의 거리가 멀지 않아 금세 건물 앞에 도착했지만, 헤어짐을 머뭇거리는 건 마찬가지였다. 유헌이 지하철역으로 방향을 꺾거나, 이영이 건물 안으로 들어가면 끝나는 일이건만, 누구도 움직이지 않았다.

오래전, 사랑을 속삭이던 때와 같았다.

"내일부터는 꼭 여유 있게 하자. 오늘 계속 몰아붙여서 미안."

"아니야. 계속 얘기한 건 나잖아. 너무 신경 쓰지 마."

"조심해서 들어가."

"그래. 너도."

분명 끝인사를 나눴는데도, 멀어지려는 움직임이 무척이나 더 뎠다. 결국 이영이 먼저 발을 떼고 뒤로 돌았다. 유헌은 그녀가 건물 안으로 들어가 엘리베이터에 탈 때까지 꼼짝도 하지 않았다. 무사히 5층에 다다르는 것까지 보고 나서야 등을 돌렸다.

지하철역으로 걷는 내내 웃음과 한숨이 공존했다. 한창 연애를 했던 시절의 이야기를 하면 얼마나 구름 위를 걷는 기분에 취해 주절댈지 웃음이 나다가도, 그 뒤에 있을 일들을 설명할 생각을 하면 한숨이 절로 났다.

또 동시에 두려웠다. 유헌은 지금껏 이영을 계속 사랑해 왔지만, 이영의 마음은 알 수 없었다. 사랑했던 기억을 가진 건 유헌뿐이었다. 그가 기억을 전한다 한들, 이영은 학습을 하는 것이지 감정의 전이를 당하는 게 아니었다.

그러나 수많은 걱정과 두려움 속에서도 유헌은 그녀를 놓칠 수 없었다. 겨우 다시 닿은 인연이었다. 그냥 지켜보기만 하더라도 좋았다. 이영이 그를 사랑하지 않아도 버틸 수 있었다.

그저 지금처럼만 곁에서 숨 쉴 수만 있다면, 옆에서 웃는 모습을 지켜볼 수 있다면, 말 한마디를 나눌 수 있다면, 유헌은 그걸로 만족했다.

그랬기에 아주 간절히 바랐다. 부디 이번에는 세상의 어떠한 시련도 둘 사이를 갈라놓지 않기를.

4

유헌과 이영의 만남은 천천히 흘러갔다. 아주 느린 건 아니었지만, 첫날처럼 빠르지는 않았다. 전해지는 기억의 양이 다소 준 대신, 마주하고 있는 현재에 대한 작은 이야기들이 늘어났다.

'재즈 좋아해?'

'잘 모르는데 듣는 건 좋아해.'

'정말? 대박이다. 나 재즈 진짜 좋아해. 그래서 LP판도 엄청 모았어.'

'너한테서 배운 거야. 너 옛날에도 엄청 좋아했어.'

유헌의 현재를 이룬 건 전부 이영과의 추억이었기에, 지금의 이야기를 나눠도 자연스럽게 잃어버린 기억에 대한 이야기로 흘러갔다. 이영은 기억이 없어도 일관되게 이어지는 그녀의 취향을

굉장히 신기해했다. 틈만 나면 과거의 그녀도 지금의 그녀가 좋아
하는 것들을 아꼈는지 계속해서 물었다.

'그때도 하늘이랑 바다만 보면 정신 못 차렸어?'

'응. 그래서 바다로 많이 놀러 갔어. 내 훈련 때문에 자주는 못
갔지만. 하늘에 구름 하나도 없는 날이면 맨날 찍어서 나한테 보
내 주고 그랬어.'

'와. 정말 똑같네. 나 지금도 핸드폰 앨범 보면 내가 찍은 하늘
사진밖에 없어.'

둘 사이에 있던 묘한 긴장감과 어색함은 금방 사라졌다. 이영
은 계속해서 묻고, 유헌은 계속해서 답하는 동안 시간이 세운 작
은 벽이 전부 허물어진 덕이었다.

'그때도 벤틀리 타고 다녔는데.'

'그때도?'

'똑같이 빨간색이었어.'

이영은 처음으로 그녀가 다시 완성되는 기분을 느꼈다. 잃어버
린 기억에 대한 조그만 조각들을 찾을 때도 늘 의심부터 했던 그
녀였다. 과연 내가 이랬을까, 과연 과거의 내가 했던 일이 맞을
까, 이런 생각을 지우기 힘들었다.

그러나 유헌이 전하는 기억을 들을 때면, 그가 그려 내는 이영
이 생생하게 그려졌다. 일말의 의심도 들지 않았다. 평생 찾지 못
하리라 생각했던 분실물을 되찾는 기분이었다.

"무슨 생각을 그렇게 해?"

"아, 그냥. 이것저것 곱씹고 있었어."

이야기를 나누면 나눌수록 유헌에 대한 호감도가 올라갔다. 옛 연인이었으니 시작부터 평범한 관계가 아니었으나, 처음에는 설렘보다는 걱정이 더 컸다. 어떤 이유로 헤어졌는지도 몰랐고, 어떤 사람인지도 잘 몰랐으니까.

그러나 유헌은 마주하면 마주할수록 괜찮은 남자였다. 왜 열여덟의 이영이 일기 내용을 그의 이야기로 도배를 해 놨는지 이해가 갔다.

"이제 열아홉이네."

녹음기를 준비하는 이영의 표정이 제법 비장했다. 유헌에 대한 긴장감이 사라질수록 그와 함께하는 시간이 길어지기를 바라고 그와 헤어지는 시간이 아쉬웠지만, 이영에게는 마냥 시간을 늦출 여유가 없었다.

"천천히 가자더니 엄청 급해 보이는데?"

"아니, 막 첫날처럼 하자는 건 아니고……. 지난 일주일 동안 좀 느렸으니까."

애써 웃으며 이야기를 하니 유헌이 고개를 끄덕였다. 지난 일주일 동안 올림픽이 끝난 이후의 얘기를 뚝뚝 끊어 천천히 전했으니, 그것보다는 속도를 내는 게 맞았다. 물론 마음 같아서는 더 쪼개고 쪼개 이영과 함께하는 시간을 늘리고 싶었다. 그러나 그렇게 밀고 나가기에는 이영의 마음이 유헌의 마음과 같지 않았다.

"열아홉이니까 고3이었을 텐데 그때도 계속 만났어?"

"매일같이 만나지는 못했지. 나는 훈련해야 하고 너는 입시 준비하고 그랬으니까."

열아홉은 둘이 맞은 첫 암흑기였다. 이후에 찾아온 시련을 생각하면 암흑기라는 말이 지나치다 싶지만, 어린 둘에게 있어서는 제법 큰 위기였다.

우선 유헌은 그에게 쏟아진 스포트라이트를 무척이나 버거워한 시기였다. 잘생긴 깜짝 금메달리스트에게 쏟아진 관심은 대중 앞에 그를 낱낱이 해부했다. 금메달에만 집중하던 언론은 얼마 안 가 유헌의 배경으로 눈을 돌렸다. 천애고아에서 올림픽 금메달리스트가 된 이야기는 무척이나 매력적인 소재였다.

유헌의 딱한 사연이 화제가 되자 인겸이 냅다 숟가락을 얹었다. 후원 증서를 함께 잡고 찍은 사진을 언론에 뿌리며 유헌의 이름 옆에 인겸을 엮었다. 안 그래도 상승세를 타고 있던 인겸에게는 더할 나위 없는 기회였다.

'어이고, 헌이 왔구나!'

'유헌 군'이라는 다소 거리감 있던 호칭은 금세 '헌이'라는 다정한 애칭으로 바뀌었다. 한국으로 돌아가니 인겸과 함께 하는 인터뷰가 여러 개 잡혀 있었다. 이영과 만나 다정하게 해후를 풀 시간이 없었다.

바쁨은 올림픽이 끝나고 두 달이 다 가도록 이어졌다. 유헌과 이영은 한창 낙엽이 지는 가을이 되어서야 서로의 얼굴을 오래 바라볼 수 있었다.

'이런 게 유명인의 삶이면 다 때려치울 거야.'

'왜. 방송하는 거 나름 재밌다며.'

'너를 못 보잖아. 뭔 소용이야.'

그때에도 유헌의 말은 언제나 거침이 없었다. 느끼는 대로 표현했고, 아끼는 만큼 표현했다. 덕분에 매번 얼굴이 붉어지는 건 이영의 몫이었다.

'내년 되면 너랑 나랑 더 못 만날걸? 난 고3이고 너도 훈련 엄청 할 거잖아. 이제는 사람들이 너한테 많이 주목할 거고.'

이영의 말은 정확히 들어맞았다. 해가 바뀌자마자 너무 많은 것들이 휘몰아쳤다. 죽어도 S대에 입학해야 한다며 온갖 부담과 압박이 이영에게로 쏟아졌고, 올림픽 금메달리스트라는 타이틀이 달리면서 유헌 역시 쏟아지는 대중의 시선과 싸워야만 했다.

매달려야 할 일이 생기니 자연스레 거리감이 생길 수밖에 없었다. 이영은 예전처럼 유헌의 사격장에서 하염없이 그의 훈련을 보며 기다릴 수 없었고, 유헌 역시 더 이상 이영을 자전거에 태우고 멀리 떠나는 일탈을 꿈꿀 수 없었다.

'오늘 모의고사였다며?'

'뭐야. 그런 건 또 어떻게 알았대.'

'나도 운동하는 애들 말고 친구 있거든. 수학 어려웠다고 그러던데.'

'으으. 진짜 싫었어.'

그래도 서로에 대한 끈은 놓지 않았다. 유헌의 노력이 컸다. 매일 한계까지 치닫는 운동량을 소화하면서 이영의 일정을 꼼꼼히 챙겼다. 중요한 시험은 없는지, 혹시 매일 주고받는 연락 속에 힘든 기색은 없는지 무척이나 신경 썼다.

유헌의 섬세함을 알기에 이영은 웬만하면 힘든 기색을 내보이려 하지 않았다. 이미 충분히 신경 쓰고 있음을 알기에 더 마음 쓰게 하고 싶지 않았다. 그의 훈련이 보통 힘든 것도 아니고, 인겸이 한껏 불을 질러 놓은 바람에 유헌의 어깨가 더 무겁다는 사실도 알기에 마음이 더 무거워졌다.

그러다 수능을 코앞에 둔 어느 날, 참아 왔던 감정이 터져 버렸다. 무엇이 그리 힘들고 서러웠는지, 이영은 여느 날과 같이 걸려 온 전화를 붙잡고 엉엉 울었다.

놀란 유헌은 합숙소를 뛰쳐나와 곧장 이영의 집 앞으로 왔다. 연락을 받고 이영이 집 밖으로 나온 시간이 자정 무렵이었다. 복장이며, 가쁘게 뱉는 숨이며, 몰래 빠져나온 게 티가 났다.

'기분 안 좋을 때는 단거 먹어야 한다는데 편의점에 남아 있는 게 별로 없어서 그냥 다 쓸어 왔어.'

유헌이 모자를 푹 눌러쓰고 간식거리가 잔뜩 든 봉지를 내밀었다. 그 모습에 울컥 감정이 차올라서 이영이 곧장 그의 품으로 뛰어 들어갔다. 참 오랜만에 보는 사랑하는 연인이었다. 제법 쌀쌀한 가을밤의 찬 기운을 서로의 온기에 의지해 몰아냈다.

'얼마 안 남아서 더 힘든 걸지 몰라. 후딱 끝내고 겨울 바다 보러 가자.'

'미안. 괜히 울어서 여기까지 오게 하고.'

'내 앞에서 안 울면 누구 앞에서 울어. 미안하다는 얘기 하지 마.'

무척이나 다정한 말이었다. 꼭 껴안은 연인을 내려다보는 유헌의 눈빛 역시 다디달았다. 위로의 말이 자꾸 가슴을 녹여서 심장이 쿵쾅댔다. 유헌을 볼 때면 언제나 웃음이 나고, 행복함이 몰려왔지만, 오늘따라 눈에 담기는 모습이 더 따뜻했다.

그래서 조심스레 뺨을 그러쥐고 입을 맞췄다. 제법 나는 키 차이 때문에 이영이 살짝 발을 들어야 했지만, 닿아 오는 말캉한 온기에 정신이 팔려 그런 불편함 따위는 조금도 신경 쓰이지 않았다.

갑작스런 입맞춤에 유헌은 온몸이 뻣뻣하게 굳었다. 그러나 당황스러움은 찰나였다. 허리에 감은 팔에 더 힘을 주고, 조심스럽게 이영의 입술을 열었다. 아마 천국의 맛이 이렇지 않을까 싶었던, 첫 키스였다.

"뭐야, 발라당 까졌네. 열아홉에 키스하고."

"너랑 한 건데?"

유헌을 놀리려던 이영의 얼굴이 화르르 달아올랐다. 전부 맞는 말이었지만 하도 직설적이라 괜히 부끄러웠다. 사실 따지고 보면 지금 이 상황 자체가 참 묘했다. 옛 연인과 마주 앉아 그와 나눈 첫 키스를 전해 듣고 있는 상황이라니. 결코 흔한 일은 아니었다.

"열아홉 때 여러모로 힘들었어. 너는 입시에 지치고 나는 올림픽 이후에 슬럼프가 와서 혼자 땅굴 파고."

이영을 직접 만난 횟수가 가장 적었던 해였다. 이를 악물고 버텼다고밖에는 표현이 안 됐다. 어렸기에 어쩌면 더 순수하게 사랑할 수 있었는지도 모른다.

"대신에 스무 살……."

"처음으로 잔 건 언제였어?"

첫 키스 이야기가 나온 후부터는 묘하게 정신이 다른 곳에 가 있다고 생각은 했지만, 이렇게 직접적인 질문이 나올 줄은 몰랐다. 말이 끊긴 유헌은 한껏 당황해 눈만 깜빡였다.

예전부터 이영에게는 꼭 깜짝 놀랄 만큼 엉뚱한 부분이 있었다. 무척이나 순수한 표정으로, 아무것도 모르는 듯이 엄청난 말을 툭툭 던져 유헌을 당황하게 만들곤 했다. 그 모습마저 사랑스러워서 매번 웃으며 그녀에게 입을 맞추기 바빴다.

그렇지만 이번 질문은 그 어느 때보다 파급력이 셌다. 첫 키스 이야기가 나왔으니 자연스레 던질 수 있는 질문이었지만, 이영이 곧바로 물어 올 거라고는 생각지 못했다.

"아……. 너무 뜬금없이 막 물어봤나?"

유헌이 눈에 띄게 당황하자 이영의 얼굴이 더 붉어졌다. 사실 그녀 역시 말하기 부끄러워서 머릿속으로만 생각하던 질문이었는데, 성격 급한 입이 말릴 새도 없이 툭 뱉어 버리고야 말았다. 주워 담을 수 없기에 할 수 있는 것이라곤 태연한 척하는 것뿐인데, 유헌이 어쩔 줄 몰라 하니 더욱 부끄러워졌다.

"아니야. 그냥 조금 놀라서."

유헌이 목을 가다듬었다. 처음으로 함께 보낸 밤은 무척이나 소중한 기억이었다. 서투름 그 자체였으나, 그랬기에 한없이 보듬고 싶은 예쁜 추억이었다.

"12월 31일에 호텔에서 1월 1일로 넘어가는 자정에 같이 잤어."

"와……. 발라당 까졌다는 거 취소. 우리 엄청 건전했네."

진심으로 감탄하는 이영 때문에 작업실 안에 웃음이 가득했다.

"그때 태어나서 스위트룸 처음 가 봤어."

큰돈을 털어 이름난 호텔의 스위트룸을 예약했다. 스위트룸 중에서는 가장 저렴한 등급이었지만, 매달 들어오는 금메달 연금이 수입의 전부인 열아홉 소년에게는 무척이나 큰 소비였다.

이영이 인겸의 염원대로 S대에 합격하고, 유헌 역시 긴 슬럼프에서 탈출한 데다가, 나이의 앞자리가 바뀌는 중요한 때이기도 했다. 어른이 되는 첫날 함께 밤을 보내고 싶었다. 둘 다 작정하고 날을 잡았다. 서로의 마음에 참 예쁜 날로 기억되게 하기 위해서.

"엄청 떨렸겠네."

"거짓말 아니고, 올림픽 때보다 더 떨었어."

"거짓말."

"진짜라니까. 억울하네."

어딜 가도 사람이 넘쳐 나는 한 해의 마지막 날인지라, 일찌감치 체크인을 하고 호텔 안에서 뒹굴거렸다. 룸서비스를 시켜 먹기도 하고, 서로에게 기댄 채 살짝 잠이 들기도 했다. 그러다 해가 지며 어둠이 찾아오고 나서는 눈에 띄게 긴장감이 서렸다.

씻고 나오는 과정부터 시작해 별의별 생각이 다 들었다. 어차피 벗어야 하는데 속옷을 입어야 하나 하는 고민부터, 몸에 어디 보기 흉한 곳은 없는지 무척이나 신경이 쓰였다.

둘 다 가운으로 몸을 꽁꽁 감싸고 나와서는 TV를 틀고 제야의 종소리를 기다렸다. 얼굴이 새빨개져서는 서로 아무 말이 없었다. 그렇게 정적 속에 갇혀 있다 결국 유헌이 먼저 웃음을 터뜨렸다.

'우리 너무 웃긴 것 같아.'

'부끄러우니까 조용히 해.'

새침하게 쏘아붙인 것도 잠시, 이영 역시 번져 가는 웃음을 막지 못했다. 한참을 웃다 보니 보신각의 종소리가 들려왔고, 서로를 바라보던 눈빛이 한층 깊어졌다.

'스무 살 된 거 축하해. 이제 어른이네.'

'너도 축하해. 아주 많이.'

누가 먼저랄 것도 없이 입을 맞췄다. 여린 팔이 단단한 어깨에 감기고, 자연스레 침대를 향해 몸을 옮겼다.

온갖 영상이나 글로 본 적은 있었지만 둘 다 처음이었기에 많은 것들이 어색했다. 본능에 충실한 움직임에 점점 몸이 땀으로 젖어 가고, 숨이 가빠 왔다. 제 입에서 나오리라 생각지도 못한 신음 소리가 흘러나왔지만, 하나가 된 황홀경보다는 첫 경험의 아릿한 통증에 관한 기억이 조금 더 강렬했다.

그러나 이영은 그녀가 아파할 때마다 어쩔 줄 몰라 하며 입을 맞추고, 부드럽게 살결을 매만지고, 다정한 눈빛으로 달래 주던 유헌의 모습이 좋아 버릴 수 있었다. 게다가 서로에게 안긴 생경한 느낌에 익숙해져 갈 즈음엔 왜 사람들이 사랑을 나누는지 단번에 이해가 갈 정도로 행복했다.

그건 유헌 역시 마찬가지였다. 눈앞에 있는 하얀 나신이 너무도 찬란했다. 아름다워서 눈이 멀어 버릴지도 모른다고 생각했다. 너무 빤히 바라봐서 이영이 그의 눈을 감길 정도로 바라보고 또 바라봤다. 그러고는 곳곳에 입을 맞췄다. 그녀의 몸에 입을 맞추지 않은 곳이 없을 정도로 모든 곳에 흔적을 남겼다.

완벽하다고도 오로지 쾌락만 있었다고도 할 수 없는 첫 밤이었으나, 오히려 그랬기에 반짝거렸다.

하지만 이 기억은 지금 유헌만이 온전히 가지고 있는 것이었다. 설명을 할 수도 없었다. 직접 느끼기 전에는 죽어도 알 수 없는 감각이었다.

"엄청 행복했어."

짧은 한마디에 진심이 가득했다. 덕분에 이영의 얼굴은 더욱 붉어졌다. 스무 살도 아니고, 이런 일에 부끄러움을 느낄 나이가 아니기는 했지만 이상하게 열이 올랐다. 그러나 동시에 기억에 없는 밤에 대한 확신이 들기도 했다.

"나도 행복했을 거야. 네가 그렇게 행복하게 기억하는데 내가 나쁘게 기억했을 리 없어."

형언할 수 없는 감정이 유헌을 덮쳤다. 이영의 진중한 눈빛과 목소리가 마음속 깊은 곳을 건드렸다.

땀으로 흠뻑 젖은 몸을 함께 씻고 나와 다시 마주 보고 눕던 순간이 떠올랐다. 그때 유헌을 바라보던 이영의 눈빛을 아직도 생생히 기억했다. 사랑을 하고 있는 이의 모습이 그토록 아름답다는 걸 그때 처음 깨달았다. 결코 잊을 수 없는 순간이었다.

그러나 옛 추억에 대한 향수는 오래가지 못했다. 평소에는 울리는 일이 없는 핸드폰이 계속해서 요동을 쳤다.

"전화 계속 오는데 받아야 하는 거 아니야?"

"……미안. 잠깐만 전화 받고 올게."

쉴 새 없이 울리는 핸드폰을 확인하니 의외인 이름이 보였다. 원장 신부였다. 이상했다. 이렇게나 다급하게 연락할 일이 없었다. 고아원 일을 돕기 위해 달마다 찾아가는 날짜는 지난 지 오래였고, 유헌을 아끼는 바오로 신부가 아닌 이상 고아원의 다른 신부들과는 따로 만난 적이 없었다.

"여보세요?"

— 유헌아. 바쁘니?

"네. 일하는 중이라서요. 무슨 일이세요?"

일을 하고 있다는 이야기에 깜짝 놀라는 기색이 핸드폰 너머로 느껴졌다. 선수 생활을 은퇴하고 나서 그가 방황하고 있다는 사실은 원장 신부 역시 잘 알고 있었다. 최근에는 집 안에만 갇혀 있었으니, 갑작스레 전해진 '일'이라는 단어가 꽤 당황스러울

만도 했다.

"신부님?"

— 글라라 수녀님이 위독하시다. 의식이 점점 없어지는데, 너를 많이 찾으셔.

심장이 내려앉았다. 유헌에게는 엄마와도 같은 사람이다. 유난히 유헌을 아꼈고, 유헌 역시 그녀를 많이 따랐다. 갑자기 발병한 위암으로 투병 중이나, 불과 얼마 전까지만 해도 상태가 호전되었다는 이야기를 들었기에 더욱 믿기지 않았다.

"지금 갈게요. 한 시간이면 가요."

하늘은 그가 행복해지는 걸 원하지 않는 건가 싶어 주먹에 힘이 들어갔다. 전화를 끊고도 빠르게 뛰는 심장이 진정되지 않아 몇 번이고 숨을 크게 뱉어 내야 했다.

"무슨 일 생긴 거야? 표정이 안 좋은데."

유헌이 전화를 받고 돌아오니 이영이 걱정 어린 표정으로 바라봤다. 그는 애써 웃고는 조심스레 말을 꺼냈다.

"이영아, 미안한데 오늘은 여기까지만 하자. 나 길러 주신 수녀님이 위독하다고 하셔서."

위독하다는 말이 나오자 이영의 눈이 커졌다. 살짝 놀라던 그녀는 재빨리 고개를 끄덕였다.

"응. 그래. 미안할 게 뭐가 있어. 당연히 얼른 가 봐야지."

녹음기의 빨간불이 꺼지고, 노트북도 닫혔다. 외투를 챙기는 유헌의 얼굴에 미안함이 번졌지만, 이영은 연신 괜찮다며 웃어 보였다.

"괜찮아. 얼른 서둘러서 가. 얼른."

일부러 만들어 낸 밝은 목소리가 티가 났다.

"잘하면 내일도 못 올 수 있어. 갑자기 미안. 이따가 전화할게."

"그래. 나 너무 신경 쓰지 마. 괜찮아."

"오늘도 작업실에서 잘 거야?"

"음, 아마도? 상황 봐서 정하려고."

"청담으로 들어가는 거면 너무 늦게 가지 말고 서둘러서 가. 여기 밤엔 안 좋아."

"그럴게."

유헌은 한없이 다정한 목소리로 이영을 챙긴 뒤, 그녀를 조금 더 바라보다 작업실 밖으로 나왔다. 느린 엘리베이터에 탈 때까지 그녀의 시선이 따라왔다.

이영은 복도를 걸어가는 그에게 계속 손을 흔들어 보였다. 넓은 등이 보이고, 느린 엘리베이터 안에 탄 그가 같이 손을 흔들 때까지 그의 모습을 눈에 담았다. 유헌은 갑작스럽게 만들어진 공백을 무척이나 미안해했지만, 이영은 오히려 다행이라 생각했다.

첫 밤이 행복했으리라는 한마디를 들은 유헌의 표정을 보니 위기감이 엄습했다. 슬픔과 기쁨이 뒤섞인 그의 표정은 누가 봐도 깊은 사랑을 하는 사람의 눈이었다.

유헌의 눈에서는 언제나 이영에 대한 애정이 보였지만, 오늘처럼 농도가 짙었던 건 처음이었다. 문제는 그런 그의 얼굴을 보고 이영의 심장이 미친 듯이 뛰었다는 점이었다.

유헌은 이영이 사랑해서는 안 되는 사람이었다. 그녀의 기준에서는 분명히 그랬다.

지끈거리는 머리를 부여잡으며 소파에 몸을 던졌다. 유헌이 나가자 순식간에 횅해진 공기를 느끼며 이영은 지난 시간을 곱씹었다.

유헌에게 부탁을 하기 전에는 걱정이 더 컸다. 여러 가지 상황으로 보아 헤어진 연인 정도로 보이는데, 어떤 이유로 어떻게 헤어졌는지를 모르니 서로 간에 쌓였을 불쾌감을 알 수 없어 신경이 쓰였다.

그럼에도 불구하고 절박함 하나로 부딪쳐 울며 애원해 귀중한 시간을 얻어 냈다. 이영의 걱정과 다르게 유헌은 무척이나 다정하고 세심하게 자신의 기억을 설명했고, 이영을 대하는 태도는 부드러움과 자상함 그 자체였다.

함께 지낼수록 좋은 사람이라는 생각이 떠나지 않았고, 같이 있으면 훨씬 즐거웠다. 이영은 그런 감정이 고마움의 연장선일 거라 여겼다. 그러나 아직까지 느껴지는 심장 박동이 그녀의 생각이 틀렸음을 알려 왔다.

이영은 고개를 젖힌 채 한참이나 눈을 감고 뛰는 가슴을 진정시켰다. 그리고 빌었다. 부디 오늘 감지한 작은 감정이 그저 스쳐 지나가는 것이길, 그녀가 다시 유헌을 사랑하는 일은 일어나지 않길.

▲▽▲

"유헌아!"

최대한 서둘러 성당 옆의 병원으로 가니, 벌써 눈이 빨개진 요셉 신부가 유헌을 맞았다. 빠르게 뛰던 심장이 바닥으로 떨어졌다.

"설마……."

"아니야. 얼른 들어가. 기다리고 계셔."

유헌은 지체하지 않고 곧장 병실 안으로 들어갔다. 안에서 힘겹게 숨을 뱉고 있는 글라라 수녀가 보였다.

"수녀님."

"왔니?"

감겨 있던 눈이 천천히 열리고, 특유의 맑은 웃음이 그녀의 얼굴에 내려앉았다. 유헌은 차오르는 눈물을 참아 내기 위해 입술을 짓이겼다. 어느새 주름이 는 손이 앙상했다.

"왜 약한 척하세요. 나중에 저보고 히말라야 트래킹 데려가 달라고 하셨잖아요."

"그런 얘기 할 땐 내가 젊었잖니."

"작년 일이었으면서, 뭘."

분위기가 가라앉는 게 싫어, 괜히 더 장난스레 말을 붙였다. 그 마음을 아는 글라라는 그저 웃으며 아들 같은 유헌의 모습을 눈에 아로새겼다.

"저번에 왔을 때보다 얼굴이 많이 좋아졌구나."

"똑같은데요, 뭘."

"아니야. 표정이 밝아졌는데?"

글라라에게 찾아온 건 이영을 다시 만난 이후로는 처음이었다. 귀신같이 평소보다 좋아진 유헌을 알아채는 모습에 웃음이 나다가도, 그렇게나 유헌에게 애정이 많은 사람이 마지막 숨을 내뱉고 있다는 사실이 심장을 짓밟았다.

"우리 유헌이 오랜만에 얼굴 밝아진 거 보니까 내 마음이 훨씬 편하다."

"저 결혼해서 애 낳는 것까지 보고 할머니 수녀님 소리 들으시기로 했으면서 뭐 그렇게 마지막 같은 말을 하세요."

지나치게 갑작스러운 이별이었다. 오랜 기간 멀어졌던 인연과 다시 닿자마자 일생을 함께해 온 인연과 헤어져야 함이 끔찍했다. 절대 그런 일이 있을 리 없다는 듯 유헌이 애써 말을 돌렸지만, 이 공간 안에 있는 모두가 글라라의 마지막을 예감하고 있었다.

"그럼. 봐야지. 너도 알겠지만, 내가 애들을 좀 잘 보니? 너도 내가 뛰어놀게 했잖아. 맨날 축 처져서는 꼼짝도 안 했었는데."

글라라가 특유의 장난스러운 표정을 지으며 유헌의 손을 꼭 잡았다. 마음으로 낳아 키운 아들이 다가온 이별을 받아들이지 못하는 모습이 안타까웠다.

"유헌아."

"그렇게 아련하게 부르지 마세요. 속상하니까."

"꿈에 이영이를 봤어."

글라라의 입에서 이영이 나오자 유헌의 눈이 커졌다. 5년 전의 일 이후로, '이영'이라는 이름은 일종의 금지어였다. 유헌이 하루하루 이영의 그림자 안으로 숨어 들어가는 모습을 보면서도, 아무도 쉽게 말을 꺼낼 수 없었다. 모두가 이영만이 그를 구원할 수 있는 사람이라는 걸 알았으나, 모두가 그 일이 불가능임을 알았기에 그를 도와줄 방법이 없었다.

"내가 마지막으로 봤던 때랑 똑같더라. 예전처럼 활짝 웃으면서 '글라라 수녀님!' 하고 달려오는데, 어찌나 예쁘던지."

글라라 역시 유헌이 망가져 가는 시간을 함께 지켜봐 왔지만 이영에 대한 이야기는 한 번도 꺼내지 않았다. 꺼낼수록 유헌에게 상처만 될 뿐이라는 사실을 아는지라 차마 입술이 떨어지지 않았다.

"그 너머에서 네가 나랑 이영이를 보고 있는데, 참 그리워한 모습이었어."

"……수녀님."

"활짝 웃을 줄 알던 내 아들이 거기에는 있더라고."

그런데 오늘 유헌을 마주해 그의 얼굴을 확인해 보니 얼마 전 꿈에서 봤던 환한 모습으로 돌아와 있었다. 이영의 옆에 있을 때

보이던 분위기였다. 직접 배 아파 낳지는 않았어도, 유헌을 아들이라 부를 만큼 아끼며 길러 온 글라라였다. 그의 변화를 단번에 알 수 있었다.

"이영이 다시 만나니?"

유헌의 옆에 이영이 돌아온 사실을.

"……네. 다시 만났어요."

머뭇거린 것도 잠시, 유헌이 고개를 끄덕였다.

"예전처럼 그렇게 만난 건 아니고요. 연락이 와서…… 도와주고 있어요."

"뭐를 도와주는데?"

"기억을 찾고 싶대요. 사고 이전의 기억이요."

글라라의 낯빛이 순간 어두워졌다. 쉽게 말을 잇지 못하던 그녀는 그저 조용히 유헌의 손을 잡았다.

"괜찮니?"

짧은 한마디에 유헌이 이를 악물었다. 애써 부정하고, 애써 참아 왔던 서러움이 목구멍을 타고 올라왔다.

이영의 곁에 있다는 사실 하나로 이미 충분히 행복해서, 그저 볼 수 있다는 것만으로도 세상을 다 가진 기분이 들어서, 모든 게 괜찮을 거라 생각했다. 유헌 혼자 이영을 사랑해도 상관없었다. 그 이상은 바라지도 않았다.

그러나 함께 품고 있던 기억을 나누는 과정에서 마주하는 낯선 표정은 커다란 못이 되어 유헌의 가슴에 박혔다. 그가 최선을 다

해 보듬으며 잊을까 두려워하는 모든 추억이 이영의 머릿속에는 존재하지 않는다는 사실이 생각보다 훨씬 잔인하게 다가왔다.

'근데 그날 사격장에는 왜 왔어?'

'그날? 아, 처음 갔던 날?'

'응. 옛날부터 궁금했어.'

'비밀이야.'

'치사하네. 안 알려 줄 거야?'

'응. 예쁜 짓 하면 알려 줄게. 예쁜 짓 해 봐.'

'잔인해, 서이영.'

눈만 마주치면 입을 맞추던 시절에 수도 없이 묻곤 했다. 왜 유헌에게 찾아왔는지, 왜 제 주위에서 빙빙 도는 유헌을 막지 않았는지. 그럴 때마다 이영은 절대 알려 주지 않겠다며 얄궂은 표정을 지었다.

언젠가는 꼭 알아낼 거라며 벼르던 질문의 답은 이제 평생 알 수 없게 되었다. 이영은 수도 없이 들었던 질문의 존재 자체를 기억하지 못할 테니까.

그래도 괜찮다고, 유헌이 기억하고 있으니 되었다고 생각을 하다가도, 형언할 수 없는 공허함이 그를 덮쳤다. 더 이상 탐내지 않으리라 생각했으면서, 막상 다정하게 웃는 이영의 모습을 보니 수많은 것들이 욕심났다.

손을 뻗어 볼을 어루만지고 싶고, 가늘고 긴 손가락에 제 손을 끼워 넣어 얽고 싶고, 언제나 따뜻했던 입술에 입을 맞추고 싶었다. 아주 어린 시절부터 품었던 사랑을 쉬지 않고 속삭이고 싶기도 했다.

괜찮다고 어르다가, 너무도 크게 피어오르는 욕망과 싸우다가, 다시 스스로를 달래는 과정이 숱하게 반복됐다. 그럼에도 불구하고 이영의 곁에 있을 수 있으니 오로지 그거 하나만 믿고 그녀의 옆자리를 지켜 왔다.

"그래도 곁에 있으니까요. 말하면서 옛날 생각도 많이 나고."

어차피 유헌이 선택한 길이었다. 글라라의 한마디로 오래된 가슴의 응어리가 요동칠 정도로 아파하고는 있었지만, 그렇다고 해서 포기할 생각은 없었다. 함께하면서 혼자 기억하고 있다는 사실에 눈물짓는 것보다, 따로 떨어져 만나지 못한 채 그리워하는 게 곱절은 더 아팠다.

"여전히 예쁘겠네."

"네. 예뻐요."

조금의 망설임도 없이 대답이 흘러나왔다. 그 모습에 글라라가 활짝 웃었다.

"잘 지내니? 어디 아프지는 않고?"

"잘 지내요. 아파 보이지도 않고요."

"기억을 왜 찾으려고 하는지는 말 안 했어?"

"물어봐도 안 알려 줘요."

첫날 외에도 몇 번 물음을 던졌으나, 이영은 그저 웃기만 할 뿐 대답하지 않았다. 그냥 찾고 싶다고, 잃어버린 시간을 그대로 흘어 놓기에는 여러모로 아쉽다고, 대충 뭉뚱그린 대답만을 늘어놨다.

그쯤 되니 유헌 역시 더 이상 되묻지 않았다. 이영이 워낙 완고하기도 했고, 말하고 싶지 않은 부분을 억지로 캐내고자 하는 마음도 없었다.

"그냥……. 지금은 같이 있는 것만으로도……."

유헌이 끝내 말을 잇지 못했다. 글라라는 다 안다며 그의 손을 잡았다. 그녀는 갓난쟁이가 성당 고아원 앞에 버려졌을 때부터 지금까지 유헌을 쭉 지켜봤다. 일찍 철이 들 수밖에 없는 환경이기는 했지만, 그는 유난히 빠르게 어른이 됐다. 그냥 어른도 아니고 꽤나 냉소적인 어른으로.

손에 쥐고 있는 능력이 많은데도 조금도 활용하려 하지 않았고, 눈동자는 매일이 공허했다. 고작 십 대 중반인 아이가 당장 내일 죽어도 아무 문제 없다는 듯 행동하니 옆에 있는 사람들만 속이 탔다.

그러다 이영을 만나고서부터 확 달라졌다. 처음으로 눈을 반짝이며 뭔가에 매달렸고, 사격으로 세계에서 1등을 해 오는 쾌거를 이루더니, 사랑을 하고 있는 사람 특유의 행복한 기운을 주변에 뿌려 대기 시작했다.

커 갈수록 안정되는 유헌을 보며 글라라는 안심했다. 이미 그의 세상이 되어 버린 이영이 좋은 아이라는 걸 느낀 데다가, 그가 삶의 이유를 찾아낸 것 같아 무척이나 뿌듯했다.

"너희 둘이 같이 있으면 얼마나 예뻤는지 아니? 왜 인터넷에서 하던 말 있잖아. 선남선녀였나?"

"그게 언제 적 말인데 그걸 아직도 쓰세요."

"나한테는 요즘 쓰는 말이야. 어쩜 이렇게 세상이 빠르게 변하니."

애써 밝게 이야기하고 있었지만, 보듬어 주기 위해 닿아 있는 손에서는 아픈 감정들이 느껴졌다. 글라라는 유헌이 마냥 안쓰러웠다. 이제 행복만 남았으리라 생각한 순간에 모든 걸 잃은 유헌의 모습이 아직도 생생했다.

"유헌아."

"네. 말씀하세요."

"네가 행복할 수 있는 대로 행동하렴."

앙상한 손이 유헌의 얼굴에 닿았다. 커다란 손이 그 위로 마른 손을 감쌌다.

"이영이 곁에 있을 때 제일 행복하면 그냥 옆에 있어. 다른 사람 생각하지 말고 너랑 이영이만 생각하렴. 너희는 충분히 그래도 돼."

지독히 어린 나이에 너무도 많은 일이 휘몰아쳤음을 아는지라, 글라라는 그저 위로하고 달래는 것밖에는 할 수 있는 게 없었다. 유헌에게 주어진 운명이 참으로 가혹하다고 생각했으나, 그마저도 신의 뜻일 테니 그저 앞으로는 평안하기를 기도하는 게 전부였다.

"그래서 옛날 얘기는 다 했어? 무슨 얘기 했니?"

유헌의 눈에 눈물이 고이는 게 안쓰러워서, 글라라는 재빨리 화제를 돌렸다. 나이와 병색이 짙게 묻어나는 손은 계속 유헌에게 닿아 있고, 따뜻한 눈동자 역시 그에게로 고정됐다.

글라라와 유헌의 이야기는 해가 지고 밤이 되도록 이어졌다. 글라라의 눈이 서서히 감기고, 숨이 다시 거칠어짐을 느낀 의료진들이 그녀 옆으로 몰려들었다.

유헌은 결국 참지 못하고 눈물을 터뜨렸다. 오랜 시간을 동지로 함께한 다른 성직자들 역시 눈시울이 뜨거워졌다. 가빠진 숨은 얼마 가지 않아 글라라에게서 사라졌다. 깊은 새벽, 의사가 사망선고를 하고, 수녀들은 울며 연도를 바쳤다. 요셉 신부와 유헌은 서로를 껴안고 한참이나 울었다.

장례식장에서 준 까만 정장으로 갈아입고 빈소를 지켰다. 글라라의 남동생이 상주였으나, 유헌이 상주인 것처럼 한순간도 자리를 벗어나지 않았다.

이영의 목소리를 들으면 완전히 무너져 버릴 것만 같아서, 짧은 문자만 남겼다. 수녀님이 결국 돌아가셨고, 장례가 끝날 때까지는 찾아갈 수 없을 것 같다며 사과도 덧붙였다.

곧장 답장이 왔다. 실례만 되지 않으면 장례식장에 와서 조문을 하고 싶다는 내용이었다. 유헌을 걱정하는 이야기도 있었다. 그는 쉽게 답장하지 못했다.

기억을 가진 이영이라면 머뭇거릴 이유가 없었다. 애초에 글라라가 위독하다는 전화가 왔을 때 함께 병실로 향했을 거다. 글라라는 이영을 무척이나 예뻐했다. 이영 역시 글라라를 유독 따랐다. 서로가 서로를 보며 참 좋은 사람이라 속삭였었다. 팔짱을 낀 채 성당 주위를 걷는 둘의 모습을 볼 때면, 유헌의 마음 깊숙한 곳으로부터 이유를 알 수 없는 감정이 차오르기도 했다.

그러나 지금의 이영은 글라라에 대한 기억이 없었다. '유헌에게 있어 엄마 같은 분'이라는 '정보'가 전부였다. 유헌에게 중요한 사람이니 찾아오려 마음을 쓰고 있었다.

막을 이유가 없었다. 인연이 아예 없던 것도 아닌 데다가, 글라라 역시 이영을 보고 싶어 하리라는 걸 알았다. 다만, 이영이 수많은 시선에 둘러싸이는 게 걱정이 됐다.

이영과 유헌이 함께 만든 세상에서 기억을 잃은 건 그녀뿐이었다. 다른 사람들은 모두 이영을 기억했다. 요셉 신부, 성당의 수녀들, 고아원에서 함께 큰 아이들. 빈소에서 자리를 지키는 많은 사람들이 그녀를 알았다. 오로지 이영만 그들을 모를 뿐이다.

그러나 지금 유헌을 가장 머뭇거리게 하는 이유는 다름 아닌 '비'였다. 사랑하는 이를 잃고 아파하는 사람들과 함께 슬퍼하고 있는 건지, 하늘은 거친 비를 만들어 내 땅에 뿌리고 있었다.

이영의 기억을 앗아 간 그날도, 이렇게 비가 왔다.

"여보세요."

— 괜찮아?

답장을 망설이고 있을 때, 이영에게서 전화가 왔다. 목소리에 걱정이 가득했다.

"괜찮아. 걱정 안 해도 돼."

몇 번이고 괜찮다는 말을 반복했다. 꼭 괜찮기를 바라는 사람이 주문을 외는 것처럼 내뱉어졌다는 게 문제였지만, 유헌에게는 그 점까지 신경 쓸 겨를이 없었다.

잠시 정적이 찾아온 대화에서 이영의 떨리는 목소리가 핸드폰 너머로 들려왔다.

— 나 가게 해 줘. 유헌아.

"이영아."

— 괜찮아. 정말 괜찮을 거야.

유헌이 무엇을 걱정하는지 알아차리기라도 한 것처럼, 이영은 아무 일도 없을 거라며 그를 채근했다. 이영이 몇 마디를 더 붙였음에도 불구하고, 유헌의 입은 쉽게 떨어지지 않았다.

무서웠다. 5년 전 그날과 똑같은 상황이 벌어질까 봐 몸이 떨렸다. 두 번 다시는 겪고 싶지 않은 고통이었다.

— 너 빈소 못 비우잖아. 조심해서 갈 테니까 장소 어딘지 알려 줘.

목소리가 하도 애가 타서, 이영의 부탁을 거절하는 방법도 알지 못해서, 결국 유헌은 빈소의 위치를 말했다. 그 후로는 계속해서 기도했다. 제발 아무 일도 일어나지 않기를, 제발 이영이 무사히 이곳에 오기를.

어머니처럼 그를 키워 준 여인이 죽어 명복을 비는 장소에서 오로지 이영만을 떠올리며 걱정을 하는 모습에 헛웃음이 났다. 마치 죄를 짓는 기분이었다. 그럼에도 이영에 대한 생각을 지울 수가 없었다.

작업실에서 이곳까지 30분 거리였건만, 그 시간이 지나도록 이영이 빈소로 찾아오지 않으니 점점 애가 탔다. 혹시 전화를 받다가 일이 생길까 봐 함부로 통화 버튼을 누르지도 못했다. 초조함에 손이 떨리기 시작하고, 머릿속이 하얘졌다. 당장이라도 빈소를 뛰쳐나가 장례식장 앞에서 그녀를 찾아보고 싶다는 생각이 들 정도였다.

유헌은 결국 참지 못하고 빈소를 빠져나왔다. 장례식장 입구로 내려가니 오늘따라 유독 어두운 밤하늘에서 장대비가 쏟아지고 있었다. 유헌은 입구 앞에서 서성이며 조마조마한 마음을 감추지 못했다.

아닐 거라고 수도 없이 되뇌어도 5년 전 사고 소식을 듣던 날의 잔상이 그를 덮쳤다. 또다시 반복하고 싶지 않았다.

결국 유헌이 참지 못하고 핸드폰을 든 순간, 주차장 앞쪽으로 다가오는 빨간색 벤틀리가 보였다. 그제야 온몸의 긴장이 풀렸다.

"유헌……."

이영이 서둘러 입구로 달려오자마자 유헌이 그녀를 꽉 끌어안았다. 비에 젖은 우산이 바닥으로 떨어졌다. 갑작스런 포옹에 이영은 말을 잇지 못했다. 몸이 바짝 얼어 그저 멀뚱히 서 있을 수밖에 없었다.

"무슨 일이 난 줄 알고……. 나는, 나는 또……."

품에 갇혀 얼굴이 보이지 않는데도, 전해지는 온기가 무척이나 서러워 그의 표정을 보지 않아도 알 수 있을 것만 같았다. 이영은 서서히 긴장을 풀고 유헌의 등을 토닥였다. 그가 무엇을 두려워했는지가 느껴져 이영도 울컥 눈물이 차올랐다.

"미안. 비 때문에 차가 너무 막혔어. 전화할 시간도 없이 달려오느라……."

유헌은 그저 말없이 이영을 더 바짝 끌어안았다. 그러고는 몸을 한껏 숙여 작은 어깨에 얼굴을 묻었다. 이영은 그저 말없이 유헌을 달랬다. 그녀에게 기댄 채로 울고 있는 모습이 지독히도 안쓰러워서, 전해지는 온기마저도 서러워서, 그저 다 쏟아 낼 수 있도록 가만히 어깨를 내줬다.

그녀의 기억이 살아 있고, 그들의 관계가 이어져 있을 때, 늘 그랬던 것처럼.

▲▽▲

"저녁 먹었어?"

"아니. 근데 배 안 고파."

"그래도 조금씩 먹어. 떡이라도. 속 다쳐."

조문을 마치니 유헌이 이영을 끌고 상 앞으로 데려갔다. 그녀를 바라보는 눈에 걱정이 가득했다. 이영은 걱정 말라며 웃어 보이고는 일회용 접시에 담긴 떡 하나를 집었다.

조금은 겉이 굳어 버린 떡을 씹으며 이영은 영정사진 속 글라라의 얼굴을 떠올렸다. 그녀에 대해서는 유헌으로부터 들은 이야기가 전부였다. 유헌이 아주 어렸을 때부터 그를 키웠다고 했다. 이영도 종종 만난 적이 있었고, 서로 참 좋아했다고도 했다.

얼굴을 보면 조금이라도 떠오르는 게 있지 않을까. 유헌으로부터 과거에 대한 자극을 계속 받고 있으니 혹시 가능하지 않을까. 그런 덧없는 생각을 했다. 그러나 혹시나는 역시나였다. 영정 속 얼굴을 아무리 뜯어보아도, 기억나는 게 전혀 없었다. 참 따뜻한 사람이었겠다는 감상만이 흘러나왔다.

"사람들이 쳐다보는 건 너무 신경 쓰지 마. 그냥 다들 신기해서 그래. 악감정 있다거나 그런 거 아니야. 미안."

유헌은 이영이 살짝 굳은 이유가 쏟아지는 시선 때문일 거라고 생각했다. 그녀가 빈소로 들어오자마자 요셉 신부와 고아원의 수녀들은 놀람을 감추지 못했다. 유헌이 살짝 신호를 준 덕에 금세 표정을 지우기는 했지만, 이영이 모를 리 없었다.

글라라 밑에서 유헌과 형제처럼 지낸 동생들 역시 끊임없이 이영을 힐끔댔다. 성당과 고아원에서 이영을 모르는 사람이 없고, 그녀가 기억을 잃어버렸다는 사실 역시 모르는 사람이 없었으니 당연한 결과였다.

"네가 미안할 게 뭐가 있어. 그리고 기분 안 나빠. 나였어도 쳐다볼 텐데, 뭘."

이영은 진심으로 아무렇지 않았다. 사실 아무렇지 않다기보다는 신기했다. 유헌과 관계된 많은 사람들이 그녀를 알고 있는 게 신기했고, 등장 자체가 놀라움이 되어 버릴 만큼 그녀의 파급력이 컸다는 사실이 놀라웠다.

신기함은 이내 궁금함으로 이어졌다. 유헌이 전해 주는 이야기를 들으며 사이가 꽤 깊었을 거라고 생각은 했지만, 시간이 지날수록 그 깊이가 가늠되지 않았다.

"갈 때 내가 데려다줄게."

"아니야. 괜찮아. 뭐 하러 그래."

"아까보다 비 더 와. 갈수록 그친다니까 조금만 더 있다가 비 그쳐 가면 그때……."

"장례식 끝날 때까지 여기 있을게."

이영의 목소리는 단호했다. 놀란 유헌이 곧바로 안 된다며 그녀를 말렸다.

"힘들어서 안 돼. 그럴 필요도 없고."

"너 혼자 있는 거잖아."

"왜 혼자 있어. 신부님도 있고, 수녀님들도 있고, 애들도 있는데. 괜찮아, 이영아."

유헌이 한사코 말렸건만, 이영은 차마 그대로 돌아가겠다는 말이 안 나왔다. 아까부터 머릿속을 지배하는 생각이 좀처럼 지워지지 않은 탓이었다. 혀끝에서만 단어를 굴리던 이영은 결국 담아 두었던 말을 뱉어 냈다.

"내가 기억을 안 잃었으면, 그냥 지금까지 계속 멀쩡하게 살아
왔으면, 계속 여기 있었을 거잖아."

유헌은 멍해졌다. 이영이 그렇게 생각하리라고는 꿈에도 상상
하지 못했다.

"그냥…… 그냥 내가 옆에 있고 싶어서 그래. 그렇게 해 주라.
너 신경 쓰게 안 할게."

이영의 목소리가 제법 간절했다. 유헌은 결국 고개를 끄덕였다.
'기억을 잃지 않았다면'이라고 내걸었던 그녀의 조건이 계속 귓
가에 울렸다.

"절대 무리하지 말고, 조금이라도 힘들면 안쪽에 쉬는 곳 있으
니까 거기 들어가서 자. 불편하면 언제든지 말하고. 데려다줄 테
니까."

"안 불편해. 그런 걱정 하지 마. 괜찮아."

걱정스러운 눈빛을 겨우겨우 달랜 이영은 그 뒤로 내내 유헌의
옆을 지켰다. 그의 지인이 조문을 올 때면, 그들을 맞이하고 대접
해야 하는 유헌이 계속 이영의 눈치를 보는 점만 빼면 별다른 문
제가 없었다. 유헌이 좀처럼 이영을 혼자 두려 하지 않아 일어난
일이었다.

결국 이영이 괜찮으니 볼일을 보라고 몇 번이나 말리고 나서야
유헌의 행동반경이 넓어졌다. 사람들 앞에서는 괜찮다며 웃어 보
였지만, 이영은 그의 등이 확연히 작아졌음을 느꼈다. 유헌에게는

모친상과 같으니, 멀쩡할 리 없었다. 그래서 더 옆을 지키고 싶었다. 힘든 티를 낼 줄 모르는 사람이 조금이라도 편히 기댈 수 있는 대상이 필요하다고 여겼다.

유헌과 함께 운동을 했던 사람들은 빈소 한편에 있는 이영을 보고 대부분 소스라치게 놀랐다. 어찌나 놀라는지 아무것도 모르는 이영마저도 그들의 반응에 놀라 함께 몸을 들썩일 정도였다.

그럴 때마다 유헌이 서둘러 시선을 빼앗아 갔으나, 시간이 지날수록 이영의 마음 한구석이 이상해졌다. 대체 이영의 존재가 유헌에게 있어 얼마나 컸기에 사람들이 저렇게나 놀라나 싶다가도, 그 이유를 스스로 잃어버렸다는 사실에 힘이 빠졌다.

기억을 잃지 않았다면 익숙하게 인사를 건네는 사람들에게 자연스럽게 화답을 할 수 있었을까, 그랬다면 그녀를 보자마자 불안함에 몸을 떨던 유헌이 걱정을 덜했을까, 그랬다면 글라라의 죽음에 함께 눈물지을 수 있었을까.

꼬리에 꼬리를 물고 이어지는 생각에 두통이 몰려왔다. 계속 이곳에 있다가는 어지럼증까지 더해질 것만 같아 조용히 쉴 곳을 찾았다. 유헌이 알아채지 못하게 하려는 움직임이 조심스러웠다.

"혹시 어디 아픈 거예요?"

"아니요. 그냥 조금 쉬어야 할 것 같아서요."

"이쪽으로 오세요. 뒤에 이불 있는 곳 있어요."

잠시 헤매자 부드러운 인상의 수녀가 이영에게 말을 걸었다.

느긋한 걸음의 뒤를 따르니 유가족을 위한 작은 방이 보였다. 작은 베개와 이불이 정리되어 있었다.

"죄송해요. 수녀님들도 못 쉬고 계시는데 제가 괜히……."

"아니에요. 그런 게 뭐가 중요해요. 힘들면 쉬는 거지. 그리고 오히려 함께 있어 줘서 고마운 건 우리랍니다. 그런 생각 말아요."

상냥한 웃음이 따뜻했다. 꼭 그 웃음에 홀린 것처럼 멍해졌다. 고민하던 이영은 조심스럽게 물었다.

"혹시 수녀님도 저를 아시나요?"

수녀의 인자한 얼굴에 안타까운 빛이 스쳤다. 그녀는 고개를 끄덕였다.

"알지요. 이렇게 고운 자매님을 누가 쉽게 잊겠어요. 유헌이 손 잡고 성당에 오던 게 아직 생생해요."

"……성함을 여쭤도 될까요?"

"김 아녜스랍니다. 아녜스 수녀요."

이영은 수녀의 세례명을 곱씹었다. 물론 생각나는 건 없었다. 그녀의 머릿속에는 유헌과 손을 잡고 성당에 간 기억조차도 존재하지 않았다.

"유헌이 얼굴이 눈에 띄게 밝아져서 참 다행이다 싶었는데, 자매님이랑 다시 만난 게 이유라고 하더군요. 덕분에 글라라 수녀님이 마지막에 더 편하게 가실 수 있었어요. 유헌이 걱정을 숨 쉬듯이 하신 분이라서."

아녜스가 진심으로 고맙다며 이영의 손을 조심스럽게 맞잡았다.

"푹 쉬어요. 유헌이한테는 여기에 있다고 말할게요."

이영은 그저 굳은 채로 시선을 내렸다. 그녀가 곁에 있다는 이유 하나만으로 유헌의 얼굴이 환해졌다는 말이 계속해서 마음에 박혔다.

혼자 남겨진 공간에서 눈을 감으니 귓가에 울리는 단어들 위로 그녀가 봐 온 유헌의 모습들이 겹쳐졌다. 한없이 다정한 눈동자와 부드러운 음성이 더해지고, 어떤 일에도 이영을 우선으로 두던 행동들이 떠올랐다.

누가 봐도 헤어진 옛 연인을 대하는 태도는 아니었다. 지금 사랑하고 있는 사람을 대하는 태도였다. 곱씹을수록 헤어진 이유가 궁금해졌다. 기억을 잃은 사고 때문이 아닐까 싶다가도, 지금의 유헌을 보고 있으면 다친 이영도 품었을 거라는 생각을 지울 수 없었다.

대체 얼마나 사랑했던 걸까. 대체 얼마나 서로에게 흠뻑 젖어 있었던 걸까. 유헌의 얼굴을 그릴수록 짙어지는 물음 앞에서 이영은 눈을 감았다.

그의 말을 듣고 심장이 뛰었던 순간이 떠올랐다. 얼굴이 살짝 붉어지던 순간도 겹쳐졌다. 시간이 갈수록 이영이 그로 인해 느끼는 감정은 단순한 고마움이 아니었다. 좋은 사람에 대한 일반적인 호감도 아니었다. 유헌이 전해 주는 이야기처럼 이미 그들의 마음은 다시 손을 잡고, 다시 껴안으며 사랑을 나누던 감정을 향해 계속 걸어가고 있었다.

선을 넘을까 무서웠다. 이영이 품기 시작한 마음이 커져 버릴까 무서웠고, 유헌에게 들켜 다시 사랑이 시작될까 무서웠다. 끝이 상처로 얼룩질 게 분명한 사랑은 서둘러 접어야만 했다.

그러나 이영에게는 아직 잃어버린 조각들이 더 필요했다. 다 맞추지 못한 퍼즐을 서둘러 완성해야 했다. 더 늦기 전에 만들어 내야 전부를 잃어버리지 않을 수 있었다. 선만 넘기지 않으면 된다고, 들키지만 않으면 된다고 이를 악물었다. 유헌에게 상처가 될까 두려웠지만, 다른 선택지가 없었다.

결국 이영은 차오르는 설움을 참지 못하고 눈물 젖은 얼굴을 이불로 가렸다. 서둘러 깊은 잠 속으로라도 도망가고 싶었다.

"유헌아. 괜찮냐."

"아, 민재 형."

이영이 혼란 속에 눈을 감았을 때, 유헌은 민재를 마주했다. 간단한 인사를 하고 조문을 마친 민재는 서둘러 유헌을 살폈다.

"심사 때문에 핸드폰 못 봐서 바로 못 왔어. 미안하다."

"이 정도면 엄청 빨리 온 거예요. 첫날에 이렇게 비도 오는데. 안 온 것도 아니고 뭘 그렇게 미안해해요."

"그래도 인마, 마음이 그런 게 아니야."

유헌이 괜찮다고 몇 번이나 말하고 나서야 민재의 얼굴이 풀어졌다. 유독 정이 많아 모두가 등을 돌린 순간조차도 유헌을 놓지 못한 사람이었다. 그나마 지금 연이 닿고 있는 다른 선수들도 민재가 유헌 대신 노력해 유지된 인연이었다.

언제나 퍼 주기만 했다고 해도 과언이 아닌 민재는 제법 곤란한 표정을 지으며 유헌을 바라봤다. 유헌은 민재의 얼굴을 보자마자 직감했다. 아, 이영에 대한 이야기를 하려고 하는구나.

"유헌아."

"이영이요?"

"넌 옛날부터 눈치가 너무 빨라."

먼저 온 다른 이들에게 이영에 대한 이야기를 들은 모양이었다. 유헌에게 이영의 경호를 권유한 게 민재였다. 그는 소식을 듣자마자 그에게 닿아 왔던 다소 이상한 의뢰를 떠올렸다. 애타게 유헌만을 찾아 좀처럼 이해가 가지 않았는데, 만약 그 상대가 이영이었다면 단번에 납득이 됐다.

"내가 다리 놔 준 그게 이영이었어?"

"그랬더라고요. 저도 많이 놀랐어요."

민재가 묘한 표정을 지으며 담배를 물었다. 언제 그렇게 쏟아졌냐는 듯, 금세 멎어 버린 비가 남긴 공기는 꽤나 차가웠다.

"기억 돌아온 거야? 아니지? 성준이 못 알아봤다고 하던데."

"……안 돌아왔어요."

성준이라면 유헌이 태릉에서 아끼던 후배였다. 늘 막내만 하다 처음으로 생긴 동생이라며 유헌이 꽤나 챙기곤 했다. 그러다 보니 자연스레 이영과도 자주 마주쳤고, 그녀 역시 제 연인보다 어린 선수라는 점이 신기해 몇 번 인사를 하고는 했다.

"너 괜찮냐."

민재가 한숨과 함께 연기를 뱉어 냈다. 유헌은 어두운 하늘을 바라보며 그저 웃기만 했다.

"안 괜찮을 게 뭐가 있어요. 전 좋아요. 어쨌든 곁에 있잖아요."

진심이었다. 이영을 보지 못하는 세월 동안 그저 한 번만 봤으면 좋겠다고 기도했다. 그냥 딱 한 번, 길가에서 스치듯이 봐도 괜찮으니 그저 보게만 해 달라고. 그러니 매일같이 얼굴을 마주하며 옛 추억을 전하는 지금, 유헌으로서는 더 이상 바랄 게 없었다. 아니, 그래야만 했다.

"기억난 것도 아닌데 널 왜 찾은 거야?"

"기억을 찾고 싶대요."

"찾고 싶다고? 그럼 너 걔한테 옛날 얘기 해 줘?"

"네."

"야, 이 등신아. 너는 그 힘든 걸……."

민재는 말을 잇지 못하고 담배만 연신 빨아들였다. 두 사람의 기억을 한 사람만 가진 채로 그 사실을 매 순간 확인받는 건, 지독히도 잔인한 일이었다. 유헌은 그저 이영을 볼 수 있다는 것 하나로 버텨 내고 있었지만, 민재는 그런 동생이 안쓰러웠다.

"기억 되찾을 가능성은 없대?"

"그러니까 저를 찾지 않았을까요. 최후의 수단이었겠죠."

"아니, 근데 내내 조용하다가 왜 지금 연락한 거야?"

유헌은 답할 수 없었다. 이유를 모를뿐더러, 유헌 역시 이영에게 품고 있는 물음이었다.

"이유도 안 말해 줬어?"

작게 고개를 끄덕이니 민재의 입술이 달싹였다. 하려는 말을 몇 번이고 참아 내는 게 보였다.

"준비되면 그때 말해 주겠죠."

"유헌아."

민재가 몇 모금 빨아들이지도 못한 담배를 그대로 짓이겼다. 유헌을 부르는 목소리가 이전보다 훨씬 낮았다.

"너도 챙겨 가면서 해라. 너만 다치려고 하지 말고."

유헌은 걱정 말라며 웃어 보였다. 민재는 유헌과 이영의 만남을 아주 오랫동안 지켜봤다. 유헌이 태릉에 처음 들어가던 순간부터 그의 손목이 뭉개져 돌연 은퇴를 선언하고, 이영의 사고가 연이어 날 때까지 둘에게 일어났던 모든 일들을 알고 있는 사람이었다.

서로가 서로밖에 보이지 않는 것처럼 행동하던 예쁜 관계가 주위 환경으로 인해 부서지는 건 순식간이었다. 민재는 이영을 잃은 유헌이 얼마나 스스로를 학대했는지, 얼마나 스스로를 몰아붙였는지 잘 알고 있었다.

"이영이 좋은 애인 거 나도 잘 알고, 너희 다시 잘되면 나도 쌍 수 들고 환영할 자신 있는데, 너도 좀 챙기라고, 인마."

유헌은 제법 단호하게 고개를 끄덕이며 민재를 안심시켰다. 여전히 착잡함이 남은 민재가 다시 담배를 꺼내 들고, 유헌은 묵묵히 그 옆을 지켰다. 할 말 다 했으니 이제 그만 빈소로 돌아가라는 민재의 말에도 내내 옆에 있었다. 매번 그를 챙겨 주는 따뜻한 사람에 대한 유헌의 작은 배려였다.

민재와 함께 빈소로 올라오자마자 유헌은 이영을 찾았다. 찾는 얼굴이 보이지 않아 두리번거리니 아녜스가 조용히 유헌의 팔을 잡고 속삭였다.

"안쪽 방에 있어. 쉬고 있을 테니까 거기로 가 봐."

유헌은 고맙다는 인사를 남기고 서둘러 발을 옮겼다.

"이영……."

그가 방으로 왔을 때 이영은 곤히 자고 있었다. 유헌은 조심스럽게 이영의 앞에 자리를 잡고 앉았다. 몇 시간 새에 지친 기색이 묻은 얼굴이 안쓰러웠다. 그의 얼굴이 더 말이 아니었지만, 저보다 이영의 몸 상태가 더 큰 걱정이었다.

"그러게 그냥 가라니까."

유헌은 조심스럽게 손을 뻗어 이영의 뺨을 쓸어내렸다. 여전히 부드럽고, 여전히 사랑스러운 감촉이었다. 수도 없이 입을 맞췄던 곳이었다. 이영은 볼에 입을 맞출 때면 간지럽다며 매번 밀어 내곤 했다. 대신 재빠르게 유헌의 입술을 간질였다.

홀린 듯 이영의 이목구비 곳곳을 살피고 있으니, 민재가 던졌던 물음들이 떠올랐다. 유헌은 아직 해답을 얻지 못한 문장들을 계속해서 곱씹었다.

왜 사고가 난 지 5년 만에 기억을 찾으려고 할까, 왜 기억을 세세하게 기록할까, 왜 조금씩 서두를까.

민재가 던진 물음표는 유헌의 머릿속에서 그 덩치를 불렸다. 되새겨 보니 이영은 꼭 뭔가에 쫓기는 듯이 행동했다.

뭔가 이상하다는 점을 깨닫고 나니 순간 두려움이 엄습했다. 순식간에 덮친 불안감은 불쾌한 상상에 유헌을 가뒀다. 새근새근 자고 있는 이영이 감긴 눈을 다시 뜨지 않으면 어떡하나, 이영이 갑자기 숨을 멈춰 버리면 어떡하나, 일어나지도 않은 최악의 상황을 가정하며 숨을 옥죄어 갔다.

미동도 없는 정적에 유헌의 손이 떨려 올 무렵, 이영이 몸을 뒤척였다. 유헌은 그제야 안도의 한숨을 내쉬며 얼굴을 쓸어내렸다. 글라라를 잃어 구멍이 난 가슴은 이영에 대한 불안감을 자꾸만 키워 냈다.

유헌은 살짝 내려간 이불을 그녀의 몸 위로 끌어 올리며 조용히 빌었다. 이영이 그를 다시 사랑하지 않아도 되고, 이영이 그에게 다시 입을 맞추지 않아도 좋으니, 그저 지켜볼 수만 있게 해 달라고. 지금처럼 곁에서 살아 숨 쉬는 모습을 보게 해 달라고.

다시는, 빼앗아 가지 말아 달라고.

5

삼일장이 끝났다. 글라라는 소속된 수녀원의 공동묘지에 묻혔다. 이영은 장례 절차가 모두 끝날 때까지 유헌의 옆을 지켰다. 시간이 갈수록 힘들어하는 게 보여 유헌이 여간 걱정을 한 게 아니었지만, 그럴 때마다 이영은 괜찮다며 그를 안심시켰다.

　글라라를 땅에 묻고 나서 유헌은 멍하니 어두운 방에 갇혀 보냈다. 혼자 마음을 추스를 시간이 필요하지 않겠냐며 이영이 먼저 말을 꺼내 준 덕에 이틀은 아무 생각 없이 보낼 수 있었다.

　사망 선고를 들었을 때 새어 나온 뒤 꾹꾹 눌러 왔던 눈물은 발인을 넘기지 못하고 밖으로 흘러나왔다. 유헌은 누구보다 서럽게 울었고, 이영은 그런 그를 달랬다. 예전이라면 참 익숙한 그림이었으나, 몇 년 새에 너무도 어색하고 아파져서 모두의 가슴 한

구석을 시리게 했다.

유헌은 이틀 내내 한숨도 자지 못했다. 글라라의 공백을 아직도 받아들이지 못해 힘들었고, 글라라를 잃은 것처럼 이영을 잃을지도 모른다는 이유 모를 불안감이 자꾸 그를 덮쳐 좀처럼 눈을 감을 수 없었다.

결국 그는 더 쉬고 오라는 이영의 말을 듣지 않고 그녀의 작업실을 찾아갔다. 눈앞에서 보고 있는 편이 차라리 나았다.

"아예 못 잤어? 눈이 새빨개."

"아니야. 잤는데 피곤해서 그래."

이영은 유헌을 보자마자 그의 몰골에 경악했다. 언제나처럼 옷차림은 말끔했지만, 얼굴이 말이 아니었다. 본인은 조금이라도 잤다고 우겼지만, 아무리 봐도 잠의 흔적을 찾아볼 수 없었다. 끼니를 챙겨 먹기는 한 건지, 혼자 울기만 한 건 아닌지, 걱정에 걱정이 꼬리를 물었다.

유헌이 마음을 추스를 시간이 필요하리라는 생각에 그를 혼자 보냈건만, 지금의 그를 보니 후회가 됐다.

"더 쉬어야 하는 거 아니야? 괜찮아?"

"괜찮아. 혼자 있으니까 더 힘들더라."

바람 빠진 웃음에 슬픔이 묻어났다. 이영은 옅게 한숨을 뱉고는 작업실 중앙에 있는 소파에 몸을 기댔다. 그곳은 유헌에게서 이야기를 듣는 곳이었다.

"너는 괜찮았어? 피곤했을 텐데. 요셉 신부님이 많이 고마워하셨어. 계속 옆에 있어 줘서."

"뭘 그런 걸로……. 푹 쉬어서 괜찮아."

유헌이 이영의 맞은편에 앉고, 이영은 능숙하게 노트북과 녹음기를 꺼내 테이블 위에 올려놨다. 다소 급한 시작이었지만, 유헌이고 이영이고 머릿속에 생각이 많아 이편이 나았다.

그러나 막상 시작하려고 하니, 둘 모두 각자의 머릿속에 차오르는 생각에 쉽게 말을 열지 못했다. 그저 가만히 시선을 아래로 한 채, 침묵을 지켰다.

"유헌아."

결국 먼저 정적을 깬 건 이영이었다.

"내가 기억을 안 잃었으면, 많이 울었을까? 수녀님이 돌아가셔서?"

잠시 멍해졌던 유헌은 고개를 끄덕였다. 유헌보다도 더 많이 울었을 게 훤했다. 이영은 유독 글라라와 관련된 일에 마음을 많이 썼고, 그녀에게서 여러 가지 기도를 배우기도 했다. 단순히 유헌과 가깝기 때문에 챙기는 인연이 아니었다. 시작은 그랬을지 몰라도, 어느 순간부터는 이영 역시 글라라의 딸이 되어 그녀 옆에서 웃고 있었다.

"수녀님도 알고 계셨어? 나 기억 잃어버린 거?"

"응. 알고 계셨어."

"다들 알았나 보구나."

말끝이 살짝 흐려졌다. 장례식장에 있는 모두가 이영에게 일어난 일을 아는 기분이었다. 놀람과 낯섦이 섞여 있는 시선이 쏟아졌었다.

"너랑 내가 계속 같이 있다가 갑자기 멀어졌으니까. 그래서 다들 뭔가 큰일이 있었다고 생각했거든. 그러다 누가 그 이유를 알아내고, 그러다 소문이 퍼지고…… 그랬어."

유헌의 설명을 들으니 이영의 깊은 곳에서 궁금함이 더욱 치밀어 올랐다. 이미 답을 들었으나, 더 깊은 이야기를 듣고 싶었다.

"유헌아."

"응?"

"우리는 대체 왜 헤어졌어?"

계속해서 어려운 질문만 쏟아졌다. 유헌이 크게 숨을 들이쉬고 뱉었다.

"내 사고 때문인 게 아니라며. 그럼, 대체 왜 헤어지게 된 거야?"

"이영아. 그건……."

"다른 사람들이 다 알 정도로 사랑하고, 그렇게나 함께 있었으면, 대체 무슨 일이 있었길래 헤어졌어? 대체 왜, 어떻게 헤어졌길래……."

네가 나를 아직도 그렇게 보냐는 말은 끝내 입 밖으로 나오지 않았다. 말이 끝을 맺지 못하고 삼켜지니 유헌이 눈을 감았다. 생각을 정리하는 게 보였다.

"내가 너무 어렸어. 우리 둘 다 힘겨워할 때 사고가 났어. 그래서⋯⋯."

뭐라 말을 하기 어려웠다. 복잡한 감정을 말로 표현하기가 힘들었다.

"천천히 말해 줄게. 네 사고 때문만은 아니야. 너 때문에 헤어진 거 아니었어."

유헌의 목소리는 단호했다. 쉽게 답을 얻을 수 없다는 걸 깨달은 이영은 한숨을 내쉬었다. 이제는 정말 그의 이야기를 들으며 기다리는 수밖에 없었다.

이영은 숨을 고르고 유헌에게 이야기를 청했다. 다시 녹음기의 빨간불이 켜지고, 피로에 조금 갈라진 목소리가 기계 안에 담기기 시작했다.

스무 살부터 스물한 살까지는 마냥 행복한 시절이었다. 미성년자라는 딱지가 떼어진 둘은 신나게 서로에게 닿아 있었다. 여전히 유헌의 훈련 때문에 자주 만나지 못하고, 이영도 슬슬 '사교계'라고 불리는 여러 행사에 따라다니느라 여유가 없었지만, 어떻게든 틈을 만들어 서로의 손을 잡았다.

그 시기에는 예쁘고 따뜻한 기억들로 가득했다. 유헌의 얼굴이 제법 알려지기는 했으나, 올림픽이 끝난 지 한참이라 쏟아지는 관심이 덜해서 자유롭게 데이트를 했다.

손잡고 벚꽃이 날리는 여의도를 걷기도 하고, 대학로에서 연극을 보고, 사람이 바글바글한 홍대 소극장에서 작은 콘서트를 보기도 하며, 평범한 이십 대 초반의 연인들이 할 수 있는 데이트는 거의 다 했다.

'놀이공원?'

'응. 나 한 번도 안 가 봤어.'

유헌은 아직도 이영과 처음으로 놀이공원에 갔던 날을 잊지 못한다. 한 번도 가 본 적이 없다며 기대감을 잔뜩 드러내는 이영의 눈이 초롱초롱했다.

'무조건 가는 거다? 알겠지?'

신이 난 이영과 달리, 유헌의 얼굴은 꽤나 아연해졌다. 티를 내지 않기 위해 무던히 애를 쓰기는 했지만 창백해진 얼굴을 다 가리기는 힘들었다.

성당 고아원으로 제법 자주 들어오는 후원 중 하나가 바로 놀이공원 티켓이었다. 덕분에 유헌은 한껏 신난 동생들을 데리고 별의별 놀이기구를 다 타야 했는데, 그건 결코 좋은 기억이 아니었다. 남들은 마구 요동치는 놀이기구가 재밌다며 난리였지만, 그에게 있어서는 재미없는 어지러움일 뿐이었다. 고등학교에 들어가고 나서는 놀이공원 소풍이 잡힐 때마다 매번 도망갈 정도로 싫어했다.

그러나 신이 난 이영에게 사실을 고백할 수는 없었다. 유헌을 끔찍하게 아끼는 그녀에게 이야기했다가는 다른 곳에 가자고 할 게 분명했다.

'유헌아. 너 괜찮아?'

'응? 왜?'

'안색이 별로 안 좋아 보이는데.'

'아니야. 완전 쌩쌩해.'

싫어하는 마음을 애써 외면하고 롤러코스터를 탄 순간, 유헌의 얼굴이 새하얘졌다. 몇 번을 타도 적응되지 않는 감각이었다. 정말 재미있지 않냐며 까르르 웃기 바쁜 이영이 놀라 안부를 물을 정도로 유헌의 상태는 좋지 않았다.

'너 놀이기구 못 타지.'

'응? 아니야. 왜 못 타. 나 잘 타. 방금 롤러코스터 타고 왔잖아. 다음엔 어디 갈까?'

정말 괜찮다며 활짝 웃었지만, 이영의 눈치를 피해 갈 수는 없었다.

'거짓말. 못 타면 말을 해야지! 놀라서 속 뒤집어지거나 다치면 어떡하려고!'

걱정과 화가 뒤섞인 얼굴이 유헌을 마주했다. 괜히 미안해지는 마음에 그의 눈동자가 갈 곳을 잃었다.

'아니야. 정말 괜찮…….'

'계속 거짓말하려고?'

'……아예 못 타는 정도는 아니야. 그냥 좀 어지러운 정도지.'

'못 살아. 지금도 어지러워? 어때?'

이영이 바짝 다가와 걱정을 늘어놓으니, 순식간에 어지럼증이 사라졌다. 살짝 느꼈던 두통도 달아났다.

'조금?'

걱정해 주는 모습이 좋아서 괜히 엄살을 부렸다. 이영의 눈길이 닿은 순간 전부 나았지만, 왠지 그 시선을 더 받고 싶었다.

'일단 앉아서 잠깐 쉬자. 시원한 음료수라도 먹으면 좀 나아지지 않을까?'

차오르는 웃음을 꾹 참고 그녀의 뒤를 따랐다. 유헌은 가만히 앉아 쫑알거리는 이영을 원 없이 구경했다.

'약속해. 절대 나한테 맞춘다고 아픈 거나 싫어하는 거 안 참기로.'

'알겠어. 약속할게.'

걱정에 걱정을 늘어놓는 이영의 손을 꼭 잡고, 몇 번이고 약속했다. 사실 유헌은 죽을 만한 일이 아니라면 모두 이영에게 맞춰줄 생각이었다. 그녀를 안심시키느라 알겠다며 고개를 끄덕이긴했지만, 그로서는 물러날 수 없는 다짐이었다.

'미안. 나 때문에 타고 싶은 것도 못 타고, 잘 놀지도 못하고.'

'괜찮아. 같이 회전목마 엄청 많이 탔잖아.'

말이 끝나자마자 둘이 같이 웃음을 터뜨렸다. 유헌이 탈 수 있는 놀이기구를 찾다 결국 회전목마만 몇 번을 탔다. 엄마 아빠에게 손을 흔들기 바쁜 어린애들 틈에서 열심히 눈을 맞추며 싱글벙글 느린 속도를 즐겼다.

'근데 진짜 의외기는 했어.'

'내가 놀이기구 못 타는 거?'

'응. 너 공동묘지로 담력 훈련 가고 그랬잖아. 그런 건 잘했으

면서. 의외야.'

'차라리 공동묘지를 여러 번 갈래.'

진심이 가득한 말에 이영이 웃었다. 놀이기구는 못 탔지만, 놀이공원에서 볼 수 있는 것들은 모조리 보고 나왔다. 귀여운 인형 옆에서 사진도 찍고, 화려한 퍼레이드를 감상하면서 손을 흔들기도 했다. 유헌이 잔뜩 미안함을 느낀 결과였다.

'놀이기구 타는 연습을 해 볼까 봐.'

안타까움이 가득 묻은 말에 이영이 손을 꽉 잡았다. 괜찮다는 말을 대신한 위로였다.

'담력 훈련을 놀이공원으로 오자고 건의해 볼까.'

농담인 듯 진담인 듯 구분할 수 없을 정도로 유헌이 꽤 진지했다. 이영은 못 말린다며 웃고는 그의 품으로 파고들었다. 그녀에게 만나는 장소 따위는 중요하지 않았다. 그깟 롤러코스터야 타지 않으면 그만이었다. 지금처럼 이렇게 유헌의 곁에 있는 게 중요했다.

여유가 없을 때에는 유헌이 살고 있는 오피스텔에서 시간을 보냈다. 거의 아지트였다. 그곳에 이영의 옷이 점점 늘어나고, 칫솔과 컵, 슬리퍼, 화장품, 모두 짝이 생겨 하나씩 공간을 채워 갔다.

'내일 합숙 가기 싫다.'

'그래도 가야지, 어떡해.'

'그냥 안 가고 잘릴까.'

'언제는 메달 또 따서 나 먹여 살린다며.'

'그래야지. 그럴 생각으로 내가 버틴다.'

유헌이 진심으로 앓는 소리를 내면 이영이 그를 달래고는 했다. 그러면 그가 그녀를 품에 가득 안고 한참이나 온기에 취해 있었다.

'중간고사 없애 버리고 싶다.'

'그 말을 네가 하니까 이상해. 내가 해야 되는데.'

'시험한테 널 뺏긴 기분이야.'

이영이 동그란 안경을 쓰고 책에 파묻혀 있을 때면 유헌은 커다란 덩치를 구기며 불만을 표시하곤 했다. 이영보다 머리 하나가 큰 유헌이 바짝 몸을 붙여 오며 그녀의 어깨에 얼굴을 기대면, 이영은 그의 부스스한 머리카락을 흐트러뜨리며 달래고는 했다.

그럴 때마다 커다란 강아지 같다고 이영이 웃고는 했는데, 유헌은 그 웃음소리를 무척이나 사랑했다.

'너 키가 더 컸나 봐.'

'나?'

'새로 안 재 봤어? 올려볼 때 더 뼈근해진 기분인데.'

'큰 건가? 클 나이 지났는데.'

'남자들은 군대 가서도 큰다잖아. 와, 그러고 보니까 내 애인은 면제네.'

'너한테 고무신 거꾸로 안 신기려고 엄청 열심히 쌌잖아.'

유헌이 일부러 더 생색을 내듯 말하면 이영이 장난스레 눈을 흘기고는 그를 밀어 냈다. 그러면 유헌은 살짝 밀렸다 다시 다가가 그녀를 꼭 껴안았다. 마냥 행복했다. 둘의 인생에 있어 가장 찬란한 시간이라고 해도 과언이 아니었다.

자연스레 맞잡아 오는 손도, 눈빛만으로 기분을 맞추는 것도 좋았고, 가볍게 시작한 입맞춤이 점점 깊어져 서로를 가리는 옷가지가 하나둘씩 사라지는 것도 좋았다. 이렇게 함께 서로의 온기를 나눌 수만 있다면 세상이 두 쪽 나도 상관없을 거라는 생각이 들 정도였다.

어느새 새로운 올림픽이 1년 앞으로 다가오고, 이영 역시 고학년으로 넘어가면서 조금 더 바빠지고 예민해졌지만 둘의 사이에는 변함이 없었다. 오히려 쌓이는 시간과 함께 깊어져 갔다.

가끔 종종 서운한 점이 생겨 토라지는 경우가 생기긴 했지만, 한 번도 큰 소리를 내며 싸우지는 않았다. 일단 유헌이 잘못과 상관없이 무조건 져 주기 때문이기도 했고, 떨어져 있는 날들이 제법 되다 보니 싸우는 시간이 무척이나 아까웠다.

'인터뷰할 때마다 여자 친구 물어봐.'

'그래서 뭐라고 했는데?'

'있다고 했지.'

'그래도 돼?'

'내가 뭐 연예인인가. 숨길 이유가 없잖아. 마음 같아서는 몸 어디에라도 문신으로 새기고 싶다니까. 서이영 애인, 이런 거.'

올림픽을 앞두고 금메달리스트인 유헌에게 온갖 인터뷰 제의가 쏟아졌다. 해가 갈수록 얼굴선이 굵어지면서 남자다워지는 유헌에 대한 인기가 날로 치솟았다. 실력과 더불어 외모가 워낙 화제가 되는 데다가, 나이도 어리니 애인의 유무가 꽤나 큰 화제였다.

그럴 때마다 유헌은 조금의 망설임도 없이 여자 친구가 있다며 선을 그었다. 아주 예쁘고, 아주 똑똑하고, 무척이나 사랑하는 사람이라고 여러 번 강조해서 답하고는 했다.

이영은 그럴 때마다 혹시 문제가 되는 거 아니냐고 걱정했지만, 올라가는 입꼬리를 감추지는 못했다. 마음 같아서는 그녀 역시 사격 금메달리스트 이유헌이 내 애인이라며 동네방네 떠들고 싶었다. 너무 부끄러워서 그런 마음을 누구에게도 보인 적 없지만, 이영 역시 유헌을 향해 넘치는 사랑을 느끼고 있었다.

올림픽을 앞두고 본격적으로 태릉으로 들어가면서 둘은 다시 또 오랫동안 떨어져 있어야 했다. 지난 올림픽보다도 만나기가 힘들었다. 지난 성적으로 인해 유헌에게 쌓이는 기대감이 워낙 거대했다. 이전과는 비교가 되지 않는 시선들이 쏠렸다.

— 보고 싶어.

'나도. 이번 주도 못 나온다고 했지?'

— 응. 정말 미안. 내가 다음 주는 어떻게 해서든 나갈게. 몰래 월담이라도 할 거야.

'큰일 날 소리 한다.'

말은 그렇게 하면서도 이영은 매번 웃었다. 이미 한 번 겪은 일이어도 올림픽을 앞두고 개인적인 만남을 금하는 일은 여전히 그를 힘들게 했다. 게다가 벌써부터 집안에서는 이영의 결혼에 대한 이야기가 오가 머리가 다 지끈거렸다.

그녀가 있는 세계에서 결혼은 사업이었다. 더군다나 이영의 아버지는 야망에 절은 인간이었다. 대권을 목표로 하고 있는 자에게 인물 좋고, 학벌 좋은 딸은 훌륭한 패였다.

유헌이 올림픽 금메달을 통해 인겸의 이미지를 한껏 위로 올려놓은 건 사실이지만, 인겸은 그 정도로 만족할 위인이 아니었다. 정치에 쓰일 여러 가지 결속을 위해 법조계나 기업과 결탁하려 할 가능성이 높았다.

이영에게 은근히 들이밀어지는 사진의 주인공들 역시 법조인 집안이나 유명 기업의 아들들이었다. 그때마다 어린 나이와 학업을 이유로 거절했지만, 언제 강한 압박이 들어올지 모르는 상태였다.

그러나 이런 일들을 유헌에게 털어놓기에는 아직은 일렀다. 올림픽에 맞춰져 있는 초점을 흐려 집중력을 분산시키고 싶지 않았다.

이영이 유헌과 만나고 있다는 사실을 인겸 역시 알고 있었다. 둘의 관계가 어린 나이의 단순한 연애라고 하기에는 지나치게 깊다는 것 또한 알았다. 그러나 그는 일부러 아무것도 모르는 척 행동했다. 이영의 옆에 유헌은 아예 있지도 않았다는 듯이 그의 존재 자체를 부정하는 것만 같았다.

"아버지랑은…… 잘 지내?"

이야기를 전하던 유헌이 넌지시 물었다. 무척이나 조심스러운 목소리였다. 잠자코 듣고만 있던 이영의 눈빛이 조금 가라앉았다.

"마지막으로 본 게 언제더라. 지난 설이었나?"

이영은 별거 아니라는 듯, 대수롭지 않게 말했다. 오히려 놀란 건 유헌이었다. 그렇게나 이영의 일거수일투족에 신경을 쓰며 관리하던 인겸이 그녀를 만나지 않은 지 매우 오래됐다는 사실이 믿겨지지 않았다.

"사연이 길어. 근데 뭐 난 이게 더 편하니까 괜찮아."

이영은 뭔가를 감추면 꼭 티가 났다. 유헌은 인겸과 이영 사이에 분명 뭔가가 더 있다고 생각했다. 그러나 그녀의 꾹 닫힌 입술이 좀처럼 더 열릴 기미가 보이지 않아, 물음을 넣어 두고 다시 이야기를 풀어냈다. 그녀와의 기억들을 모두 다 전하고 나서 유헌이 되묻고 싶은 것들이 너무 많아 지금 인겸에 대해 물고 늘어질 수 없었다.

"스물, 스물하나는 그냥 그렇게 지나갔어. 만나면 데이트하기 바쁘고, 매일같이 통화하고, 어떻게든 더 보려고 머리 쓰고."

"제일 행복했을 때네."

"응. 아침에 눈 뜨는 게 너무 즐거웠어. 그냥 하루하루가 너무 좋았거든."

과거를 되짚는 유헌의 눈동자가 깊어졌다.

"아침에 눈 떴을 때 네가 옆에 있으면, 정말 세상을 다 가진 기분이었어."

아련한 목소리가 이영의 심장에 꽂혔다. 듣는 것만으로도 무척이나 예쁘고 행복하니, 직접 겪었다면 평생 잊지 못할 아름다운 기억으로 품고 있었을 게 보였다. 아마 이영이 기억을 잃지 않았다면, 그녀 역시 '그때 참 좋았지' 하고 맞장구를 쳤을 만한 시절이었다.

"그러다 해가 넘어가고, 올림픽이 있는 해가 왔는데, 그때 네가 유명해졌어."

"내가?"

이영의 눈이 동그랗게 커졌다. 과거를 되찾기 위해 한창 자료를 찾아 헤맬 때, 이영은 그녀의 이름을 인터넷에 검색해 본 적 있었다.

아무것도 뜨지 않았다. 정말 아무것도.

"내가 왜 유명해졌는데?"

"너도 선거 운동 했거든. 의원님 옆에서. 근데 예쁘다고 난리였어. 네 얼굴만 클로즈업돼서 뉴스에 나올 정도였다니까."

일반인이니 당연한 거라며 그냥 넘어갔지만, 유헌의 말을 들어 보면 조금이라도 자신의 흔적이 남아 있어야 했다.

"그러면 기사도 떴어? 내 이름 나온 기사?"

"쏟아졌지. 왜?"

"내가 누군지 궁금해서 검색했을 때, 그런 거 하나도 안 나왔어. 정말 하나도 없었어."

유헌의 얼굴에도 놀란 빛이 서렸다. 당황한 것도 잠시, 그는 열심히 머리를 굴려 퍼즐을 맞춰 보려 노력했다. 기억을 잃은 뒤의 이영이 인겸과 멀어진 점과 인터넷에서 이영의 흔적이 지워졌다는 사실을 두 손에 쥐고 이리저리 재 보며 생각에 생각을 거듭했다.

인겸은 지독히도 계산적인 사람이었다. 그에게 득이 될 경우에만 사람을 옆에 뒀다. 아무런 도움이 되지 않거나, 해가 될 경우에는 가차 없이 버렸다. 그 과정을 전부 겪은 게 유헌이었다.

자선가의 프레임을 짜기 위해 만든 후원사업에서 유헌이 두각을 드러낸 순간부터 인겸의 태도가 변했다. 상비군에 들어갔을 때 또 한 번 변했고, 메달을 땄을 때 다시 변했다.

"지웠을 거야. 이유는 정확히 모르겠지만. 예전에도 그랬거든."

이영이 믿을 수 없다는 표정을 지어 보였다. 살짝 한숨을 뱉고 물로 목을 적신 유헌은 다시 긴 이야기를 시작했다.

올림픽의 해는 곧 국회의원 선거의 해기도 했다. 벚꽃 피는 4월이었으니, 한여름의 올림픽보다 네 달이나 빨랐다. 그 해에는 3선을 노리는 인겸에게 처음으로 위협이 될 만한 적수가 등장했다. 신선한 이미지가 필요하다는 캠프의 의견을 따라, 인겸은 이영을 선거로 끌어들였다.

보수적 성향으로 인해 젊은 층의 주목을 끌지 못하던 인겸이었으나, 이영이 등장하자 인터넷이 꽤나 뜨거워졌다. 연예인 뺨치듯 예쁜 이영의 모습에 너도나도 서인겸의 딸을 검색했다.

웃는 모습이 유독 해사해 틈만 나면 기자들이 그녀의 사진을 찍어 갔고, 그로 인해 인겸의 선거 운동이 자주 화제가 됐다. 전

국민이 이영의 얼굴을 알게 됐을 정도였다.

'너무 예쁘게 나와서 좋은데 싫어.'

'그게 뭔 소리야.'

'예뻐서 나만 보고 싶은데 온 국민이 다 보고 있잖아.'

'어우, 닭살이야, 진짜. 그렇게 안 예뻐.'

그 시기의 유헌은 이영에게 푸념을 늘어놓고는 했다. 온 세상 사람들이 너를 알게 돼서 어떡하냐, 너 예쁜 건 나만 보려고 했는 데 망했다, 남자들이 줄지어 따라붙어도 나 버리면 안 된다, 이런 장난과 진심이 섞인 말들이 계속 오갔다.

이영은 그럴 때마다 말도 안 되는 소리라며 유헌을 타박하고는 했다. 그녀가 딱히 체감을 못 하기도 했고, 인터넷을 신경 쓰기에 는 마주하고 있는 현실의 문제들이 여러모로 더 난리였다.

이름과 얼굴이 드러나며 물 위로 올라오니, 그녀 앞으로 쏟아 지는 남자들의 프로필이 더 다양해졌다. 아예 인겸이 유심히 보라 며 사진을 집어내는 일까지 생겼다.

여러 가지가 몰아치는 와중에 선거는 무사히 끝났다. 인겸은 노른자 지역구의 3선에 성공했고, 유헌의 올림픽 준비 역시 무리 없이 원활하게 흘러갔다.

봄은 따뜻한 바람에 실려 잠시 머무르고는 순식간에 사라졌다. 더운 열기가 가득할 때 올림픽이 시작됐고, 여러모로 지쳐 있던 이영은 앞뒤 가리지 않고 무작정 런던으로 향했다. 유헌의 경기를 눈으로 직접 보고 싶었다.

그는 월등한 차이로 금메달을 따냈다. 다른 종목들보다 일찍 치러지는 탓에 그가 이번 올림픽의 대한민국 첫 금메달리스트였다. 이영은 현장에서 함께 울었고, 그녀를 발견한 유헌은 놀람을 감추지 못했다.

서둘러 인터뷰를 마치고는 그녀를 찾아갔다. 보자마자 품에 안고 놓아주지 않았다. 이영 역시 무척이나 그리웠던 널찍한 품에서 벗어나지 않았다. 오히려 그녀를 꽉 안은 온기에 매달렸다.

'왜 오면서 한마디도 안 했어. 어제는 나한테 시차 때문에 자야 된다고 했잖아. 거짓말이었어?'

'서프라이즈 하려면 그 정도는 해야지.'

'너 때문에 심장 마비 오는 줄 알았어. 진짜로.'

'큰일 날 뻔했네.'

장난스러운 웃음소리가 서로의 귓가에 흩어졌다. 유헌에게 할당된 경기에서 금메달을 따고 난 뒤, 그는 곧바로 선수촌에서 퇴소했다. 선수단이 돌아가는 일정만 소화해 공항에서 사진만 찍히면 아무 문제 없다는 협회의 답변도 받았다. 유헌은 곧바로 이영이 잡아 둔 호텔로 짐을 합쳤다.

꼭 신혼여행에 온 것처럼, 쉴 새 없이 돌아다니며 뜨겁게 사랑을 나눴다. 닿아 있지 못했던 시기를 보상받고자 하는 것처럼, 서로에게서 떨어져 있는 시간이 없을 정도였다.

런던에서 유명한 장소를 전부 누비고, 사진을 찍고, 며칠은 아예 호텔에만 머물며 서로에게 취해 있기도 했다.

거리를 걸을 때, 유헌과 이영을 알아본 사람들이 사진을 요청하기도 하고, 유헌에게는 따로 사인을 받아 가기도 했다. 그럴 때마다 그는 공인이 아닌 이영을 걱정했지만, 그녀는 전혀 아랑곳하지 않고 유헌의 옆에 찰싹 달라붙었다.

사실 런던으로 온 것부터가 인겸에 대한 반항이었다. 선거가 끝나고 나니 그는 틈만 나면 이영에게 남자들의 프로필을 내밀었다. 그녀 앞에서 그들 뒤에 있는 집안을 재며 무엇이 더 도움이 될지를 설명했다.

'아시잖아요. 저 유헌이랑 만나요.'

'슬슬 정리해야지. 언제까지 애들 놀음 하고 있을 거야.'

'아버지!'

'내년부터 바로 약혼 얘기 오갈 거다. 꿈 깨고 정리 시작해.'

이영이 아무리 유헌의 이야기를 꺼내도 소용없었다. 그녀는 매일같이 쏟아지는 두통과 싸웠다. 유헌에게 털어놓을 수도 없었고, 그렇다고 인겸에게 대항할 수도 없어서 이영 혼자 애를 끓였다.

결국 이영은 사람들을 이용하기로 했다. 예전과 다르게 그녀역시 얼굴이 팔렸으니, 조금만 이야깃거리를 던져도 금방 화제가 되리라 생각했다. 아니나 다를까, 올림픽 폐막식이 끝나자마자 유헌과 이영에 대한 스캔들 기사가 터졌다.

금메달을 두 개나 따 2연패를 한 유헌에 대한 관심이 워낙 국민적으로 높았던 데다가 상대가 '그' 서인겸의 딸 이영이었으니, 기자들이 놓칠 리 없었다.

유헌은 기사가 터진 후, 진심으로 이영을 걱정했다. 유헌은 운동선수 특성상 미디어의 노출을 피할 수 없었으나, 이영은 아니었다. 그러나 그녀는 오히려 홀가분한 표정으로 유헌을 달랬다.

'사진 엄청 잘 나왔어. 우리 인생샷이야.'

파급력은 엄청났다. 올림픽의 열기가 여전히 남아 선수에 대한 관심이 가장 높을 때였다. 웬만한 연예인의 열애설보다 더 화제가 됐다. 게다가 유헌을 사격판으로 끌어들인 후원자가 인겸이라는 사실까지 더해져 '남자판 신데렐라'라는 다소 무리수인 수식어까지 붙어 사람들 입에 오르내렸다.

물론 인겸은 불같이 화를 냈다. 서둘러 기사를 내렸지만, 이미 퍼질 대로 퍼진지라 온 국민이 사격 선수와 국회의원 딸의 사랑 이야기를 알고 있었다. 인겸은 쥐고 있는 패에 흠집이 났다며 분노를 다스리지 못했다.

'미친 게야? 어? 대체 생각이 있는 거냐, 없는 거냐! 이게 무슨 날벼락이야!'

이영은 더 이상 참지 못하고 바로 쏘아붙였다. 그녀의 인생에서 처음 있는 일이었다.

'유헌이랑 헤어지기 전까지는 누구도 만날 생각 없어요. 헤어질 생각도 없고요.'

'서이영!'

'절대 아버지 뜻대로 결혼하는 일 없을 거예요. 저 그렇게 안 살아요.'

이영은 인겸이 뭐라 말을 하기도 전에 집 밖으로 뛰쳐나왔다. 곧장 차를 몰고 유헌의 집으로 달려갔다.

'이영……'

둘의 생일을 합친 번호를 누르니 문이 열리고, 그 너머에 깜짝 놀란 유헌이 서 있었다. 그가 이영의 이름을 부르기도 전에 이영이 유헌에게로 달려와 안겼다.

'무슨 일 있었어?'

다정한 목소리가 쏟아져 울컥 눈물이 났다. 이영은 잠겨 오는 목소리를 들킬까 입을 꾹 닫고 고개를 저었다. 그래 봤자 젖어 가는 옷 때문에 금방 들키리라는 사실을 알았지만, 그래도 숨기고 싶었다.

유헌은 그저 말없이 이영을 토닥였다. 그 후로 그런 날이 수도 없이 반복됐다. 인겸은 계속해서 그녀를 압박하고, 그럴 때마다 이영은 집을 뛰쳐나왔다. 그러면 유헌은 그저 조용히 달래며 그녀를 끌어안았다. 무슨 일이 있는 거냐며 매번 물어도 답을 안 해 주니 기다리는 것밖에는 방법이 없었다.

그러다 일이 터졌다.

이영이 미리 유헌의 집에서 기다리고 있던 밤이었다. 그는 오랜만에 그녀에게 특별히 맛있는 걸 해 주겠다며 온갖 재료를 사 들고 집으로 돌아가는 중이었고, 이영은 그런 유헌을 하염없이 기다렸다.

별다를 게 없는 날이었다. 올림픽 이후로 간만에 휴식을 취하

던 늦가을이었다. 쏟아지는 광고와 인터뷰까지 다 마치고, 제대로
된 자유를 만끽하기 시작한 무렵이었다. 해가 넘어가면 시작되는
새로운 훈련을 앞두고 이영과 최대한 많은 시간을 보내려 벼르고
있던 때이기도 했다.

'어?'

정말 순식간이었다. 검은 모자를 푹 눌러쓰고 검은색 옷으로
도배를 한 강도가 유헌에게 달려들었다. 그는 다른 곳은 노리지
않았다. 마치 작정이라도 한 듯이 오로지 손만을 노렸다.

막을 수가 없었다. 유헌은 사격을 배운 거지, 무술을 배운 게
아니었다. 살기를 띠고 달려드는 사람을 이기기란 쉽지 않았다.
무엇보다 강도의 움직임이 굉장히 빨랐다. 찰나에 날카로운 칼이
유헌의 손에 박혔다. 총을 잡는 오른쪽이었다.

엄청난 고통에 비명도 내지르지 못했다. 유헌은 손을 부여잡고
바닥으로 쓰러졌다. 순식간에 일어난 일에 현실 감각마저 떨어져
갔다.

시간이 갈수록 생각이 굳어 갈 때쯤, 핸드폰 액정이 번쩍거렸
다. 유헌이 늦어지자 이영으로부터 걸려 온 전화였다.

— 어디야? 왜 이렇게 늦어! 무슨 일 있는 거 아니지?

'……이영아.'

— ……너 왜 그래? 유헌아. 너 어디야? 응? 너 어디야, 지금!

'나, 나 손…….'

이영의 목소리를 들으니 그때서야 정신이 번쩍 들었다. 이 흥

한 꼴을 이영에게 보일 수는 없다는 생각에 일이 생겨 병원에 가야 할 것 같다며 전화를 끊었다. 놀란 이영이 우는 소리가 들려왔지만, 이 상태 그대로 그녀를 마주할 수는 없었다.

유헌은 다급하게 구급차를 불렀다. 차에서 내린 구급 대원들은 피해자가 유헌인 것에 한 번, 그의 오른손에 칼이 박혀 있다는 것에 또 한 번 놀랐다.

병원으로 가는 길에 이영에게 실려 가는 병원의 위치를 보냈다. 별거 아니고 금방 나을 거라는 거짓말도 덧붙였다. 그러나 그런 그를 비웃듯, 의사는 칼이 너무 깊게 박혀 응급실에서 해결할 수 있는 수준이 아니라는 진단을 내렸다.

유헌이 그렇게나 노력을 했건만, 병원으로 달려온 이영은 그의 상태를 적나라하게 확인했다. 그녀는 잔뜩 젖은 얼굴로 어쩔 줄 몰라 했다. 유헌이 아무리 괜찮다 일러도 말을 잇지 못했다.

워낙 급한 상황이라 곧바로 수술에 들어갔다. 어떻게 알아낸 건지, 구급차 안에서 신고를 받은 경찰이 병원에 도착하기도 전에 기사가 뜨기 시작했다. 보도는 무척이나 자극적이었다.

「사격 금메달리스트 이유헌 강도에게 피습, 오른손 부상……
한국 사격계 빨간불?」

너도나도 유헌이 당한 사고에 대해 떠들었다. 이영은 연락을 받고 달려온 성당 식구들에게 안겨 한참을 울었다. 글라라 수녀와 요셉 신부 역시 눈물이 그렁그렁했고, 민재 역시 신발의 짝을 바꿔 신고 올 정도로 놀란 상태였다.

모두가 예상하지 못했던, 행복 뒤에 찾아온 불행이었다.

"근육이 심하게 망가졌어. 재활해서 살려 놓기는 했는데 손의 감각이 무뎌졌어. 그래서 총은 더 못 잡았지. 구부리는 게 잘 안 되거든. 가까스로 티 안 나는 상태까지는 만들어 놨는데, 아무리 재활 훈련을 해도 부상 전으로 돌아갈 수 없었어."

이야기를 듣던 이영이 경악을 금치 못했다. 정작 제 얘기를 하는 유헌은 더없이 평온해 보였다. 누가 보면 남의 얘기를 한다고 생각할 정도였다.

"그럼 부상 때문에 그만둔 거야?"

"응. 왼손으로는 도무지 안 되더라고."

"대체 왜 그랬던 거야? 대체 누가 그런 짓을……."

이영이 여전히 놀란 얼굴을 감추지 못한 채로 물었다. 유헌은 엷게 웃으며 알지 못한다 말했다. 경찰도 알아내지 못했다고, 그래서 그냥 묻고 살고 있다고, 그렇게 답했다.

그러나 거짓이었다. 강도는 인겸의 작품이었다. 이영이 계속해서 유헌을 놓지 못하고, 그를 통해 인겸이 취할 수 있는 이득을 설명하기 시작하자, 인겸이 손을 썼다.

높으신 분들의 입김이 들어가니 당연히 수사는 제대로 진전되지 않았고, 유헌의 일은 안타까운 사고로 끝이 났다. 모두가 유헌의 기구한 운명을 가엾어했으나, 하루가 멀다 하고 쏟아지는 다른 화제들에 그의 일은 점점 묻혀 갔다. 비운의 금메달리스트는 그렇게 사람들로부터 잊혀 갔다.

그러나 유헌은 이 사실을 그대로 이야기할 수 없었다. 이영과 유헌을 떨어뜨려 놓기 위해 그녀의 아버지가 이런 일을 만들었다는 사실을 전하고 싶지 않았다. 이영은 언제나 타인의 죄책감을 안고 가는 사람이었다. 이미 지난 일로 그녀의 마음을 심란하게 해서 좋을 게 없었다.

"재활이 엄청 힘들었어. 난 내가 다 해낼 줄 알았는데, 너무 힘들더라고."

악착같이 매달려 온 사격을 빼앗기니 엄청난 무력감이 그를 덮쳤다. 병문안을 온 모두가 무사히 재활을 하면 된다고, 오른손이 안 되면 왼손으로 훈련하면 되니 괜찮다고, 유헌의 운동신경은 선수들 안에서도 손가락 안에 드니 충분히 가능하다며 그를 달랬다.

사실 그때까지만 해도 유헌 역시 그들의 말에 동의했다. 날이 갈수록 담당 주치의의 표정이 어두워짐을 알았지만 애써 무시했다. 기적을 믿었고, 그를 향해 쏟아지는 성당 식구들의 기도를 믿었다.

그러나 그를 향한 기도는 응답받지 못했다. 재활은 계속해서 유헌을 좀먹었다. 손을 제대로 구부릴 수도, 물건을 집을 수도 없고, 글씨 하나 쓸 수 없는 스스로가 무척이나 미웠다.

게다가 인겸이 이영을 집에 가두는 바람에 그녀가 유헌의 곁을 지킬 수도 없었다. 전화도 되지 않았다. 평소 그녀를 무척이나 예뻐하고 아끼는 인겸의 보좌관의 도움을 받아 겨우 소식을 들을 수 있었다.

'의원님이 핸드폰도 뺏어 버리셔서 연락 못 했을 거야. 애가 물도 한 모금 안 마셔서 내가 겨우 사정사정해서 가져왔어.'

보좌관은 품에서 편지를 꺼냈다. 이영이 한 자 한 자 눌러쓴 엄청난 양의 편지였다. 유헌은 차오르는 설움을 겨우 누르고, 계속해서 편지를 읽어 내려갔다.

유헌에 대한 걱정과 미안함, 놀람이 가득 섞인 내용이었다. 오지 못해 미안하다고, 함께 있어 주지 못해 미안하고, 뛰어내려서라도 네 곁으로 가지 못해 미안하다고 적혀 있었다. 상상만으로도 아찔한 일에 곧장 미간이 구겨졌다.

편지가 닳도록 읽었다. 이영의 부탁인 건지, 보좌관은 사흘에 한 번씩 유헌에게 들러 그를 보고 가곤 했다. 글을 쓸 수 없어 말로 대신 전해 달라 부탁했다. 보좌관은 우체부가 된 기분이라며 투덜거렸지만, 유헌과 이런 식으로나마 닿게 되어 이영의 상태가 훨씬 나아졌다며 안도했다.

유헌은 제 코가 석 자인데도 늘 이영을 챙기는 말만 잔뜩 보냈다. 괜찮지 않지만 괜찮다 말하며 제발 끼니를 거르지 말라고 부탁했고, 퇴원을 하면 시간적인 여유가 생길 테니 그때 보면 된다고 달래기도 했다.

누구보다 초조하고, 누구보다 작아지고 있는 건 자신이면서, 그렇게 꽤 오랫동안 거짓말을 했다.

퇴원을 하고, 재활 치료가 통원 치료로 바뀌고 나서도 이영을 만나는 일은 쉽지 않았다. 인겸이 계속해서 이영을 다른 이들로부

터 차단시킨 상태였다. 집 앞에 아무리 서성여 봐도 이영의 흔적
은 찾을 수 없었다.

병원에 있는 동안 도움을 받았던 보좌관에게 거듭 부탁했지만,
자신도 더 이상은 유헌의 부탁을 들어줄 수 없다며 아무런 조력
도 받지 못했다.

그렇게 해가 넘어갔다. 잔인한 겨울이었다.

"그럼 정말 내가 너 아플 때 병원에 한 번도 못 갔어?"

"응. 못 왔지. 보좌관이 전해 주는 편지만 계속 받았어. 너는
내 말만 듣고."

이영은 쉽게 말을 잇지 못했다. 얼굴에 미안함이 가득했다.

"왜 그런 표정을 지어. 네 잘못도 아닌데. 그리고 다 지난 일이
잖아."

유헌이 별일 아니라며 연신 설명을 덧붙였지만, 이영의 얼굴은
풀어지지 않았다.

"그 뒤엔? 다시 만났어?"

유헌은 그녀의 질문에 답을 내놓기까지 꽤 긴 시간 틈을 들였
다. 말도 안 되는 일들 속에서 겨울마저 지나고, 꽃이 가득했을
때 이영과 다시 만났다.

유헌은 병원을 가는 길이었고, 이영은 어느 레스토랑에서 나오
는 길이었다. 꼭 드라마의 한 장면처럼, 도로를 사이에 두고 눈이
마주쳤다. 그녀의 옆에는 딱 봐도 고가의 옷차림을 한 남자가 서
있었다.

둘 다 뻣뻣하게 굳어 움직이지 못했다. 유헌은 이게 무슨 상황인지 파악하느라 온몸이 얼어 버렸고, 이영은 너무도 오랜만에 마주친 연인의 얼굴에 힘겨움이 가득해 그대로 멈춰 버렸다.

결국 먼저 움직인 건 이영이었다. 옆에 있던 남자가 그녀를 채근했다. 겨우 시선을 돌린 그녀는 남자의 에스코트를 받으며 곧바로 차를 타고 사라졌다.

유헌은 꿈을 꾸고 있다고 생각했다. 그게 아니면 지금 일어난 일이 도무지 설명이 되지 않았다. 아주 생생한 꿈을 꾸는 거라고, 이영을 너무 그리워하다 이제는 이런 말도 안 되는 악몽까지 꾸게 된 거라고, 그렇게 계속 되뇌었다.

그러나 아무리 꿈에서 깨려고 해 봐도 좀처럼 세상이 변하지 않았다. 시간이 가면 갈수록 그를 둘러싼 공기가 이곳이 꿈속이 아님을 알려 줬다.

결국 그날, 유헌은 병원에 가지 못했다.

그는 넋이 나간 채로 집으로 돌아갔다. 안으로 들어가서도 그저 멍하니 서 있을 뿐 앉을 생각도 하지 못했다. 이영과 그녀의 옆에 있던 남자가 계속 아른거렸다. 반년 만에 본 이영이었다. 연락이 완전히 끊겨 버린 지는 세 달째였다.

납득할 수가 없었다. 그는 철석같이 이영을 믿었고, 그녀에게도 분명 어떤 사연이 있으리라고 생각했다. 사실, 그렇게 생각하지 않으면 버텨 낼 자신이 없었다.

'유헌아!'

시간이 어떻게 흘러가는 건지, 뭐가 뭔지 점점 흐려지는 상황 속에서 마법같이 문이 열렸다. 말이 유헌의 집이지, 사실상 이영과 함께 살다시피 한 곳이었다. 그녀가 초인종을 누를 필요 없이 바로 안으로 들어오는 건 무척이나 익숙한 일이었다.

그처럼 익숙했던 그 일이 이번에는 무척이나 낯설게 느껴졌다. 유헌은 그게 너무도 무서웠다.

'유헌아⋯⋯.'

이영은 멀찍이 서서 그의 이름만 부를 뿐, 가까이 다가오지도 못했다. 얼굴에 미안함과 슬픔이 가득했다.

당장이라도 달려가서 안아 주고 싶은데, 당장이라도 끌어안고 보고 싶었다고 속삭이고 싶은데, 이상하게 몸이 움직여지지 않았다. 그의 머릿속을 오가는 수많은 말이 정제되지 않고 그대로 쏟아지기만 했다.

'내가⋯⋯. 내가⋯⋯.'

'어떻게 된 거야?'

차오르는 수많은 말들을 관통하는 질문은 하나였다.

어떻게 된 거니? 어떻게 된 거길래 내가 퇴원하고 나서는 연락이 닿을 수 있는 방법이 전부 없어지고, 어떻게 된 거길래 반년 만에 다시 본 네 옆에 낯선 남자가 서 있던 거니.

분명 그가 애타게 그리고 있는 그림은 그저 울고 있는 이영을 다정하게 안아 주는 것뿐인데, 욕이 나올 정도로 몸이 굳어 버렸다. 움직일 수 없다는 듯이.

'아버지가 아예 모든 걸 차단해 버려서 방법이 없었어. 이번에
는 도와주는 사람도 없고⋯⋯. 학교며 뭐며 정말 나갈 수 있는 방
법이 아예 다 막혀 버려서⋯⋯. 나도 정말 미치는 줄 알았는데,
아무리 머리를 굴려 봐도 대책이 없었어.'

말을 전하는 이영의 목소리가 절박했다. 무척이나, 정말 무척
이나 절박하게 와닿았다.

'미안해. 미안해, 유헌아. 그래도 내가⋯⋯. 내가 어떻게든 왔
어야 했는데. 미안해⋯⋯.'

한참이나 미안하다는 말을 뱉고 나서야, 이영이 한 발자국 다
가왔다. 천천히 거리를 좁히던 그녀의 얼굴이 가까이 다가왔다.
얼굴이 눈물범벅이었다. 유헌은 당장 손을 뻗어 이영의 눈물을 닦
아 주고 싶었다. 그런데도 자꾸 몸이 굳어 팔이 좀처럼 움직이지
않았다.

'옆에 있던 남자는 누구야?'

뱉고 싶지 않은 질문만 계속해서 입 밖으로 흘러 나갔다. 꼭 무
슨 마법에라도 걸린 기분이었다.

그땐 몰랐다. 애써 꾹 참고 있던 감정의 둑이 죄다 무너져 버려
그랬던 것임을.

다 품어 내지 못할 만큼 약해진 상태였음을 아주 오랜 시간이
지나고 나서야 유헌은 깨달았다.

'아무 사이 아니야. 맹세할 수 있어. 오늘 처음 만났어. 정말
아무것도 아니야. 아버지 때문에 억지로 만나게 된 거야. 이상해

보이는 거 아는데, 정말 아니야.'

이영은 그의 눈빛에 보이는 불안함과 흔들림을 읽었다.

'……너 의심하는 거야? 내가 너한테 그 정도밖에 믿음을 안 줬어?'

그녀의 눈빛이 가라앉았다. 유헌은 젖은 눈을 마주하다 짙게 한숨을 내쉬었다. 믿지 못하는 게 아니었다. 이영이 한 말이 맞으리라고 생각했다. 그러나 다른 남자와 함께 서 있다 그의 에스코트를 받으며 사라진 모습을 깨끗하게 잊기에는 충격이 너무 컸다.

'이영아. 나 너 반년 만에 봤어.'

엄청난 시간이었다. 언젠가는 그녀에게 닿을 거라고 생각하며 버텨 왔지만, 지금의 유헌은 이미 한계치였다. 더 이상은 버틸 수가 없었다. 게다가 이영의 옆에 서 있던 남자에게서 비치던 진한 부의 냄새가 계속 머릿속에 맴돌았다. 그녀가 살고 있는 세계에 딱 맞는 사람이라는 생각이 들었다.

태극 마크를 달고, 올림픽 메달리스트가 되고, 국민적인 인기를 누리면서 생겨났던 자존감은 순식간에 바닥으로 떨어졌다. 그 모든 영예의 근간이 된 총을 잃게 되니 엄청난 무기력함이 그를 잠식해 왔다.

이영에게 유헌 자신이 맞지 않는 건 아닐까. 인겸이 매일 눈으로 말하던 것처럼, 유헌은 이영에게 어울리지 않는 게 아닐까. 절대 품지 않으리라 자부했던 생각이 계속 샘솟았다.

'네 얼굴은 반년 만에 보고, 지난 세 달은 아예 아무런 소식도 못 들었는데, 오늘 네 옆에 내가 모르는 사람이 서 있으면…….
내가 어떻게 안 흔들려.'

품고 있는 생각과 반대되는 이야기가 나간다고 생각했건만, 흔들림을 고백한 순간 유헌은 깨달았다.

아, 그저 모른 척해 왔던 거구나. 나는 꽤 오랫동안 불안해하고 있었구나. 아니라고 부정해 왔던 모든 말들이, 내 마음 깊숙한 곳에 숨어 있던 것뿐이구나.

'3개월을 미친 사람처럼 너만 찾아다녔어. 너희 집 앞에서 맨날 서성이고, 너랑 친했던 애들 번호 구해서 혹시 이영이랑 연락되냐고 수도 없이 물었어.'

'……'

'우리 도와줬던 김 보좌관님한테는 매일같이 전화했는데, 아예 번호를 바꿔 버리더라. 그래서 너희 아버지 사무실도 찾아갔어. 문전박대당해서 아무도 못 만났지만.'

'……'

'정말 하루도 빠짐없이 기다렸어, 이영아. 하루도 빠짐없이.'

유헌도 사람이었다. 더군다나 마음의 커다란 조각 하나를 잃은 상태였다. 불안정한 그에게 지난 세 달은 지옥이었고, 그중에서도 오늘 하루는 최악이었다. 그토록 꿈에 그리던 이영을 눈앞에서 마주하고 있는데도 가슴이 아렸다.

'나도……. 나도 어떻게든 오고 싶었어. 만나고 싶고, 그랬는데…….'

다시 눈물이 쏟아지기 시작한 이영은 한참이나 숨을 골랐다. 이야기를 해야 하는지, 말아야 하는지 고민하는 게 보였다.

'내가 그렇게 너를 끊어 내지 않으면 너를……. 너를…….'

숨이 점점 가빠 왔다. 이영은 눈을 질끈 감았다 뜨고는 믿을 수 없는 이야기들을 털어놓았다.

'너 그 손, 그거 아버지가 그런 거래.'

'……뭐?'

'나랑 너 만나는 거 막으려고 손을 쓴 거래. 네가 망가져야 내가 완전히 포기를 한다고.'

말을 전하는 이영의 가슴이 찢어졌다. 그녀조차도 믿을 수 없는 사실이었다. 한 번도 정을 느껴 본 적 없고, 한 번도 제대로 된 사랑을 받아 본 적 없지만, 어찌 됐든 인겸은 아버지였다.

그녀를 세상에 태어나게 한 존재가 자신이 가장 사랑하는 이를 부서지게 했다는 사실이 너무도 끔찍했다. 인겸으로부터 그 말을 들은 날, 이영은 하루 종일 속을 게워 냈다. 버틸 수가 없었다. 끊임없이 토악질이 올라왔다.

'그게 무슨……. 대체…….'

유헌의 얼굴이 하얗게 질렸다. 이영만큼이나 유헌 역시 믿고 싶지 않았다. 인겸이 유헌을 몹시 탐탁지 않아 한다는 건 알고 있었지만, 이 정도로 잔인하게 움직이리라 생각지 못했다. 무엇보다 이영이 눈에 밟혔다. 세상 전부인 그녀의 아버지가 자신을 망쳐 났다는 사실을 그는 받아들이기가 힘들었다.

'오늘도 너로 계속 협박해서 억지로 만난 거야. 지난 시간 내내……. 정말 내내 너로…….'

이영이 말을 잇지 못했다. 틈만 나면 유헌에 대한 협박이 이어졌다. 손도 뺏었는데, 뭔들 더 못 뺏겠냐는 이야기가 계속 귓가에 맴돌았다.

인겸은 한다면 하는 사람이었다. 그는 자신의 패에 더 이상 흠집이 생기지 않기를 원했다. 이영의 고집을 꺾고, 그녀가 세상에 남긴 유헌과의 기록 역시 지우려 애를 썼다. 지금 더 욕심을 냈다가는 정말 유헌을 해칠 것 같아서 이를 악물고 참아 냈다.

유헌이 애를 쓴 것만큼이나, 이영 역시 그녀가 해 볼 수 있는 방법들을 다 동원했다. 하지만 끝내 손을 빌릴 수 있는 건 주위의 보좌관들뿐이었다.

수도 없이 애원했다. 이전에 도움을 받았던 보좌관은 물론이고 다른 사람들에게까지 애원에 애원을 거듭했다. 곡기를 끊은 것도 부지기수였다. 본가에서도 격리되어 별장에 갇혀 있다시피 했던 동안에도 유헌과 닿을 수 있는 방법은 없는지 계속해서 시도하고 또 움직였다.

그러나 그녀의 노력은 빛을 보지 못했다. 유헌이 애를 썼음에도 이영에게 닿지 못했던 것처럼, 그녀의 움직임 역시 아무 소용이 없었다.

그렇게 그들은 지쳐 가기만 했다. 둘 다 보이지 않는 벽과 싸우는 기분이었다.

유헌과 이영 모두 참아 낼 수 있는 한계점이 한없이 낮아진 상태였다. 평소라면 이렇게까지 치닫지는 않았을 상황이, 계속해서 악화되고 있었다.

그토록 서로를 만나려 애쓰다 겨우 닿았건만, 막상 마주한 스물셋의 둘은 상처투성이가 되어 잔뜩 날이 서 있었다. 누구의 탓도 할 수 없는 아픈 상황이었다.

'미안해. 이렇게 된 것도, 이렇게 오랜만에 만나게 된 것도.'

'······.'

'미안해, 헌아.'

이영은 무척이나 지친 목소리로 사과를 하고는 집 밖으로 나갔다. 유헌은 그저 얼어붙어 있었다. 그녀가 밖으로 나갔다는 자각도 제대로 할 수 없었다. 수많은 말들이 섞이고, 수많은 상상들이 섞여 머릿속이 어지러웠다.

인겸이 유헌의 손을 짓밟은 것도 모자라 목숨까지 손에 쥐고 이영을 옥죄었다는 사실에 분노가 차오르다가도, 그를 아버지로 둔 탓에 이러지도 저러지도 못하는 이영이 떠올라 마음이 아렸다.

무엇 하나 쉬운 게 없는 상황이었으나, 피투성이가 되었어도 이영의 모습만이 아른거렸다. 그제야 유헌은 정신을 차리고 밖으로 달려 나갔다. 다시 연인을 봐야만 했다.

그러나 그가 뛰쳐나갔을 때는, 이미 이영이 차를 타고 떠난 후였다. 미친 사람처럼 그녀의 이름을 부르며 울부짖었으나, 당연히 닿지 않았다. 무서울 정도로 비가 쏟아져 온몸이 다 젖어 가는데도 유헌은 그저 멍하니 서 있기만 했다.

그리고 그날, 유헌의 오피스텔에서 돌아가던 길에 이영이 사고가 났다. 상대의 신호 위반으로 인한 사고였다.

유헌은 매 순간, 정말 매 순간, 그날에 대해 후회하며 살았다.

그냥 아무런 말 없이 안아 줄 걸, 나 때문에 힘들어서 어떡하냐고 달래 줄 걸, 괜찮으니까 기다리겠다고라도 말해 줄걸. 내가 죽어도 상관없다고 그냥 그날 하루 집에서 보내지 말걸. 보내 주지 말걸.

하지만 그가 아무리 빌고 또 빌어도, 시간을 되돌리는 기적 따위는 일어나지 않았다.

"유헌아?"

"아, 미안. 잠깐 뭐 좀 생각하느라고."

"오늘 너무 많이 얘기해서 그런가…… 그러고 보니까 시간도 많이 늦었네. 나머지는 내일 할래?"

"그럴까? 벌써 시간이 이렇게 됐네."

기억을 곱씹은 유헌은 끝내 그날의 진실은 전하지 못했다. 이대로 묻어 두는 게 맞았다. 늦은 밤을 핑계로 이야기를 맺었다.

내일이면 헤어진 그들의 이야기를 풀어내야 한다는 걸 생각하면 어떻게든 오늘 하루를 더 길게 이어 가야 하는데, 차마 더 이상 말을 할 수 없었다.

너무 많은 것들이 뒤엉킨 밤이었다. 기억도, 슬픔도, 아픔도.

6

유난히 햇살이 따가웠다. 겨울을 앞둔 가을의 볕이라고 하기에는 아직 여름의 열기를 품고 있어 의아했다. 쏟아지는 빛에 눈을 뜬 이영은 멍하니 눈만 깜빡였다. 눈만 감고 있을 뿐, 새벽 내내 한숨도 자지 못했다.

어제 유헌에게서 전해 들었던 기억이 계속해서 뒤엉켰다. 그가 많은 이야기들을 혼자 삼켜, 이영이 가장 듣고 싶었던 내용들은 여전히 물음표로 남아 있었다.

유헌은 모르겠지만, 그는 거짓말을 할 때 티가 났다. 딱 봐도 뭔가를 감추는 티가 났다. 그러나 이영은 묻지 못했다. 유헌이 무척이나 아프고 슬퍼 보여서, 차마 조를 수 없었다.

아른거리는 얼굴을 지워 보려 커다란 창을 하염없이 바라봤지만, 그 위에 유헌의 얼굴이 덧대어질 뿐 사라지지는 않았다. 이영은 한숨을 쉬며 침대에서 벗어났다. 다가오는 겨울을 알리듯, 공기가 제법 차가웠다.

몸이 으슬으슬 떨리자 유헌의 품이 생각났다. 장례식장 앞에서 그녀를 와락 안았던 널찍한 품이 좀처럼 잊히지 않았다. 온몸을 감싸던 온기가 무척이나 따뜻했다.

"오늘이 끝일까."

커다란 카디건을 걸치면서 괜히 혼자 읊조렸다. 오늘이면 스물셋까지의 기억이 모두 끝이 나니, 더 이상은 그를 부를 명목이 없었다. 그래서 일부러 오늘은 저녁에 찾아와 줄 수 있냐 물었다. 늦게 시작하면 혹여 내일까지 이야기가 이어질 수 있지 않을까, 그러면 그를 조금이라도 더 볼 수 있지 않을까, 하는 생각이 만들어 낸 결과였다.

분명 선을 지킬 수 있다고 생각했지만, 유헌과 사랑했던 기억이 넘실댈수록 다짐이 흔들렸다. 기억이 없어졌어도 감정은 남아 있는 것처럼, 너무도 쉽게 그의 색에 젖어 갔다.

이영은 노트북을 열고 그간 그녀가 정리해 둔 기억의 기록들을 살폈다. 시작이 열일곱이었다. 그 이전의 기억은 찾을 길이 없어 그대로 비워 놨다. 유헌이 전해 준 기억이 가장 오래된 기록이었다.

녹음을 듣고, 유헌을 떠올리며 정리해 둔 과거의 이영은 무척이나 행복해 보였다. 모두 그녀가 직접 겪은 일이었지만, 기억이 없으니 꼭 타인의 이야기를 마주하는 기분이었다. 그래서 참 우습게도, 과거의 이영이 부러웠다.

기억을 잃은 후에는 누군가에게 그렇게 사랑받은 적도, 시원하게 웃은 적도, 공허함을 느끼지 않은 적도 없었다. 이영 스스로 그녀가 누군지 헷갈렸다.

어떻게든 스스로를 정립해 보고자 과거를 찾아보려 했으나, 깨어난 이후의 날들이 지독히도 힘들었다. 교통사고 후유증은 이영을 계속해서 괴롭혔다. 기억을 앗아 간 것에서 끝나지 않았다. 몸 곳곳에서 아우성을 치니, 첫 1년은 병실에 꼼짝도 하지 못하고 갇혀 멍하니 하루를 보냈다.

몸이 조금씩 회복되고, 이전의 기억들을 찾아보려 했지만, 인겸이 그녀를 막았다. 그는 딸이 과거와 닿는 것을 조금도 원하지 않았다. 알면 네가 버틸 수 없을 거라며 엄포까지 놨다.

이영은 그 한 마디에 기억 찾기를 포기했었다. 당시에는 그만큼 위축돼 있었고, 그만큼 지쳐 있었다.

별의별 생각이 다 들었다. 혹시 과거에 엄청난 잘못을 했나, 씻을 수 없는 상처가 남아 있나, 알고 나면 내가 살아가기가 싫어지나.

생각에 생각을 곱씹던 그녀는 과거로부터 고개를 돌렸다. 무서웠다. 사람들이 감추려고 하는 과거가 자신을 해칠까 봐 겁이 났다.

그래서 그냥 훌쩍 떠나 버렸다. 유럽 곳곳을 돌았다. 새로운 기억을 만들면 될 일이라고 스스로를 달래며 억지로 뭔가를 해 보려 했다. 여행은 나쁘지 않았다. 때론 즐겁기도 했다. 이방인만이 느낄 수 있는 자유를 만끽하며 비어 버린 조각들을 가렸다.

그러나 긴 여행을 끝내고 돌아와서도 공허함은 사라지지 않았다. 오히려 점점 심해졌다. 이영이 그녀 스스로에 대해 알고 있는 것이라고는 이름과 나이가 전부니 뿌리 자체가 흔들렸다.

친구는 물론이고 부모와 형제에 대한 기억도 없었다. 글자가 빽빽한 책들 사이에서 혼자 백지가 되어 방황하는 느낌이었다. 그녀가 물을 수 있는 모든 곳에 물어도 만족할 만한 답이 나오지 않았다.

엄마라고 '소개'한 여인에게 다가가 그녀가 어떻게 자랐나 물어봤지만, 중년의 여인은 난처한 기색을 감추지 못했다.

'너 키워 준 유모가 연락이 안 돼. 그 사람이면 다 말해 줄 수 있을 텐데.'

그게 그녀의 첫마디였다. 어릴 때부터 예뻤고, 어릴 때부터 똑똑했다. 그게 이영이 들은 전부였다. 허망했다.

아래에 있는 여동생과 남동생은 이영과 대화 자체를 피했다. 어느 날 이영이 넌지시 어떤 사람이었냐고 물었지만, 이렇게 대화도 잘 하지 않는 사이였다는 답만 돌아왔다. 여동생으로부터는 아빠고 엄마고 언니만 찾았다는 원망까지 들었다.

모든 게 혼란스러웠다. 형제들은 그녀만 부모의 사랑을 받았다 말했으나, 이영이 느끼기에 그들은 그녀에게 애정이 없었다. 한

명은 계속해서 기억을 감췄고, 다른 하나는 공유한 추억 자체가 존재하지 않아 보였다.

아무것도 명확하지 않은 상태에서 점점 넋을 놓고 보내는 시간이 늘어났다. 계속해서 남자들의 사진을 보여 주는 인겸이 뭐라 말을 늘어놓을 때만 그나마 깨어 있었다.

인겸의 뜻에 따라 그들을 만날 때도 제정신인 적이 없었다. 대화를 놓치기 일쑤였다. 한 마디 한 마디를 이해하는 게 힘에 부쳤다. 더 이상 참다못해 얼마 뒤에 정신과를 찾고 나서야, 그게 우울증의 증상이라는 걸 알게 됐다.

타인과 만날 때마다 멍해지니, 서인겸의 딸이 교통사고 이후로 문제가 생겼나 보다는 소문이 돌기 시작했다. 그날로 인겸은 이영에게 사진을 들이미는 일을 멈췄다. 관심을 두는 빈도 자체가 현저하게 줄었다.

그녀는 곧바로 집을 얻어 밖으로 나왔다. 예전이라면 상상도 못 할 일이었지만, 그녀에 관해 안 좋은 소문이 돌기 시작한 이후로는 말리는 이가 하나도 없었다.

혼자 살게 되었는데도, 약을 먹는데도 나아지지 않는 공허함을 달래려 시작한 게 글쓰기였다. 하루 종일 앉아 자판을 두드렸다. 어떻게 해서든 집중을 할 만한 게 필요했다.

다행히 효과가 있었고, 결과도 나쁘지 않았다. '서영'이라는 필명으로 낸 글들은 순식간에 베스트셀러가 되어 사람들 입에 오르내렸다. 엄청난 성공이었다. 그러나 공허함은 여전했다.

돌이켜 보니 그녀가 그나마 살아 있다는 감각을 느낀 건 유헌을 만나게 된 기간이 전부였다. 어떤 과거가 있든 알아내겠다고 다짐하고 그를 찾아 헤맸을 때부터, 지금처럼 함께 기억을 나누던 시간만큼은 그녀의 숨을 막던 그림자로부터 벗어날 수 있었다.

처음으로 가슴이 따뜻해지는 기분을 느꼈고, 처음으로 아무 걱정 없이 웃었다. 처음으로 흐릿했던 과거가 뚜렷해지기도 했다. 그저 유헌이 나타났을 뿐인데, 너무 많은 것들이 변했다.

이영은 한숨을 푹 쉬며 소파 위에서 몸을 웅크렸다. 가져서는 안 되는 욕심이라는 걸 알면서, 유헌을 놓아주고 싶지 않았다. 절대 그러지 않겠다는 다짐을 하고 유헌에게서 계속 기억을 전해 들었던 것이면서, 막상 끝을 내야 할 때가 다가오니 속이 답답했다.

"어? 지금 올 사람이 없는데?"

복잡해진 머리를 짚고 한숨만 쉬고 있을 때, 문을 두드리는 소리가 들렸다. 유헌은 저녁에 불렀으니 이 시간에 올 사람은 없었다.

"누구……."

문을 열었을 때, 그 너머에 있는 건 다름 아닌 유헌이었다. 약속한 시간보다 몇 시간이나 앞선 시간이었다.

"얘기만 저녁에 하면 되지 않을까 싶어서. 그냥…… 일찍 와 있고 싶었어."

멋쩍은 얼굴에 눈동자가 이리저리 굴러갔다. 꽤나 부끄러운지 귀 끝이 붉었다. 이영은 푸스스 웃으며 문을 활짝 열었다.

"들어와."

유헌이 익숙하게 작업실에 들어와 소파에 앉았다. 이제는 몸에 밴 움직임이었다.

"다시 보고 있었어?"

"응. 근데 다른 사람 얘기 같아. 내 얘기 아니고."

이영이 작게 웃으니 유헌 역시 따라 웃었다. 그도 잠을 자지 못한 건지 눈이 빨갰다.

"너 또 못 잤지."

"너도 빨개."

"그럼 우리 둘 다 못 잤네."

웃음이 멎고, 고요한 눈동자가 서로를 바라봤다. 혀끝에서 잠을 자지 못한 이유에 대한 물음이 맴돌았지만, 이영도 유헌도 그저 삼키기만 했다.

"정리하고 있던 거면 계속해. 그냥 내 멋대로 일찍 온 거잖아. 방해해 버렸네. 미안."

"아니야. 그냥 읽고만 있던 건데, 뭘. 너 만나기 전까지 아무런 일정 없었어."

정말이라는 듯 이영이 노트북을 덮었다. 직사각형에 갇힌 화면보다는 유헌의 얼굴을 더 보고 싶었다.

"왜 일찍 오고 싶었냐고 물어봐도 돼?"

"그냥. 그래야 할 것 같더라고."

여러모로 부족한 설명이었지만, 그렇게밖에는 설명이 되지 않았다. 유헌은 오늘 하루를 최대한 늘리고 싶었다. 24시간이 아니라 240시간으로라도 만들고 싶었다. 이야기가 끝나면 이영과 유헌의 관계가 어떻게 변할지 알 수 없었으니, 무슨 수를 써서라도 그녀를 더 오래 보고 싶었다.

"뭐야, 싱겁네."

그저 웃고 넘겼지만, 이영은 그 너머에 있는 마음이 보였다. 유헌 역시 이영과 같은 이유로 밤을 지새우고, 이영과 같은 마음으로 오늘 하루를 바라보고 있다는 생각이 들었다.

"있지. 나 듣고 싶은 거 있어."

"듣고 싶은 거?"

묘하게 가라앉는 분위기를 느낀 이영이 밝은 목소리로 화제를 돌렸다. 아직 시간이 남아 있을 때, 유헌의 이야기를 더 많이 듣고 싶었다.

"저번에 그냥 두루뭉술하게 얘기했잖아. 나랑 헤어져 있는 동안 그냥 쉬었다고. 어떻게 쉬었는지 얘기해 줘."

"정말 그냥 쉬기만 했는데?"

"그냥 쉬기만 한 얘기를 해 주면 되지."

어떻게든 유헌의 이야기를 더 듣겠다는 의지가 보였다. 마주 보고 눈을 깜빡이던 둘이 동시에 웃음을 터뜨렸다. 꽤 오랫동안 웃던 유헌은 목소리를 가다듬고 지난 5년을 곱씹었다. 죄다 어두운 얘기뿐이라 거르는 데 시간이 필요했다.

너무 괴로워 쳐다도 보지 않던 담배를 배웠다는 얘기나, 밥보다 술을 많이 먹을 정도로 알콜을 들이부은 적이 있었다는 얘기, 갑자기 연락을 뚝 끊어 버려 요셉 신부와 민재가 문을 부술 기세로 집으로 찾아왔다는 얘기는 할 수 없었다.

사랑하는 연인을 잃고 절망에 빠져 살았다는 이야기를 그대로 전하면 무척이나 미안해할 이영을 알았다.

"사실 경호업체에 몇 번 소개 받아서 들어갔어. 총만 못 잡고 몸은 쓸 수 있으니까. 강도당했던 놈이 경호원 한다는 게 웃기기는 하지만, 뭐, 써 주더라고."

전부 민재 덕이었다. 서글서글하고 정 많은 성격 덕에 그가 만들어 놓은 인맥이 꽤나 두터웠다.

"근데 전부 금방 그만뒀어. 나랑 안 맞더라고. 계속 총 생각이 났거든."

"힘들었겠네."

유헌이 엷게 웃었다. 힘들었다. 경호업체에서 버티는 시간은 길어야 3주였다. 소개해 준 민재에게 매번 미안해 참고 참았던 최대치가 그나마 저 정도였다. 유헌이 안 되겠다며 고개를 떨구고 나서야 민재는 한숨과 함께 그를 놓아줬다.

"그리고 완전 성당 일꾼이었지."

"정말?"

"거의 머슴이었어, 머슴."

민재가 밖으로 끌어내는 일을 포기하자, 이번엔 요셉 신부가 나서서 유헌을 밖으로 불러냈다. 할 일도 없으면서 뭘 그렇게 집 안에만 있냐며 틈만 나면 불러내 성당 일을 시켰다. 고아원 곳곳을 청소하고, 성당 화단을 돌보고, 나중에는 사무장의 일을 돕기까지 했다. 그마저도 유헌의 상태가 악화되면서 더 이상은 할 수 없었지만.

수많은 이들이 그를 다시 일으키려 했지만, 유헌은 외부와 접촉할수록 스스로를 깎아내렸다. 양복을 입고 경호를 하고 있을 때는 총도 없이 이게 뭐 하고 있는 건가 싶었다. 성당에서 일손을 도울 때는 이렇게 망가질 것이었다면 왜 그렇게 총에 매달렸나, 그런 생각이 들어 힘들었다.

무엇보다도 이영이 간절했다. 그녀만 있으면 총이 주고 간 무력감도 다 이겨 내리라 생각했다. 그러나 아무리 찾아봐도 이영은 없었고, 또 그녀를 탐낼 수도 없었다.

"거짓말 아니라 이게 다야. 5년 동안 정말 별거 없었어. 원래도 밖에 돌아다니는 스타일 아니라서 집에만 있었거든."

"집에서는 뭐 했는데?"

"그냥…… 가만히 있기."

정말 멍하니 있었다. 그렇게 시간을 죽이고 그녀에 대한 기억을 죽이면서, 그에겐 딱히 뭔가를 깊게 생각할 만한 에너지가 남아 있지 않았다.

"나랑 비슷했네."

"너도 그랬어?"

이영이 고개를 끄덕였다. 그녀 또한 그와 같았다는 이야기가 괜히 가슴에 와 박혔다.

"네 얘기도 해 줘. 자세하게."

"나?"

"응. 늘 궁금했거든. 어떻게 살고 있을까, 어떤 생각을 하고 있을까."

이영이 이리저리 눈동자를 굴렸다. 어디부터 시작해야 할지 시작점을 찾기 힘들었다. 유헌이 제 아픔을 숨긴 것처럼, 그녀 역시 아픈 부분은 최대한 가리려 했다. 그대로 털어놓으면 그가 스스로를 책망하리라는 생각이 들었다.

"내가 어떤 사람인지 궁금해하다가, 그냥 알 필요 없을 거라고 퉁치고 유럽으로 갔어."

"유럽?"

"응. 웬만한 나라는 다 돌았을 거야. 1년 내내 누볐으니까. 유명한 곳은 다 갔어."

발이 닿는 대로 멈추지 않고 곳곳을 누볐다. 그녀를 잠식한 상실의 무거움으로부터 도망가고 싶어서. 마지막 행선지는 영국이었다. 가장 오래 머물기도 했다. 딱히 이유는 없었다. 그냥 이상하게 그곳에 발이 묶였다.

"그러고 보니까 영국에서 제일 오래 있었네. 거기가 마지막이었는데."

"런던에 있었어?"

"응. 잠재의식 속에 남아 있던 걸까?"

아주 깊은 곳에는 런던의 기억이 사라지지 않고 그대로 자리하고 있던 걸까. 묘한 쓸쓸함이 그녀를 덮쳤다.

"유럽에서 한국으로 돌아와서는 계속 글만 썼어. 글이라도 써야 그나마 숨통이 트여서."

"어떤 글 썼는지 물어봐도 돼? 제목 같은 거 말고, 그냥 내용."

이영이 천천히 그녀의 글들을 훑었다. 그냥 생각나는 대로 자판을 두드렸다. 기억에 남아 있는 게 없으니 유럽 여행을 바탕으로 하는 글이 많았다.

"대부분 사랑 이야기였네. 유학 가서 눈 맞는 것도 썼고, 또 뭐 썼더라. 아, 수도원 비밀 밝히는 것도 썼어. 그냥 장르 안 가리고, 쓰고 싶은 건 다 썼나 보다."

유헌은 다정함이 어린 얼굴로 이야기를 들었다. 이영은 그가 이렇게 부드러운 미소를 머금고 그녀를 볼 때면, 그가 들려 줬던 수많은 장면들이 그려졌다.

조금 더 어렸던 너는 그때도 지금처럼 상냥하게 웃고 있었을까. 조금 더 어렸던 네 얼굴에는 깊게 밴 슬픔이 보이지 않았을까. 조금 더 어렸던 나는 어떤 모습으로 어떻게 너를 보며 행복해했을까.

"나도 뭐 별거 없네. 나도 그냥 멍하게 있다가 끝났나 봐."

"책 많이 낸 거 아냐? 그게 어떻게 별거 없는 거야. 대단한 거지."

따라온 목소리가 제법 단호했다. 유헌은 옛날부터 이영이 스스로를 깎아내리는 걸 싫어했다. 그의 눈에는 세상에서 제일 잘난 사람인데, 자신 없어 하는 모습이 싫었다. 유헌의 눈에 이영은 그녀가 생각하는 것보다 훨씬 대단한 사람이었다.

"근데 이영아."

"응?"

조금 부끄러워하는 이영을 바라보다, 유헌은 문득 궁금해졌다.

"의심스럽지는 않았어?"

"뭐가?"

"내 얘기. 내가 거짓말할 수도 있는 거잖아. 그런 생각은 안 들었어?"

사실 따지고 보면 모든 게 거짓일 수도 있었다. 유헌이 모든 이야기를 지어냈을지도 모를 일이었다. 어쩌다 발견한 일기장에 이름이 가득했다는 것, 다정하게 함께 찍은 사진이 있다는 걸 제외하면, 이영은 유헌이라는 사람 자체에 대해 아는 게 거의 없었다. 그런 상태에서 시작했으니 당연히 유헌을 믿지 못할 수 있었다.

그러나 이영은 그저 씩 웃고는 고개를 저었다.

"내가 유럽에 있으면서 제일 많이 한 게 사람 구경이었어. 내가 어떤 사람인지 모르니까 다른 사람이라도 보면 좀 나아지지 않을까, 그렇게 생각했거든."

길거리가 다 보이는 카페에 앉아 하루 종일 사람들을 구경했다. 수많은 관광객, 그곳에 사는 사람들, 다양한 인종, 다양한 연령의 사람들이 그녀의 눈동자에 담겼다.

"쓰는 언어가 다 다르잖아. 내가 알아들을 수 있는 말보다 없는 말을 더 많이 쓰고. 그래서 사람들 대화의 내용은 모르는데, 딱 보면 느낌이라는 게 와."

"느낌?"

"심각한 내용인지, 가벼운 내용인지, 대화를 나누는 사람들의 사이가 어떤지, 거짓말을 하는지, 진심 어린 말을 하는지."

어떤 말을 하는지 낱낱이 알 수는 없어도, 말을 나누는 사람들의 얼굴에는 그들의 생각이 비쳤다.

"없는 말을 지어내는 사람의 표정이 아니었어. 흔들리는 눈이 아니었거든."

유헌이 이야기를 꺼냈던 첫날, 이영은 단번에 그가 진실을 말하고 있음을 알아챘다. 거짓으로 이야기를 꾸며 내는 사람이 아님이 보였다.

"내가 지금껏 본 눈 중에 제일 반짝거려서 안 믿을 수가 없었어."

눈이 예쁘다는 소리를 들어 본 게 얼마 만인지. 옛 추억에 유헌이 피식 웃고 말았다. 예전부터 이영은 유헌의 눈을 참 좋아했다. 길고 휘어지는 눈이 예쁘고 반짝거린다며 하염없이 바라볼 때도 있었다. 기억을 잃어도 느끼는 감정이 똑같아 행복함과 씁쓸함이 함께 몰려왔다.

"왜 웃어? 내 말 안 믿는구나."

"아니. 옛날 생각 나서."

"옛날에도 똑같은 말 했어?"

"응. 맨날 나보고 눈 예쁘다고 했거든."

진짜 잠재의식에 남아 있는 걸까. 이영의 눈빛이 깊어졌다. 유헌은 그 찰나를 놓치지 않았다. 그녀가 어떤 생각을 하는지 눈에 훤히 보였다.

"그런 치료는 안 해 봤어? 잠재의식까지 들어가는 거. 수면 치료랬나."

"해 봤는데, 잘 안 됐어."

넌지시 물으니 이영이 작은 한숨을 뱉었다.

"잠재의식으로 들어가 보려는 시도를 몸이 강하게 거부한대. 여러 번 해 봤는데, 매번 실패했어. 그래서 그런 걸로는 안 되는 구나, 하고 포기했지."

유헌의 얼굴 역시 덩달아 심각해졌다. 몸이 기억을 되찾기를 거부한다는 말이 마음에 걸렸다. 혹여 이영의 내재된 감정이 그와의 추억을 나쁘게 기억하고 있는 건 아닌지 걱정이 됐다.

"그땐 그냥 두려워서 그랬을 거야. 내가 엄청 겁냈거든. 대체 과거가 어땠길래 이렇게나 모든 사람들이 말을 안 해 주나, 그런 생각만 해서 그래."

유헌의 마음을 읽기라도 한 듯, 이영이 서둘러 말을 붙였다. 속마음을 들켜 버린 것 같은 기분에 유헌의 귀 끝이 다시 붉어졌다.

순식간에 말이 사라졌다. 그저 조용히 서로의 눈동자를 바라봤다. 둘 사이를 감싼 공기가 무척이나 가라앉았다. 긴장감까지 맴돌았다. 그 누구도 움직이지 않았다. 다른 이유를 갖고 같은 생각을 하고 있었다.

결국 유헌과 이영 모두 시선을 피했다. 용기를 내기에는 지난 5년이 만들어 낸 틈이 너무도 깊었다.

▲▽▲

말을 잃은 둘은 해가 질 때까지 입을 열지 않았다. 이영은 다시 노트북을 꺼내 괜히 자판을 두드렸고, 유헌은 그런 이영을 지켜보다 쌓인 피로를 이기지 못하고 잠에 들었다. 그녀를 보고 긴장이 풀린 탓이었다.

이영은 그런 그를 하염없이 감상했다. 다리 위에 올려놨던 노트북을 내려놓고, 그가 누워 있는 소파 앞에 주저앉았다. 아주 가까이 다가가니 잘생긴 이목구비가 눈에 더 확연히 들어왔다.

차마 손을 대지는 못하고, 최대한 가까이 붙인 채로 허공을 쓸어내렸다. 짙은 눈썹을 한 번 쓸었다가, 길고 시원한 눈매를 한 번 쓸었다가, 높은 콧대에도 한 번 들렀다가, 그녀가 너무도 사랑하는 입술에도 머물렀다.

얼굴을 눈에 담을수록 옛 모습이 궁금했다. 고등학교 교복을 입은 모습은 어땠을까, 태극 마크를 처음 달고 고백을 하던 날은 어땠을까, 호텔에서 가운만 걸친 채 눈도 못 마주쳤다는 그때는 어땠을까, 런던을 거닐 때는 어땠을까. 그때도 이렇게 심장을 뛰게 했을까.

마음을 들킬까 무서워 뱉을 수 없고, 기억을 잃었다는 사실이 상기돼 서러워 말할 수 없는 물음이었다.

"내가 사고가 안 났어도 우리가 이렇게 마주 보고 있었을까?"

계속해서 바라만 보다 그녀도 모르게 말이 새어 나갔다. 그저 작게 읊조린 것이건만, 그 순간 유헌의 눈이 서서히 열렸다.

이영의 얼굴이 당장 닿을 듯 딱 붙어 있었다. 유헌이 지금 눈을 뜰 거라고는 생각하지 못한 이영이 화들짝 놀라 뒤로 멀어졌다. 유헌 역시 눈을 뜨자마자 마주한 상황에 잠기운이 전부 날아갔다.

"시, 시간이 많이 늦어서. 이젠 슬슬 얘기해야 하지 않을까 해서 깨우려다가……."

놀람과 떨림이 가득한 목소리가 유헌에게 닿았다. 그는 대답 없이 눈만 깜빡였다. 코앞에 닿아 있던 얼굴이 스쳐 지나간 환상처럼 느껴졌다.

"놀랐지? 미안."

이영은 당황한 기색을 지우고 다시 태연한 척 웃어 보였다. 여전히 심장이 쿵쾅거리고, 사방에서 식은땀이 나는 기분이었지만, 들키고 싶지 않았다.

"이제 슬슬 시작할까? 녹음기 어디 있지……."

표정은 감출 수 있을지 몰라도 떨리는 손은 감출 수 없었다. 테이블 위에 올라와 있는 녹음기를 찾는 움직임이 분주했다.

"벌써 마지막이네. 시간 빠르다. 그치?"

녹음기를 켠 이영이 애써 웃어 보였다. 열심히 말을 잇는 이영과 다르게 유헌은 아무런 말이 없었다. 그저 이영에게로 시선을 고정하고 빤히 바라봤다.

"유헌아?"

유난히 조용한 그의 이름을 부르니, 그제야 유헌이 옅은 한숨을 뱉고 이영으로부터 시선을 돌렸다.

눈을 뜨자마자 마주한 이영이 가까이 있는 모습에 놀란 것도 잠시, 유헌은 그녀를 볼 수 있는 마지막 날이 될지 모르는데도 잠이 든 스스로에게 무척이나 화가 났다. 벌써 해가 졌다는 사실이 끔찍했고, 이영이 마지막 이야기를 들을 준비가 되었다는 것도 싫었다.

무엇보다도, 잠에서 깨어나 마주한 이영의 눈빛을 보고 괜한 기대감을 품는 제 자신이 싫었다. 욕심내지 않겠다고 그렇게나 마음을 다잡았는데도, 가질 수 없는 그녀를 탐내는 스스로가 멍청했다.

"앞이 안 보일 정도로 비가 쏟아지던 날, 네가 나한테 왔었어. 퇴원하고 처음 봤는데, 같이 얼마 못 있고 네가 다시 돌아갔어. 근데 그날⋯⋯."

"그날이 사고 난 날이었어?"

유헌이 고개를 끄덕였다. 그날 이후로 유헌은 비라면 질색을 했다. 어두운 하늘에서 쏟아지는 물줄기는 그에게서 앗아 간 연인을 떠오르게 했다. 습한 공기는 흐려지는 감각을 생생하게 살려 내 유헌의 목을 조였다.

"처음에는 몰랐어. 근데 이상하게 그날따라 엄청 불안한 거야. 그래서 벌벌 떨고 있었는데, 보좌관님한테 전화가 왔어. 너 사고 났다고."

이영과 모든 연락이 차단된 상태였으니 그녀에게 전화를 걸 수도 없었다. 몇 시간을 혼자 불안해하다 아무 일 없을 거라며 겨우 마음을 달래려 했을 때, 오랜만에 들려온 익숙한 목소리는 그를 지옥으로 처박았다.

'유헌아.'

'보좌관님? 보좌관님, 혹시 지금 이영이랑…….'

'문자로 주소 보내 줄 테니까 거기로 올래? 여기 병원이야.'

'……병원이요? 왜 병원에 계세요?'

'이영이 사고 났어, 유헌아.'

'……뭐가 나요?'

'상태가 안 좋아.'

그 이후에 무슨 정신으로 뛰쳐나갔는지, 유헌은 아직도 명확하지 않았다. 곧장 전화를 끊고 문자에 찍힌 주소를 확인했다. 차를 몰았다가는 그마저도 사고가 날 것 같아 택시 한 대를 겨우 잡아 탔다.

여전히 비가 쏟아졌고, 여전히 공기는 무거웠다. 유헌은 조용한 차 안에서 반쯤 정신을 놓은 상태였다. 택시 기사가 몇 번이고 괜찮냐고 물어볼 만큼 몸을 덜덜 떨었고, 얼굴은 눈물범벅이었다. 대답도 하지 못했다. 그저 목적지까지 빨리 가 달라는 말만 반복했다.

안 그래도 늦은 시간에 비까지 내리니 도로가 텅텅 비었다. 무척이나 빠르게 도착한 유헌은 곧장 응급실로 뛰어 들어갔다. '서이영'이라는 이름을 찾기도 전에 보좌관이 그를 맞이했다.

'대, 대체 어, 어떻게⋯⋯.'

'지금 수술 중이야.'

'수술이요?'

'차가 반파됐어. 즉사 안 한 게 다행이래.'

'그, 그게 무슨⋯⋯. 수술실 어디예요? 네?'

넋이 나간 채로 수술실 앞 대기실로 가니 이영의 가족이 있었다. 모두가 갑작스런 사고 소식에 놀란 표정이었으나, 인겸의 얼굴만은 제법 차분했다. 그는 유헌이 다가오는 소리에 몸을 돌렸다. 꼴이 말이 아닌 유헌을 아래위로 훑고는, 타오르는 눈빛으로 그를 쏘아봤다.

이 모든 게 네 탓이다. 유헌은 인겸의 눈에 적힌 메시지를 분명히 읽었다.

수술은 열 시간이 넘도록 이어졌다. 여러 분야의 의사들이 번갈아 가며 이영의 수술을 집도했다. 안 다친 곳이 없어 전부 치료해야 한다 했다. 특히 머리를 심하게 다쳐 수술이 끝나고 의식이 돌아오지 않을 수도 있다며 침울한 소식을 전했다.

유헌은 기다리는 내내 넋이 나가 있었다. 붉어진 눈으로 겨우 정신을 차렸을 때는, 수술이 끝나고 이영이 특실로 옮겨진 후였다.

의식을 찾지 못할지도 모른다는 걱정과 다르게, 그녀는 수술 직후 바로 깨어났다. 그러나 인겸은 유헌이 이영을 만나지 못하도록 막았다.

유헌은 끓어오르는 화를 누르고 우선은 그의 뜻을 따랐다. 아직도 재활과 싸우고 있는 손을 보면 그를 향한 원망이 가득했지만, 어찌 됐든 이영의 아버지였다. 사격을 시작하게 해 준 사람이기도 했으니, 무작정 달려들 수 없었다.

'만나게 해 주세요. 깨어나고 벌써 일곱 시간이잖아요. 만나게 해 주세요. 이영이가 저 안 찾을 리 없어요.'

확신에 찬 목소리 뒤에 따라온 건 짙은 비웃음이었다. 유헌의 얼굴이 일그러지고, 그도 모르게 살기를 내뿜고 나서야 인겸이 입을 열었다.

'머리 다쳤다는 얘기는 너도 알지.'

'네.'

'기억 상실증이란다.'

'……기억 상실증이요?'

유헌은 한참이나 글자를 곱씹었다. 믿을 수가 없었다. 드라마 한가운데에 들어와 있는 기분이었다. 꿈일까 하는 생각도 했다. 피부에 와닿기에는 너무도 먼 단어였다.

'기억 상실증이라니요. 그러면 지금 이영이…….'

'아무도 기억 못 해. 자기 이름도 모르더구나. 아무것도 몰라. 백지다.'

'말도 안 돼요. 제가 직접 만나서 확인을…….'

'유헌아. 지금이 마지막 기회다.'

인겸의 목소리가 병실로 들어가려는 유헌을 막아 세웠다. 음성에 위압감이 가득해서 멈추지 않을 수가 없었다.

'이영이가 얘기 안 했니. 네 손, 그렇게 만든 거 내가 시킨 거라고.'

'……들었습니다.'

'오르지 못할 나무를 넘보면 그렇게 되는 거다. 저 아이는 너랑 어울릴 아이가 아니야.'

분노에 시야가 흐려졌다. 인겸은 지독히도 당당했다. 유헌의 인생을 앗아 간 것과 다름없는데도, 일말의 죄책감도 보이지 않았다.

'지금이 서로 멀쩡하게 끝낼 수 있는 마지막 기회다. 여기서 그만해. 신이 주신 기회라고 생각해라.'

'신이 주신 기회요?'

딸이 사경을 헤매다 기억을 잃게 된 상황을 '기회'라고 표현하는 모습에 속이 끓었다. 당장이라도 주먹을 날리고 싶을 만큼 이성이 마비됐다.

'나도 너 더 이상 건드리기 싫다, 헌아.'

어울리지 않는 다정한 목소리와 호칭이 따라왔다. 눈빛과 표정에는 뱀을 품고 있으면서, 겉으로는 잘 꾸며 내는 모습에 환멸이 났다.

'제가 이영이 계속 만난다고 하면 죽이기라도 하시게요?'

'못할 것 같니.'

무척이나 섬뜩한 목소리였다. 그럼에도 유헌은 인겸에게 고정된 시선을 내리지 않았다.

'지금이야 어려서 모르겠지만 클수록 너희 둘이 다른 곳에 있다는 걸 느낄 거다. 이영이가 계속 옆에 있을 거라고 자부할 수 있니? 너 손도 그 모양 됐는데, 누가 너 써 준다고 하더냐.'

그 순간, 이영의 옆에 서 있던 남자가 떠올랐다. 누가 봐도 그녀와 같은 세계에서 살고 있는 사람이었다. 유헌이 그도 모르게 입술을 짓이겼다. 너무 어린 나이에 손이 망가진 탓에 코칭스태프로 일할 수도 없었다. 금메달 몇 개가 주는 연금이 유헌의 유일하게 남은 고정적인 수입이었다. 시간이 지날수록 점점 잃어 갈 여유가 보였다.

'기억이 없는 이영이가 널 봐 줄 거라 생각하면 오산이다.'

손이 부르르 떨렸다. 제대로 쥘 수도 없는 손을 원망하며 유헌이 병실 안으로 들어갔다. 심장이 터질 것만 같아 한참이나 숨을 뱉어 내고 문을 열었다.

눈에 초점이 없는 이영이 머리에 붕대를 칭칭 감고 창밖을 바라보고 있었다. 유헌은 그 순간 심장이 내려앉았다. 덜컥 겁이 났다. 공허한 저 눈이 그에게로 고정됐을 때, 버텨 낼 자신이 없었다.

침이 꼴깍 넘어가고, 인기척을 느낀 이영이 천천히 고개를 돌렸다. 곳곳에 상처를 입어 붕대와 밴드를 잔뜩 붙이고 있는 그녀는 유헌을 한 번도 본 적 없는 사람처럼 바라봤다.

처음 보는 사람에 대한 낯선 감정만 보였다면 덜했을 텐데, 그녀의 눈에는 두려움이 있었다. 이영이 유헌을 무서워하고 있었다.

그 순간, 그가 겨우 잡고 있던 마지막 끈이 끊어졌다.

'누구세요?'

떨림까지 섞여 있는 목소리를 들으며, 유헌은 아무런 말도 할 수 없었다. 놀란 이영이 손으로 이불을 꽉 쥐며 경계하는 모습을 보고 나서야, 차오르는 눈물을 참으며 겨우 대답했다.

'죄송합니다. 병실을 잘못 찾아왔나 봐요.'

두려워하는 이영만큼이나 유헌의 목소리도 떨려 왔다. 눈물을 참아 내느라 꽉 쥔 주먹은 손바닥이 하얗게 질릴 정도로 힘이 들어가 있었다.

'정말…… 죄송합니다.'

유헌은 그대로 병실을 뛰쳐나갔다. 더 이상 버틸 자신이 없었다. 인겸의 옆을 스쳐 갈 때, 옅은 조소 소리가 들렸지만, 그마저도 마음에 박히지 않을 정도로 이영의 두려워하던 얼굴은 충격 그 자체였다.

유헌은 병원 화장실에서 속을 전부 게워 냈다. 아무것도 먹지 못한 속이 위액까지 토해 내며 그의 몸을 극한으로 몰아붙였다. 제정신이 아닌 상태로 겨우 돌아갔다. 눈물이 줄줄 흘러 눈이 새빨갛게 부어오르고, 온몸이 떨려 왔지만 그마저도 인식하지 못했다.

아무런 연락이 닿지 않자 놀란 민재가 쫓아와 문을 부술 듯이 두드리기 전까지, 유헌은 그렇게 방에 갇혀 그저 울기만 했다.

"내가 너를 못 알아본 거네."

"내 오만이었지. 기억이 사라진다는 건 모든 걸 잊는다는 건데, 무조건 네가 난 알아볼 거라 믿은 거잖아. 내가 이상한 거야."

사고가 났던 날의 기억을 이야기해 주니, 이영의 눈이 가라앉았다. 혹여나 느끼지 않아도 될 죄책감에 사로잡힐까 두려워 유헌이 서둘러 말을 이었지만, 그녀의 표정은 변하지 않았다.

"근데 나는……."

"그거 기억 안 나지?"

"……응."

"너 깨어나고도 일주일간은 계속 기억이 불안정했대. 완전히 안정된 건 그 후였다고 했으니까 아마 기억에 안 남아 있을 거야."

사고가 날 때 머리를 워낙 크게 부딪쳐 그 여파가 무척 컸다. 깨어나고서도 계속 기억이 오락가락했다. 그녀가 누군지, 가족들이 어떻게 되는지, 상황이 어땠는지 듣고 나서도, 그다음 날 다시 눈을 떠서 스스로가 누군지 묻는 날이 일주일이나 이어졌다.

"유헌아."

"응?"

"그럼 너랑 내가 헤어지게 된 이유 말이야."

"응."

"내 사고 맞는 거 아니야? 내가 너 기억을 못 해서……."

유헌이 고개를 저었다. 물론 둘의 인연이 끝난 순간은 이영이 유헌을 알아보지 못한 순간이었으나, 사실상 이별의 전조는 훨씬 이전부터 보였다. 그러니 사고 탓만 할 수 없었다.

"너랑 내가 너무 어렸어, 이영아. 그리고 우리 둘이 태어난 세계가 너무 달랐고."

원인을 찾기 위해 수많은 이야기들을 거슬러 올라가면, 그 끝에는 너무도 다른 세계에 박혀 있는 둘의 뿌리가 있었다. 그들이 살아가는 곳은 현실이었기에 다른 신데렐라 스토리처럼 둘의 사랑만을 바라고 버틸 수 없었다.

무엇보다 현실을 직시한 나이가 너무 어렸다. 고작 스물셋이었다. 사랑에 대한 패기 하나로 버텨 가기에는 이영과 유헌 모두 지쳐 있었다.

"그리고 네가 그렇게 나를 못 알아봤어도 내가 그냥 네 옆에서 어떻게든 함께했으면 달라졌을지 모르는 거잖아. 그러니까 무조건 네 탓 하지 마."

이영의 얼굴은 여전히 착잡했다. 대답 없이 한곳을 응시하던 이영은 천천히 시선을 올려 유헌과 눈을 맞췄다.

"어떻게 버렸어?"

"응?"

"그렇게 되고 나서…… 어떻게 지냈어? 솔직하게 말해 줘. 내 죄책감 이런 거 생각하지 말고, 그냥 다 말해 줘. 다 솔직하게."

듣고 싶었다. 두 사람이 가진 기억을 혼자 다 지고 가야 했던 시절의 고통이 차마 가늠도 되지 않아 이영의 숨을 졸랐다.

"이영아."

"제발. 너 혼자 끙끙 안고 있던 거잖아. 말하고 나면…… 그러면 조금이라도 풀어지니까…… 그냥 말해 줘. 부탁이야."

눈물이 그렁그렁했다. 울음이 묻어 있는 이영의 얼굴은 유헌에게 치명적인 무기였다. 그는 한숨을 내쉬고 그녀가 사라진 직후의 모습을 떠올렸다.

민재가 문을 열고 들어왔을 때, 유헌은 곧장 응급실로 실려 갔다. 몇 날 며칠을 밥도 먹지 않고 울기만 해 몸이 온전하지 못했다. 굵은 링거 바늘이 꽂히고, 한참이나 누워 수액을 맞는 동안에도 멍한 상태였다. 아무리 민재가 말을 걸고, 놀라 달려온 요셉 신부가 한숨을 내뱉어도 아무런 반응이 없었다.

'굶어 죽을 거냐? 어? 미친놈아, 정신 좀 차려!'

결국 참지 못한 민재가 유헌을 닦달하고 나서야 겨우 밥을 먹었다. 혹여 유헌이 일을 칠까 무섭다며 요셉 신부가 그를 성당으로 데려갔다. 이영이 그를 잊고 난 뒤 6개월은 성당의 사제관에서 함께 있었다.

그러나 반년이라는 긴 시간 동안, 유헌은 조금도 나아지지 않았다. 워낙 주위에서 걱정을 하니 괜찮은 척 웃음을 지어 보였으나, 속은 썩어서 곪아 갔다.

밤마다 꿈에 이영이 나왔다. 그가 품고 있는 추억의 한 장면이 계속 재생됐다. 그녀의 입술을 머금고 있는 감각과 껴안을 때 느껴지는 향기가 너무도 생생해서 꿈에서 깨고 싶지 않았다.

아침에 눈을 뜨면 허무함에 울었다. 기억 속에서는 그토록 생생한 이영을 다시는 보지 못한다는 절망이 그를 덮쳤다. 매일 깨어나 괴로워하니 몸이 자기방어책으로 잠을 앗아 갔다. 자고 싶어도 잘 수 없었다. 아침이 끔찍해도 좋으니 단 몇 시간만이라도 행복함에 젖어 있으려던 그의 계획은 단숨에 무너졌다.

그러다 결국 수면제를 털어 넣었다. 오랫동안 잠자고 싶었다. 계속 취해 있고 싶었다. 잘 수 있는 최대한, 가능하다면 영원토록.

'유헌아! 유헌아! 유헌아, 정신 차려! 유헌아!'

글라라가 널브러진 약통 옆에 쓰러진 유헌을 발견했다. 또 응급실로 끌려가 속을 비워 냈다. 조금만 늦었으면 큰일이 날 뻔했다는 의사의 설명에 글라라는 한참이나 울었다.

엄마처럼 따른 여인이 우는데도, 유헌은 그저 멍한 표정만 지어 보였다. 예전이라면 곰살맞게 굴며 그녀를 달랬을 텐데, 그만한 에너지가 남아 있지 않았다.

'일 시작해 보자.'

'형.'

'한 번만 해 보자, 유현아. 너 이러다 죽어. 언제까지 이러고 있을 거야.'

참다못한 민재는 유현을 경호업체로 이끌었다. 민재의 지인이 운영하는 이름 있는 곳이었다. 모두가 이름을 들어 본, 그것도 무척이나 유명했던 전 국가대표를 마다할 이유가 없었다. 더 이상 총을 잡지 못한다는 큰 결함이 있었으나, 총을 쥐지 않아도 되는 경호도 많았기에 크게 문제 되지 않았다.

그러나 유현 스스로가 버티지 못했다. 뭔가를 이어 나갈 수 있는 상태가 아니었다. 한참이 지나서야 주위 사람들도 유현의 상태를 받아들였다. 유현이 경호업체 다섯 곳을 돈 뒤였다.

"그냥…… 안 믿겨서 힘들었어. 그 어린 나이에 만나서 내내 옆에 같이 있었는데, 네 기억 속에는 내가 존재하지도 않는다는 게. 나중에 길에서 마주치기라도 하면, 너한테 나는 완벽한 타인이라는 걸 받아들이기가 힘들었지."

유현이 느꼈던 고통을 온전히 전할 수는 없었다. 애초에 불가능하기도 했고, 그러고 싶지도 않았다. 사무치게 그리워했다는 것, 너무나도 보고 싶어 참 많이도 울었다는 것 정도만 전했다. 유현의 몸이 얼마나 망가졌는지, 절대 건드리지 않겠다던 담배를 얼마나 많이 폈는지는 전하지 않았다.

"그래도 참 다행이다. 이제 알아볼 수 있잖아."

그가 웃어 보였다. 지나치게 가라앉아 버린 분위기를 띄우려는 행동이었다. 그의 노력에도, 이영은 웃지 않았다. 여전히 눈물이 고인 채로 유헌을 계속 바라보기만 했다.

"모른 척하려고? 그럼 섭섭한데."

우스운 말을 던져도 변화가 없었다. 이영이 입술을 깨물었다. 유헌은 그러지 말라 했지만, 스스로에 대한 미움이 계속해서 차올랐다. 다시는 유헌과의 추억을 기억해 낼 수 없다는 사실이 끔찍했다.

"울지 말고. 왜 울어. 속상하게."

결국 눈물이 볼을 타고 흘러내리자, 유헌이 걱정 가득한 목소리로 그녀를 달랬다. 머뭇거리는 손이 안쓰러웠다. 당장 손을 뻗어 눈물을 훔쳐 주고 싶은데, 그러지 못하고 참아 내는 마음이 훤히 보였다.

이영은 눈을 질끈 감았다. 마지막까지 그녀만을 생각하며 달래려는 모습이 마음에 남았다. 당장이라도 유헌에게 안겨 그를 달래 주고 싶었다. 장례식장 앞에서의 그때처럼, 무척이나 넓지만 작아진 등을 토닥이며 미안하다 사죄하고 싶었다.

그러나 그럴 수 없었다. 이영은 지금 그녀가 마주한 현실을 알았다. 뭔가를 욕심내는 순간, 정말 죄를 지을 수밖에 없었다.

"이영아. 나도 하나만 물어도 돼?"

잔뜩 잠긴 유헌의 목소리가 조심스럽게 물음표를 던졌다.

"왜 갑자기 기억을 찾으려고 했어? 너도 솔직하게 말해 줘. 분명히 이유가 있었을 거 아냐."

이영이 고개를 떨궜다. 말하고 싶었으나, 말할 수 없었다.

"내가 물으면 안 되는 거야?"

다시 던져진 질문에 고개가 움직였다. 더 이상 참지 못한 유헌은 그녀의 옆으로 자리를 옮겨 조심스럽게 손을 뻗었다. 크고 따뜻한 손이 이영의 눈물을 지워 냈다.

"울지 마. 울지 마, 이영아."

유헌 역시 울었다. 이영처럼 눈물이 얼굴을 적신 건 아니지만, 눈동자가 젖어 있었다. 얼굴에 닿은 손에서 잔떨림이 느껴졌다.

"제발 울지 마."

애원하는 목소리가 이영을 또 울렸다. 결국 이영은 유헌의 목에 팔을 감았다. 자연스럽게 그의 팔이 이영의 허리를 꽉 감싸고, 그녀는 넓은 어깨에 팔을 기댄 채 엉엉 울었다. 울지 말라는 말은 오히려 눈물의 촉진제가 됐다.

유헌은 그의 품에 안긴 이영을 느끼며 눈을 감았다. 닿아 오는 온기가 아직도 믿겨지지 않았다. 당장이라도 가슴이 터질 것 같아서 눈물이 핑 돌았다. 여전한 이영의 체향이 그를 더 서럽게 했다.

"미안해. 내가 미안해."

이영은 계속해서 미안하다 속삭였다. 그런 말 말라며 유헌이 그녀를 달랬지만, 아무런 소용이 없었다. 그렇게 한참이나 서로를 안고 있었다. 그렇지 않고서는 버틸 수 없었다.

다시 살짝 틈이 벌어지고, 서로의 얼굴을 마주했을 때, 형언할 수 없는 감정이 둘을 휘감았다. 서로를 바라보는 젖은 눈동자가 너무도 위험했다. 이영은 알지 못하지만 유헌은 알고 있는 시간과, 다시 마주해 쌓아 온 시간이 만나 이제는 더 이상 외면할 수 없는 감정이 차올랐다.

결국 이영은 참지 못하고 물었다. 이미 답을 알고 있으나, 직접 듣고 싶었다.

"유헌아."

"응."

"아직도 나를 사랑해?"

유헌이 울컥했다. 그에게는 가장 쉬운 질문이었다.

"한 번도 너를 사랑하지 않은 적 없어. 처음 본 그때부터 지금까지 계속."

답이 나오자, 누가 먼저랄 것 없이 입을 맞췄다. 5년 만에 다시 닿은 감각은 온몸을 짜릿하게 했다. 말캉한 입술을 타고 뒤섞인 혀가 서로를 탐하는 움직임이 무척이나 절박했다. 목마른 사슴이 물을 갈구하듯 이영을 갈구하는 유헌과, 그에게 매달리는 이영 모두 애가 탔다.

분명 닿아 있는데, 분명 드디어 닿았는데, 이상하게 계속 조바심이 났다. 숨이 차오른 이영이 유헌을 살짝 밀어 낼 때까지, 절박한 움직임은 쉴 새 없이 이어졌다.

눈물로 범벅이 된 두 얼굴은 번들거리는 입술에서 시선을 떼고, 잔뜩 붉어진 눈을 바라봤다. 이영의 눈동자가 유난히 흔들렸다.

유헌이 뭐라 입을 떼기도 전에, 이영이 먼저 말을 막았다.

"나는 안 돼, 유헌아."

"이영아."

"나는…… 나는 안 돼."

목에 닿았던 팔이 힘없이 떨어졌다. 유헌이 자상하게 되물으며 그녀의 눈물을 닦으려 했으나, 이영이 고개를 꺾어 손을 피했다.

"이영아. 나 봐 봐. 응?"

이영은 두 손으로 얼굴을 가리고 울다 잔뜩 잠겨 버린 목소리로 겨우 말을 이었다. 그녀가 어떻게든 숨기려던 이야기가 결국 새어 나왔다.

"이제 이 기억도 사라질 거야."

"그게 무슨 소리야?"

5년 만에 기억을 찾으려던 이유이자, 유헌에 대한 스스로의 감정을 한참 전에 깨닫고도 그에게 다가가지 못한 이유였다.

"더 이상 영원히 기억할 수 없대. 내가 또 기억을 잃는대."

이영은 기억의 시한부가 되어 버렸다. 더 이상, 무엇도 영원히 기억할 수 없었다.

7

머리를 다쳐 기억을 온전히 잃은 이후로도 뇌 기능이 완전히 돌아오지는 않았다. 남들보다 뭔가를 오래 기억하기 힘들었고, 점점 건망증이 심해져 메모지 없이는 많은 것들이 버거웠다.

교통사고가 낳은 후유증이었고, 이 상태에서 더 악화되리라고는 생각지 않았다. 그러나 그건 그녀의 오산이었다.

점점 글을 쓸 때 앞 내용이 생각나지 않았다. 하루 전에 써 내려갔던 내용은 물론이고, 당장 몇 시간 전에 쓴 것조차 희미했다. 애써 아닐 거라 무시해 왔지만, 이영은 자신의 상태가 그냥 지나칠 만한 것이 아님을 깨달았다.

'마음의 준비를 하셔야 할 것 같습니다.'

'……그게 무슨 소리세요?'

주치의는 착잡한 표정을 감추지 못했다. 이영이 한참을 독촉하고 나서야 안타까움을 담은 목소리가 그녀에게 전해졌다.

'기억을 저장하는 장치가 완전히 고장 났다고 보시면 됩니다. 일정 기간 이상을 버텨 내지 못하는 거지요.'

'버텨 내지 못한다고요? 그럼 어떻게 된다는 말씀이세요?'

'또 기억이 사라질 겁니다. 그 과정이 계속해서 반복될 거예요.'

심장이 내려앉았다. 믿겨지지 않아 몇 번이고 되물었다. 의사의 말 자체를 이해하는 게 힘들었다.

'점점 기억이 버거워질 거예요. 주기가 얼마나 짧아질지는 알수 없습니다. 1년이 될 수도 있고, 6개월이 될 수도 있고, 하루가될 수도 있어요.'

'……하루요?'

하루 만에 기억이 사라질 수 있다고 했다. 이영은 손이 덜덜 떨렸다. 받아들이기가 힘들었다.

'고칠 수 있는 방법은 없나요?'

'우선 뇌 기능을 활성화하는 약을 처방하기는 할 텐데, 비약적인 효과를 기대할 수는 없습니다. 현재로서는 완치가 어렵습니다.'

그저 눈만 깜빡였다. 세상이 멈춘 기분이었다. 의사가 뭐라 계속 말을 하는데, 이영의 귀까지 닿아 오지 않았다. 모든 감각으로부터 차단된 기분이었다.

'손쓸 수 있는 방법이 없습니다. 죄송합니다.'

한참이나 멍하니 앉아 있다 병원에서 나왔다. 결국 차 안에서 핸들에 고개를 박고 엉엉 울었다. 한 번 기억을 잃고 난 뒤 삶에 미련을 버린 지 오래였지만, 영원히 담아 놓을 수 있는 기억이 없다는 사실은 끔찍했다.

무엇보다도 혼란만 가득한 백지 상태를 주기적으로 맞이해야 한다는 사실에 토악질이 났다.

그 후로 작업실도 들어가지 못하고 집에만 갇혀 있었다. 침대 밖으로 나갈 기운이 없었다. 멍하니 천장을 바라보며 생각에 잠겼다.

의사는 언제 기억이 사라질지 모른다고 했다. 그러니 하루도 빠짐없이 기록을 하고, 절대 잊어서는 안 되는 사항들은 눈에 띄는 곳에 보이게 고정시키라 했다. 이름, 나이, 가족 관계, 직업 같은 기본 사항과 절대 잊어서는 안 되는 것들을 추리라고도 조언했다.

겨우 몸을 일으켜 기억해야 하는 것들을 적었다. '서이영'이라는 이름부터 그녀가 기억하는 과거의 기록을 모두 적었다.

사고가 난 이후에 다녀왔던 유럽에 대한 기억을 간추렸던 여행기를 출력해 벽에 붙이고, 그녀가 써 내려간 책에 대한 내용도 뽑아 그 옆에 붙였다. 새하얀 벽에 종이들이 흩날리니 울컥 눈물이 차올랐다.

멍하니 주저앉아 있던 이영은 어떻게든 정신을 차리고 그녀의 인생을 기록해 내려 애썼다. 사고 이후에 찾아냈던 자료들을 모았다. 쭉 펼쳐 놓고 보니 열여덟부터 스물셋까지의 기록이 없었다. 꼭 그녀가 그때 존재하지 않았던 것처럼.

그래서 이영은 온 방을 뒤집어엎고, 창고를 뒤엎었다. 인겸이 그녀가 기억하지 못하는 과거의 기록을 대부분 지워 버렸기에, 열여덟의 일기장과 그 안에 꽂혀 있는 유헌과의 사진 한 장이 찾아낸 전부였다.

한 번도 궁금해하지 않은 과거를 찾아야겠다는 생각이 들었다. 무엇이든 찾아내 알아내야겠다고 다짐했다. 그래서 유헌을 찾았고, 다시 그를 만났다.

인겸은 사고가 난 이후로 점점 그녀에 대한 관심을 여동생에게로 돌렸다. 이영이 예전 만한 패가 아니라고 생각한 결과였다. 이영의 병원 기록을 전부 받아 보던 인겸은 곧바로 그녀에 대한 진단을 알아냈다. 그러고는 이영을 완전히 포기했다. 완치할 수 없는 병을 가진 딸은 더 이상 활용 가치가 없었다.

"기억을…… 기억을 잃는다고? 다시?"

"그래서 너를 찾은 거야. 비어 있는 부분을 채워 넣으려고. 다시 잃어버릴 테니까."

이영은 숨이 헐떡이는 소리가 섞일 때까지 울었다. 오열하는 그녀를 바라보는 유헌의 얼굴도 충격으로 물들었다. 이영이 그녀의 병에 대한 이야기를 들었을 때처럼, 유헌 역시 그녀의 병에 대해 받아들이기 힘들었다.

"당장 내일이 될지도 몰라. 오늘 이렇게 울어 놓고 내일 눈을 뜨면 너한테 누구냐고 다시 물어볼지도 몰라. 그런데 내가 어떻게 너랑 다시……."

유헌의 머릿속이 하얘졌다. 두려움에 떨며 그를 바라보던 이영의 표정이 다시 재생됐다. 숨이 다시 막혀 왔다.

"미안해. 다시, 다시 또 내 욕심에 이렇게 되게 해서 미안해."

이영은 유헌이 바로 자리를 박차고 나가리라고 생각했다. 그것도 아니면 불같이 화를 낼 거라고 생각했다. 그러나 예상과 다르게 포근한 온기가 그녀를 뒤덮었다. 유헌이 넓은 품으로 이영을 다시 끌어안았다.

"그날 그렇게 병실에서 도망가고 나서 5년 동안 매일을 후회했어."

매번, 정말 매번 돌아가고 싶었다. 사랑하는 사이라고 말할 자신이 없으면, 오랜 친구라고 얘기했어야 했다고 매일같이 후회했다. 그렇게 돌아서서는 안 됐다고, 인겸이 뭐라 하든, 죽이겠다고 협박하든, 아예 팔을 잘라 버리겠다고 엄포를 놓든, 어떻게든 그녀의 옆을 지켰어야 했다고 생각했다.

유헌은 이영을 다시 놓고 싶지 않았다. 설령 그녀의 말대로 당장 내일 오늘의 기억을 잃는다고 해도, 그는 그녀가 없는 지옥에 스스로를 가둘 자신이 없었다. 두 번 다시 겪기 싫은 고통이었다.

"매일 다짐했어. 그날로 돌아가면, 만약 기적이 일어나서 그날로 돌아가면, 절대 그렇게 돌아서지 않을 거라고."

유헌을 밀어 내리던 이영의 움직임이 멎었다. 그녀는 넓은 어깨에 얼굴을 묻은 채 그저 조용히 울었다.

"상관없어. 네가 기억 못 해도, 정말 상관없어."

마음을 전하는 목소리가 무척이나 단호했다.

"다시 내가 또 이렇게 얘기해 주면 되잖아. 매일같이 반복해도 돼. 매일매일 해 줄게. 밀어내지만 말아 줘. 제발 옆에 있게 해 줘. 제발, 제발."

결국 유헌의 목소리가 다시 젖어 갔다. 너무도 절박해서 듣는 사람마저 울게 하는 목소리였다.

그러나 이영은 그녀가 마주한 지독한 현실을 잘 알았다. 기억 상실의 끝에는 지칠 대로 지쳐 버린 유헌이 있을 거라고 확신했다.

"유헌아."

나지막한 목소리가 그를 살짝 밀어냈다.

"지금은 몰라서 그래. 지금은 내가 이렇게 멀쩡하게 너를 대하고 있어서 실감이 안 나서 그래."

"……이영아."

"내가 5년 전에 병실에서 못 알아봤을 때, 심장이 내려앉는 기분이었다고 했잖아. 그걸 계속 겪는 거야. 1년에 한 번이 될 수도 있고, 반년에 한 번이 될 수도 있고, 매일매일 겪어야 할 수도 있어."

결코 지치지 않을 수 없는 상황이었다. 결코.

"지칠 거야. 어떻게든, 지칠 거야."

함께 쌓은 추억을 한 사람만 가지고 살아간다는 건 형벌과 다르지 않았다. 그녀는 유헌에게 평생 벗어나지 못할 족쇄를 채우고 싶지 않았다. 지쳐 떠나게 될 결말도 두려웠지만, 그로 인해 유헌이 떠안아야 할 죄책감도 무서웠다.

"지금도 너 혼자 기억하는 게 얼마나 고통스러운지 내가 봤는데, 그걸 어떻게 계속해 달라고 해? 지칠 거야, 유헌아. 이건 정해진 결말이야."

그렇지만 가장 무서운 건, 유헌을 알아보지 못할 스스로의 모습이었다. 그가 전해 준 이야기 속의 과거의 이영을 지금의 그녀는 조금도 기억하지 못했다. 무척이나 행복하고, 무척이나 사랑받았을 기억이 완전히 증발돼 먼지만큼도 남아 있지 않았다.

두려웠다. 5년 전 병실에서처럼, 이렇게나 사랑에 빠질 수밖에 없는 사람을 보고 낯설어하고 겁을 먹고 떨 스스로의 모습이 너무도 두려웠다.

"그러니까 지금이라도……. 지금이라도 멈춰야……."

말이 끝을 맺지 못하고 사라졌다. 유헌이 이영의 입술을 막은 탓이었다. 다시 닿은 감각은 무척이나 따뜻했다. 서로의 입술을 타고 흐르는 감정이 너무도 깊어서, 유헌도 이영도 쉽게 떼어 내지 못했다.

"안 무서워? 내가 너를 다시 그렇게 쳐다볼 수 있다는 게?"

한참이나 이어진 키스 뒤에 이영이 다시 물었다. 유헌은 말없이 그녀의 얼굴을 매만졌다. 벌써부터 부어오르는 눈이 안타까웠다.

"무서워."

"거봐. 그렇게 계속 이어지면……."

"근데 너랑 헤어지게 되는 게 더 무서워."

다시금 이영의 낯선 눈동자와 마주하는 건 분명한 공포였다. 직전까지 사랑을 나누던 사람이 공허함을 드러내는 일은 상상 이상의 충격과 아픔을 가져다줬다. 그러나 유헌은 이로 인해 마주할 상처보다 이영과의 이별로 인해 경험할 고통이 더 두려웠다.

"나는 그게 더 무서워, 이영아."

무려 5년을 몸부림쳤다. 이별도 받아들이지 못하다가, 나중에는 잊어 보겠다고 발악을 했다. 무리할 때면 통증을 가져오는 손을 괜히 괴롭히기도 하고, 숨이 턱 끝까지 차오를 때까지 달리며 몸을 혹사시킬 때도 있었다. 일부러 다른 곳에 집중하기 위해 하루 종일 성당의 아이들에게 둘러싸여 있던 적도 있었다.

그러나 그 무엇도 효과가 없었다. 전부 실패였다. 몸만 망가지고, 정신만 좀먹을 뿐, 계속해서 아른거리는 그리움은 지워지지 않았다.

"네가 없는 세상을 또 겪고 싶지 않아."

유헌의 목소리가 무척이나 애달았다. 그러나 이영은 그를 받아들이지 못했다. 유헌에게 더 이상 죄를 짓고 싶지 않았다.

"지금 이 장면도 곧 잃을 거야."

이영은 그들이 마주한 상황이 얼마나 끔찍한지 알려 주려 무척이나 애를 썼다. 어떻게든 유헌을 납득시키고자 했다.

"네가 이렇게 나한테 절절하게 얘기한 장면도, 나는 무조건 잃어버리게 될 거라고."

그러나 유헌은 조금도 물러날 생각이 없었다. 이영이 없는 세상에 사느니, 그녀의 두려운 눈동자를 수도 없이 마주하는 게 나았다.

"네가 나한테 처음 찾아왔을 때 그랬잖아. 그냥 딱 한 번만 묻지 말고 도와 달라고."

유헌은 다시 조심스럽게 이영을 품에 안았다. 넓은 품이 주는 온기가 그녀를 휘감았다.

"나한테도 그렇게 해 줘. 한 번만, 딱 한 번만 나 믿고 밀어내지 말아 줘. 네가 생각하는 모든 가정이 나한테는 안 통하니까. 제발, 제발 한 번만 믿어 줘."

밀어 내리던 작은 몸짓이 멎어 갔다. 유헌은 그 틈을 놓지 않고, 이영을 안은 팔에 힘을 줬다. 그녀가 머릿속에 품고 있는 모든 걱정을 전부 뺏어 오려는 듯이.

"그냥 속는 셈 치고 믿어 줘. 부탁이야. 나 밀어내지 마."

결국 이영은 눈을 감았다. 유헌의 애원에 애처로운 떨림이 가득해서 좀처럼 밀어낼 수 없었다. 그녀는 몸에 힘을 풀고 조심스럽게 그의 넓은 등에 팔을 감았다.

유헌의 말대로 한 번만 속아 보고 싶었다. 그래서 이영은 그의 품 안에서 한참이나 눈물을 쏟아 냈다.

다정한 품 안에서 수도 없이 사과했다. 그리고 기도했다. 그녀가 유헌에게 사랑이라는 이름으로 짓고 있는 죄를 부디 용서하지 말아 달라고.

"작업실에서 잘 땐 여기서 잔 거야?"

이영이 고개를 끄덕였다. 소파에서 서로를 부둥켜안고 한참 울던 둘은 지친 몸을 끌고 침대 위로 향했다. 작업실 안쪽에 넓은 침대가 하나 있었다. 마주 보고 누운 둘은 그 어느 때보다 열심히 서로의 모습을 눈에 담았다.

"꿈꾸는 것 같아."

"이러고 있는 게?"

"응. 다시는 이런 날이 올 거라 생각 못 했거든."

이영을 잃고 나서, 그리고 다시 만나 옆에 있으면서도, 한 침대에 누워 그녀를 마주 볼 거라고는 생각하지 못했다. 유헌의 꿈속에서나, 유헌의 바람 속에서나 가능한 일이라고 생각했다. 그래서 아직도 현실 감각이 없었다.

"꿈이라서 깰까 봐 무서워. 잠을 못 자겠어. 눈 뜨면 너 없어져 있을까 봐."

"꿈 아니야. 걱정하지 말고 자."

이영이 그를 달래듯, 조금씩 몸을 붙여 유헌의 품에 안겼다. 그는 다가온 이영을 끌어안고 머리에 입을 맞췄다.

"유헌아."

"응?"

"언제든지 도망가도 괜찮아."

"너 그게 무슨……."

"너무 지쳐 버리면 아무런 죄책감 없이 떠나도 돼. 난 금방 감정을 잃어버리니까……. 그러니까……."

진심이었다. 언제든지 떠나가도 괜찮았다. 무척이나 아프겠지만, 이영은 그 감정마저 잃을 사람이었다. 그러니 유헌이 힘에 부치면 언제든지 미련 없이 떠나기를 원했다.

유헌에게 착잡함이 몰려왔다. 안기자마자 떠나도 된다는 이야기를 속삭이는 연인이 야속했다. 그렇게 믿음이 안 갈까 싶다가도, 그녀가 겪어 온 시간이 준 불안감을 알기에 누구도 탓하지 않았다. 유헌의 잘못도, 이영의 잘못도 아니었다.

"나랑 약속해."

"응? 무슨 약속?"

"떠나라는 말 하지 말기."

"그치만……."

"할 거면 계속 너한테 묶여 있으라고 말하기. 절대 도망가지 말라고 협박하기."

그제야 이영이 유헌과 눈을 맞췄다. 겨우 마른 눈이 다시 젖어 있었다.

"그냥 투정부려도 돼, 이영아. 그래도 돼."

결국 그녀는 유헌의 품에 안겨 새벽이 다 가도록 울었다. 눈가가 짓무르는 게 느껴질 정도로 눈물이 쏟아졌다. 이영을 걱정하는 유헌이 계속 눈물을 닦아 주고, 마른 등을 토닥여도 쉬이 울음이 멎지 않았다.

다 지쳐 멍해질 때까지 울고 나서야 그녀가 잠에 들었다. 어스름한 새벽이 되어서야 규칙적인 숨소리가 들렸다. 유헌은 유난히도 작아진 연인을 끌어안고 계속 등을 토닥였다. 이영을 달래고 있었으나, 그 스스로를 달래는 일이기도 했다.

유헌은 혹여 눈을 감았다 떴을 때 이영을 잃을까 두려워하며 마냥 빌었다. 이영의 기억이 그녀를 고달프게 하지 않기를, 더 이상 아프게 하지 않기를.

불가능한 일이라는 걸 알면서도, 빌고 또 빌었다. 그리고 또 염원했다.

유헌이 평생 이영의 곁에 머물러 그녀를 안을 수 있기를.

▲▽▲

"앞으로는 계속 여기 있으려고. 딱히 작업할 일도 없고."

이영은 유헌을 그녀의 집으로 데리고 왔다. 당분간 작업실은 계속 잠가 둘 생각이었다. 글을 쓰고 있지 않기도 했고, 유헌과 함께 마냥 쉬고 싶었다. 애써 외면했던 감정의 둑이 터지니, 그녀도 모르게 유헌에게 매달리게 됐다. 지금껏 그저 고마움이라고, 선을 넘지 않을 자신이 있다고 호언장담을 한 게 창피할 정도로 감정이 휘몰아쳤다.

"그래. 여기가 혼자 있기 훨씬 낫지. 거기는 밤에 너무 위험해."

작업실과는 보안이 비교가 되지 않는 곳이었다. 유헌은 다행이라며 안도의 표정을 지어 보였지만, 이영의 눈동자는 이리저리 굴러가며 석연치 않은 감정을 드러냈다.

"왜. 무슨 일 있어?"

유헌은 작은 틈을 놓치는 사람이 아니었다. 이영에 관해서는 미세한 변화도 포착했다. 그가 걱정스레 물어 오니, 이영이 조금 붉어진 얼굴로 그에게 바짝 다가왔다.

"당분간만이라도 여기 들어올래? 그냥…… 너 집도 여기서 멀고……. 그리고 따져 보면 너 내가 경호원으로 고용한 거잖아. 그럼 24시간 붙어 있어야지."

본인이 생각하기에도 갖다 붙인 핑계가 웃긴지, 이영이 곧바로 웃음을 터뜨렸다. 유헌 역시 함께 웃었다.

"이렇게 적극적인 서이영은 처음이라 당황스럽네."

"싫어?"

"아니. 너무 좋아서."

유헌이 허리를 숙여 입을 맞췄다. 아무리 닿아도 믿겨지지 않는 감각이었다. 버드키스가 이어지니 이영이 엷게 웃으며 살짝 그를 밀어 냈다.

"너무 빠른 건가?"

"뭐가?"

"이렇게 집으로 데리고 와 버리는 거."

"10년인데 뭐가 빨라."

몇 년 전까지만 해도 유헌의 집에 살다시피 했던 이영이었다. 그 기억을 유헌만 품고 있었지만, 이영 역시 그간 들었던 게 있으니, 그저 웃으며 다시 그에게 매달렸다.

"예전에는 어떻게 합쳤어?"

"딱히 합치려고 노력하지는 않았어."

"그럼?"

"그냥 어느 순간에 정신 차려 보니까 다 두 개였어. 칫솔도 두 개, 컵도 두 개, 수저도 두 짝, 네 옷이 점점 늘고, 화장품도 점점 늘고, 그랬지."

"이번에도 그렇게 했어야 했나? 부끄럽네."

"이것도 좋아."

다시 입술이 닿았다. 마음에 걸리는 것들을 구석으로 밀어 놓고 나니 그저 둘만 보였다. 사고가 나기 전과 다를 게 없었다. 서로에게 기댄 채 놓아주지 않았다.

얼른 유헌의 집으로 가 짐을 가져와야겠다는 말을 하면서도 움직일 생각을 안 했다. 행복에 젖을수록 이영의 얼굴에는 중간중간 불안감이 스쳤으나, 유헌이 그녀를 가만두지 않았다. 이영이 뭔가를 비장하게 늘어놓으려 하면, 얼른 그녀의 시선과 입술을 훔쳤다.

"옷을 그냥 다 가져와 버릴까?"

"전부?"

"그냥 옷장에서 다 꺼내 오는 거야. 사계절용으로 다."

"그래. 안 말릴래."

여러 가지 계획이 오갔지만 말 그대로 계획일 뿐이었다. 겹쳐져 있는 몸은 서로에게서 멀어질 생각을 안 했다. 넓은 소파에 누워 있는 유현 위에 이영이 엎드려 서로의 얼굴을 마주 보고 있었다.

"그냥 집을 다 비울까."

"그것도 안 말릴래."

마주친 눈이 예쁘게 접혔다. 익숙했던 웃음이 번지자 누가 먼저랄 것 없이 서로를 껴안았다. 맞닿은 가슴에서 심장 박동이 느껴졌다.

"같이 가."

"옷 가져오는 거?"

"응. 집 구경 제대로 할래."

"볼 거 하나도 없어. 좀 우중충해서."

"그럼 가서 너 구경하면 돼. 나도 갈래."

결국 한참이 지나서야 같이 집을 나섰다. 차 안에서도 꽉 잡은 손은 멀어질 줄 몰랐다. 세상 이야기를 하는 라디오가 바쁘게 소식을 전하고, 창 너머에 비친 사람들이 제 나름의 인생을 살아가는 소음이 들려왔지만, 둘은 그저 손을 마주 잡고는 전해지는 온기에만 집중했다.

"예전부터 여기에 있던 거야?"

"응. 계속 여기 살았어."

메달을 따고, 여러 광고를 찍고, 돈을 벌자마자 얻은 오피스텔이었다. 이영으로부터 벗어날 생각이 있으면 제발 좀 이사를 가라며 민재가 닦달을 했지만, 유헌은 움직이지 않았다. 일단 그녀로부터 도망가고 싶지 않았다. 집 안 곳곳에 추억이 묻어 있었기에, 어떻게든 기억을 붙잡고 늘어졌다.

"엄청 깨끗하게 하고 살았네."

"지저분할 줄 알았어?"

"그건 아닌데, 이 정도로 깨끗할 줄은 몰랐어."

이영은 정갈하게 정리된 집 안을 멍하니 바라봤다. 유헌이 짐을 챙긴다며 바쁘게 움직이는 동안, 그녀는 조심스럽게 그의 흔적을 구경했다. 조심스럽게 주방의 찬장을 여니, 먹을 만한 음식은 보이지 않고, 일회용 커피만 잔뜩 보였다.

"밥은 안 먹었어?"

공간이 멀어진 탓에 물음이 닿지 않았다. 당연히 답도 따르지 않았다. 한숨을 푹 내쉰 이영은 냉장고로 시선을 옮겼다. 어느 정도 예상했지만, 안이 텅텅 비어 있었다. 어떻게 지금까지 산 건지 용하다 싶었다.

"대체……."

한숨을 푹 내쉰 그녀는 다른 곳으로 이동했다. 주방과 이어진 거실로 나오니 여러 개의 액자가 보였다. 성당 식구들과 찍은 사진이 한 장 있었고, 나머지는 전부 이영과의 사진이었다.

그녀가 가지고 있는 폴라로이드 사진보다 훨씬 앳된 모습의 둘이 보였다. 고등학교 교복을 입고 있는 둘이 무척이나 풋풋해서 괜히 웃음이 났다. 유헌의 손이 이영의 어깨에 올라와 있고, 그녀의 손은 유헌의 허리를 감고 있었다.

그 옆에는 고등학교 졸업식에서의 둘이 있었다. 나란히 서서 꽃다발과 졸업장을 자랑하고 있는 모습이 재밌었다. 양손에 짐을 한가득 안고 있으면서도 딱 붙어 있으려 애를 쓴 게 훤히 보였다.

시선을 옮기니 영정사진으로 얼굴을 기억하는 글라라와 함께 찍은 사진도 있었다. 활짝 웃고 있는 그녀를 가운데에 두고 이영과 유헌이 서 있었다. 이영은 글라라와 다정하게 팔짱을 끼고 있었다. 무척이나 가까워 보였다.

지금의 이영에게 존재하는 기억이라고는 장례식장의 글라라가 전부이건만, 과거에는 이토록 친밀했다는 사실이 그녀를 씁쓸하게 했다.

"뭐 해?"

"사진 있길래. 구경했어."

유헌은 짐을 담을 상자를 잔뜩 안고 있었다. 이영의 얼굴이 묘하게 가라앉아 있어 그녀의 시선을 따라가니 그 끝에 글라라가 있었다.

"내가 엄청 좋아했나 봐."

"글라라 수녀님?"

"응."

"좋아했지. 수녀님도 너 엄청 아끼셨고."

이영은 사진에서 시선을 떼지 못했다. 수많은 생각이 스쳤다. 무척이나 소중한 인연을 그녀가 얼마나 잃어 갈지 가늠조차 되지 않아 마음이 쓰렸다.

"유헌아."

"응?"

"앞으로 얼마나 잊게 될까."

유헌은 쉽게 답할 수 없었다. 그저 다정하게 이영을 품으로 끌어당겼다.

"사람이 어떻게 다 기억해. 잊어버리면 기억하고 있는 누군가가 대신 설명해 주면 되지."

이영은 너른 품 안에서 눈을 감았다. 다행히 눈물은 나오지 않았지만, 마음이 먹먹해 꼭 물에 젖은 솜이 된 느낌이었다.

"나 설명 진짜 잘해. 알잖아."

장난스러운 말이 이어졌다. 심각했던 이영의 얼굴이 그제야 풀어졌다. 못 말리겠다는 듯 웃은 그녀는 자리에서 일어나 사진에서 멀어졌다.

"얼른 짐 싸. 나 신경 쓰지 말고. 난 열심히 돌아다니면서 구경할래."

괜히 유헌이 더 묶여 있을까 봐 다른 곳으로 자리를 옮겼다. 사진의 잔상이 계속 그녀를 괴롭혔지만, 다시 주워 담을 수 있는 기억도 아니었다.

이영이 향한 곳은 유헌의 침실이었다. 검은색 침구가 있는 침대가 제법 넓었다. 셀 수 없이 많은 밤을 보냈을 게 분명한데, 그녀의 머릿속에는 존재하지 않았다.

슬쩍 앉아 조심스럽게 누워 보니, 유헌 특유의 시원한 향이 침대에 묻어 있었다. 협탁에는 작은 스탠드가 있고, 이영이 환하게 웃고 있는 액자가 하나 있었다. 그녀만 있는 사진이었다.

몇 살쯤 됐을까. 지금보다 훨씬 어려 보였다. 이영은 한참이나 과거의 그녀를 들여다보다 침대에서 일어났다. 유헌의 방은 인테리어랄 게 없을 정도로 간소했다. 침대와 협탁, 책상, 작은 장식장, 커다란 오디오가 전부였다.

장식장에는 몇 권의 책과 올림픽 메달이 있었다. 그 아래에는 온통 사진이었다. 유헌이 혼자 사는 집이라는 생각이 들지 않을 정도로 이영의 얼굴이 너무 많이 보였다.

그녀는 조금도 기억하지 못했지만, 모두 이영의 작품이었다.

'누가 보면 너네 집인 줄 알겠다.'

'그래서 싫어?'

'그럴 리가. 너무 좋지.'

'뭔가 영혼이 없는데.'

'진심이야. 왜 싫어. 난 좋지.'

유헌이 잘생긴 탓에 여자가 잔뜩 꼬이면 어떡하냐며, 그녀가 잘 나온 사진을 잔뜩 뽑아 오더니 전부 액자에 끼워 넣어 집 안 곳곳에 올려놨다. 그중에는 유헌과 함께 찍은 사진도 있었고, 그녀만 나온 사진도 있었다. 모두 행복만 남아 있는 기억들이었다.

'부적이라고 생각하고 절대 옮기지 마. 딱 이 상태 유지해.'

'알겠어. 1mm도 안 건드릴게.'

'진짜다.'

'당연하지.'

유헌은 이영과의 약속을 지켰다. 술을 들이붓고 쓰러진 유헌을 챙기러 올 때면 민재가 매번 여전히 자리를 지키고 있는 액자들을 보며 학을 뗐지만, 치우고 싶지 않았다. 유헌은 집에 남아 있는 이영의 사진이 사라지면 정말 죽어 버릴 거라고 생각했다. 버틸 자신이 없었다.

"메달부터 챙겨야 하는 거 아니야?"

"여기 있었어?"

서로 답할 생각은 안 하고 묻기만 했다. 옷부터 전부 정리한 유헌은 곧장 이영을 찾아 헤맸다. 사진을 바라보던 눈동자가 잊히지 않아 그녀를 혼자 두고 싶지 않았다.

유헌의 마음이 어떨지 알기에, 이영은 밝은 표정으로 메달을 흔들어 보였다. 보기와 다르게 제법 무거웠다.

"생각보다 무거워."

"목에 걸고 갈래?"

"올림픽 메달 그렇게 막 다뤄도 돼?"

진심으로 놀란 표정이 따라왔다. 한바탕 웃음이 번졌다. 유헌은 다 괜찮다며 그녀가 내민 메달을 챙겼다. 침실 구경을 마친 이영은 재빨리 욕실로 도망갔다. 그녀를 챙기느라 유헌이 계속 옆에 묶여 있기를 원하지 않았다.

생각보다 넓은 욕실을 슬쩍 둘러보고는 곧바로 장식장을 열었다. 손이 닿기 가장 편한 칸에 여자 화장품이 가득했다. 폼 클렌저부터 기본적인 스킨과 로션, 수분크림과 에센스까지 있었다. 색조 화장품을 제외하고는 이영의 화장대를 그대로 옮겨 놓은 모습이었다. 오랜 시간의 흔적 때문에 바래 있다는 점을 빼고는 지금과 다를 게 없었다.

"어? 이거 향수……."

화장품 옆에는 향수가 있었다. 이영이 지금도 쓰고 있는 향수였다. 기억을 잃은 후에도 취향이 변하지 않았다는 사실에 괜한 웃음이 나다가도, 이유 모를 씁쓸함이 그녀를 덮쳤다.

이렇게 무의식이 이영의 모습을 보존하는데, 정작 그녀는 계속 기억을 잃게 된다는 사실이 끔찍했다. 유헌의 옆에 있을 때 넘치는 행복에 현실을 잊어 갈 때면, 꼭 이렇게 한 가지씩 그녀를 괴롭혔다.

"왜 그러고 있어."

"나 지금 쓰는 향수랑 똑같아."

어느새 다가온 유헌이 조심스럽게 물었다. 이영이 향수병을 들어 보이니 그가 작게 웃었다.

"그래서 신기했어. 너 처음 만났을 때, 예전이랑 향이 똑같았거든. 빨간 벤틀리도 그렇고, 재즈 음악도 그렇고, 다 그대로더라."

아직도 이영을 처음 마주했을 때 퍼져 오던 향이 생생했다. 유헌은 그날을 떠올리며, 기억을 잃어도 변하지 않는 그녀의 취향을 하나하나 곱씹었다.

"내가 변한 게 없는 것처럼 너도 똑같겠지?"

그가 생각에 잠겨 있는 동안, 이영은 꽤나 심오한 물음을 던졌다. 예상치 못한 질문에 유헌의 얼굴에 놀람이 번졌다.

"근데 기억이 안 나. 나한테 너는……. 전부 새로워서……. 예전 모습을 그냥 듣는 거로밖에는……."

말끝이 계속 흐려졌다. 간소한 인테리어도, 시원한 향도, 깔끔한 성격도, 분명 모두 이전과 다름이 없을 텐데, 이영에게만 새로웠다.

"내가 어딘가에 적어 놓은 걸 보기 전까지는 절대 모르겠지. 내 이름도 까먹을 테니까."

퍼지는 목소리가 무척이나 씁쓸했다. 유헌은 조용히 그녀를 끌어안았다. 품에 쏙 갇히는 느낌이 예나 지금이나 참 좋았다.

"내가 하나라도 기억할까, 유헌아? 그런 기적이 일어날까? 네 향이라도 기억할 수 있을까?"

안긴 채 쏟아진 물음에 유헌은 그저 따뜻하게 웃었다.

"싫지 않아? 네가 아무리 나한테 너에 대해 설명을 해 줘도, 내가 다 까먹잖아. 나중에 써 있는 기록을 보고 학습은 하겠지.

근데 몸에 새겨진 걸 떠올리지는 못하잖아."

유헌은 고개를 저었다. 조바심이 난 이영이 보채듯 물어 왔지만, 그녀를 안고 있는 이는 무척이나 평온했다.

"그런 건 하나도 안 중요해."

"그럼?"

"네가 나를 계속 사랑하는 게 중요하지."

이영이 멍해졌다. 그녀는 조용히 따라올 말을 기다렸다.

"다 잊어도 다시 나를 사랑하면, 나는 아무것도 상관없어. 네가 하나도 기억 안 해도 돼."

진심이었다. 다 잊어버린 후에도 유헌을 사랑한다면, 원점으로 돌아가 백지가 되어도 다시 유헌을 사랑하기만 한다면, 그는 두려울 게 없었다. 그에 대한 정보나, 그가 가진 취향 따위는 그저 또 알려 주면 될 일이었다. 유헌은 그저 이영이 그녀의 감정만을 잃지 않기를 바랐다.

"만약에…… 내가 그것까지 잊으면? 너에 대한 감정의 불씨가 아예 사라져서 너한테 상처를 주면?"

이영의 눈동자가 미친 듯이 흔들렸다. 그러나 유헌은 그런 그녀를 단단하게 잡으며 덤덤하게 말을 이었다.

"다시 나를 사랑하게 하면 되지. 지금처럼. 그리고 내가 언제나 너를 사랑할 테니까 괜찮아. 나는 나를 믿고, 너를 믿으니까."

결국 이영의 볼을 타고 눈물이 흘러내렸다. 그녀는 유헌의 품에 파고들었다. 차마 그의 눈을 마주할 수 없었다. 그 단단한 눈동자를 보는 순간, 그녀가 기억을 잃어 간다는 사실마저 잊어버릴 것만 같아서, 눈을 꽉 감았다. 현실을 잊게 할 정도로 달콤한 눈동자였다.

"미안해."

"그런 말도 하지 말기. 미안하다는 말 듣기 싫어."

유헌은 미안하다는 말을 곧바로 차단했다. 대신 아주 길게 입을 맞췄다. 혀가 얽힐 때마다 서로를 향한 애틋함이 흘러넘쳤다.

그냥 남들처럼 사랑할 수 없을까. 이전에 둘이 그랬던 것처럼, 기억을 잃을 걱정 따위는 하지 말고 사랑하면 안 될까. 그런 생각이 이영의 머릿속에 가득했으나, 그녀는 생각을 지운 채 키스에 집중했다.

이미 돌이킬 수 없는 일이었다. 잃으면 잃은 대로 살아가며 사랑해야 했다. 사랑을 버릴 수 없었으니, 그래야 했다.

▲▽▲

"저녁 먹을까?"

"요리할 줄 알아?"

"옛날에 맨날 내가 했는데."

"근데 냉장고가 그렇게 비어 있었어?"

이영의 집에 짐을 한껏 풀고 나니 해가 졌다. 유헌은 익숙한 듯 주방으로 향했고, 이영은 잔뜩 놀라 물었다.

"냉장고는 언제 봤대."

"정말 텅 비어 있던데? 대체 어떻게 살았어?"

타박이 섞인 물음이었다. 머쓱해진 유헌은 시선을 피했다. 이영이 집요하게 좇은 탓에 결국 맞닿아 답을 할 수밖에 없었다.

"거의 시켜 먹거나……."

"안 먹었겠지. 아니면 커피로 대충 해결하거나."

"……커피도 봤어?"

"속이 멀쩡해?"

"괜찮아. 나 튼튼해."

말을 하는 사람도, 말을 듣는 사람도, 거짓말이라는 걸 알았다. 이영은 깊게 한숨을 뱉었다.

"이제부터 밥 한 끼도 거를 생각 하지 마."

나름 단호하게 엄포를 놓으려는 모습이 귀여워서, 유헌도 모르게 웃어 버렸다. 곧바로 이영이 눈을 흘겨 얼른 숨겨야 했지만, 이렇게 그녀의 잔소리를 들을 수 있다는 사실 자체가 행복했다.

"그럼 반성하는 의미로 얼른 저녁 할게."

"뭐 할 건데?"

"비밀."

"그게 뭐야."

"힌트 줄까?"

"내가 좋아하는 거 만든다고 하려고?"

정곡을 찔린 유헌이 화들짝 놀랐다. 이영이 활짝 웃고는 아일

랜드 카운터 앞의 스툴에 앉았다.

"뭔지 기대해야지."

유헌 역시 한참 웃고는 고개를 끄덕였다. 그의 냉장고와 다르게 이영의 냉장고는 온갖 재료가 가득했다.

"너 옛날에는 요리 정말 못했는데."

"지금도 별반 안 다를걸. 그거 다 일하시는 분이 채운 거야."

이런 것까지 한결같다며 유헌이 이영을 놀렸다. 그래도 조금씩 늘고 있다며 항변을 했지만, 건수를 잡은 유헌에게는 소용이 없었다.

장난스러운 시간도 잠시, 유헌은 얼마 안 가 요리에 집중했다. 남들보다 훨씬 큰 체격의 그가 이리저리 움직이며 음식을 만드는 모습이 꽤나 색다르고 재밌었다. 이영은 홀린 듯이 그의 모습을 지켜봤다.

"나 뚫어지겠다."

"내가 보는 게 느껴져?"

"당연하지."

"뭐야. 창피해."

그렇게 말하면서도 이영은 그저 웃고 있었다. 얼마 만에 이렇게 많이 웃고, 즐거워하고 있는 건지 기억나지 않았다. 사실 사고가 난 이후로 처음이었다. 유헌과 다시 만나면서 서서히 늘었던 웃음은, 그와 완전히 함께하니 끝을 모르고 쉴 틈 없이 새어 나왔다.

그러나 웃음이 번지던 것도 잠시, 오른쪽 손을 제대로 쓰지 못하는 유헌의 모습이 눈에 들어왔다. 그는 프라이팬을 들고 있던 자세를 유지하지 못하고 들고 있던 손을 바꿨다.

"오른손 많이 아파?"

워낙 찰나였던 순간이라 보지 못하리라 생각했건만, 놓치지 않은 이영의 질문에 유헌이 머쓱한 표정을 지우지 못했다.

"아니. 평소에는 문제없는데, 가끔 이렇게 말썽 부릴 때가 있어. 정말 괜찮아."

일상생활에 큰 무리가 없을 정도로 회복이 되기는 했지만, 근육이 워낙 약해진 탓에 이렇게 종종 통증을 만들어 내고는 했다.

"거짓말 아니고 진짜 괜찮아. 그러니까 그런 표정 짓지 마."

이영의 얼굴에 걱정이 가득했다. 유헌은 그녀의 얼굴에 그림자가 지는 걸 원하지 않았다. 그가 워낙 단호했기에, 이영도 한숨과 함께 화제를 돌렸다.

"내가 좋아하는 음식이 오므라이스야?"

"응. 내가 만들어 준 것만."

"정말? 거짓말하는 거 아니고?"

"이런 걸로 왜 거짓말을 해. 그런 것 같아?"

"음…… 아니."

푸스스 웃음이 흩어지고, 얼마 가지 않아 예쁘게 완성된 오므라이스 두 그릇이 식탁 위에 놓여졌다.

"우와. 요리 잘하는구나."

"맛있어?"

"응. 엄청."

정말 좋아하기는 했나 보다라고 속삭이며 이영이 바쁘게 숟가락을 움직였다. 유헌은 그 모습이 마냥 좋았다. 먹는 것도 잊고 그냥 바라보기만 하고 있을 정도로 행복했다.

이영은 그가 만든 음식을 참 좋아했다. 유헌이 만들면 평소에 잘 안 먹는 음식들도 먹을 수 있어 좋다고 얘기하고는 했는데, 그 중에서도 오므라이스를 가장 좋아했다. 어느 날 이유를 물으니, 그냥 좋다는 말만 하고는 길게 설명하지 않았다.

이제 평생 들을 수 없는 답변이 됐지만, 유헌은 상관없었다. 그냥 이렇게 지금처럼 함께 마주 보고 음식을 먹을 수만 있다면, 정말 다 괜찮았다.

"신기해."

"뭐가?"

"그냥. 너랑 내가 다시 이러고 있는 게 너무 신기해. 그리고 좋아. 상상하지 못할 만큼."

다시는 일어나지 않으리라 생각했던 일들이 현실이 되어 일어나니, 유헌은 아직도 어안이 벙벙했다. 소파에 누워 그녀를 위에 올려놓고 있을 때도 그랬고, 이영의 집으로 짐을 옮겨 올 때도 그랬고, 그가 해 준 요리를 먹는 모습을 바라보고 있는 지금도 그랬다.

겪으면 겪을수록 꿈일까 봐 두려웠다. 시간이 지나면 이곳이 현실이라는 게 실감 나지 않을까 했지만, 오히려 점점 믿겨지지 않아 괴로웠다.

"꿈 아니지?"

"꿈이면 좋겠어?"

"아니. 절대."

순식간에 유헌의 표정이 굳었다. 꿈이라면 버틸 수 없었다.

"깨지 않으면 상관없겠지만, 꿈은……."

그는 끝까지 말을 잇지 않았다. 그러나 이영은 무엇이 생략됐는지 모르지 않았다. 꿈은 영원할 수 없었다. 언젠가는 깨어나 현실을 마주해야 했으니, 지금 이 상황이 꿈이어서는 안 됐다.

"꿈 아니야. 꿈이면 나도 미쳐 버릴걸."

이영이 다정하게 유헌의 손을 맞잡았다. 테이블 위에 놓인 두 손은 한 번 닿고 나니 떨어질 생각을 하지 않았다.

둘 모두 식사를 마치고도 자리에서 일어날 생각을 안 했다. 아무런 말이 오가지 않는데도 그저 서로의 손을 쓸어내리며 자리를 지켰다.

"있지. 너한테 기억 찾는 거 도와 달라고 부탁하고 나서 엄청 자신만만했어."

침묵을 깬 건 이영이었다.

"네가 툭툭 뱉는 말에 얼굴이 새빨개지는데도 그냥 고마워서 그런 거라고 생각했거든. 네가 좋은 사람이라, 그냥 한마디 하는 거에도 괜히 수줍어지는 거라고."

애써 감정을 포장하던 과거가 떠올랐다. 그때의 모습이 꽤나 한심해서 말을 하면서도 자꾸 웃음이 났다.

"근데 지금 생각해 보니까, 그냥 나만 몰랐나 봐. 너랑 다시 만나고 나서 금세 다시 빠져 버렸는데, 나는 아닐 거라고 계속 가린 거지."

"바보였네, 서이영."

유헌이 최대한 가볍게 대꾸했다. 기억을 잃고도 다시 그를 사랑하게 된 이야기를 듣는 건 너무도 복합적인 감정을 불러일으켰다. 가슴이 뛰는 동시에 아렸다. 형언할 수 없었다.

"내가 겁을 조금 덜 냈으면 우리가 조금 더 일찍 이렇게 행복했을까? 내가 그냥 지금처럼 이렇게…… 현실을 안 보려고 했으면."

"우리가 서로 더 빨리 용기를 냈으면 더 일찍 이렇게 닿아 있었겠지. 근데 지금도 충분해. 어찌 됐든 이렇게 함께하고 있잖아."

불안감은 시도 때도 없이 고개를 들었다. 애써 무시하려 했지만, 기저에 깔린 두려움은 금방 없앨 수 있는 게 아니었다.

"현실을 안 보고 있는 게 아니야. 현실에 있으니까 이렇게 같이 있는 거야. 나도 아직까지 쉽게 안 믿기지만. 우린 도망가는 게 아니라 싸우고 있는 거야, 이영아."

이영은 천천히 유헌의 말을 곱씹었다. 그리고 고개를 끄덕였다. 맞는 말이었다. 아주 치열하게 싸우는 중이었다. 기억을 잃는다고 누구 하나 서로를 포기하지 않고, 어쨌든 손을 잡고 있었다. 이영이 미친 듯이 흔들리고 있고, 유헌 역시 지금의 상황이 꿈처럼 아득하게 느껴질 때가 있었지만, 중요한 건 지금 서로 함께하고 있다는 사실이었다.

"우리가 이길 수 있을까?"

"응."

유헌은 확신했다. 이기지 못할 이유가 없었다. 그는 시간에 새겨지는 무의식의 흔적을 믿었고, 그가 품고 있는 이영에 대한 사랑을 믿었다.

"이길 거야. 그러니까 그렇게 불안해하지 마. 다 괜찮아."

어느새 이영의 옆으로 다가간 그는 사랑하는 연인을 품에 꽉 안았다. 계속해서 속삭였다. 그들의 사랑이 결국 이기고 말 거라고, 그녀가 품고 있는 불안감 역시 금세 휘발되고 말 거라고, 우리는 어떤 상황에서도 서로를 사랑하고 있을 거라고.

유헌은 쉴 새 없이 속삭이고 또 속삭였다.

8

"아. 다행이다."

유헌은 아침에 눈을 뜨자마자 이영을 확인했다. 등을 돌리고 자고 있는 그녀에게 조심스럽게 다가가 허리를 감았다. 혹여 깰까 걱정이 됐지만, 그렇다고 지켜만 보고 싶지는 않았다.

최대한 느린 움직임으로 그녀에게 다가가 목에 입술을 묻으니, 이영이 살짝 몸을 뒤척였다. 그녀의 숨소리가 들리고, 체향이 맡아지니 그제야 꿈이 아님이 실감이 났다.

할 말이 어찌나 많은지 새벽이 깊도록 마주 보고 대화를 이어 나가던 중, 이영이 먼저 잠에 들었다. 온기를 느끼며 쉽게 꿈나라로 떠난 그녀와 달리, 유헌은 좀처럼 눈이 감기지 않았다. 깨어났을 때 옆이 비어 있을까 두려웠다.

신이 유헌을 불쌍하게 여겨 무척이나 생생한 꿈을 내려 준 것일까 봐 무서웠다. 말이 안 되는 것임을 알고, 이영에게서 이곳이 꿈이 아님을 여러 번 확인받았지만, 짧지 않은 시간이 만든 슬픈 공백은 그를 계속 애달게 했다.

"다행이야. 정말로."

"벌써 일어났어?"

이영이 깨어나리라 생각하지 않아 열심히 중얼거린 것이건만, 그녀의 잠긴 목소리가 들려왔다.

"미안. 내가 깨웠네."

몸이 돌아가고, 서로의 눈이 맞닿았다. 잠이 깬 유헌과 달리 이영의 얼굴에는 잠이 그득했다.

"왜 이렇게 일찍 일어났어."

"그냥. 깨 버렸네."

"더 자, 얼른. 우리 어제 늦게 잤잖아."

"그래. 더 잘게."

"그래 놓고 안 잘 거지."

답을 하는 대신 이마에 입을 맞췄다. 이영은 쏟아지는 잠을 이기지 못하고 다시 눈을 감았다. 그 모습이 마냥 사랑스러워서 유헌은 한참이나 입을 맞췄다. 이마에도 닿았다가, 눈에도 닿았다가, 코에도 스쳤다가, 살짝 입술을 머금기도 했다.

이영의 잠투정이 조금 따라왔지만, 금세 다시 잠이 든 탓에 그마저도 찰나였다. 유헌은 마지막으로 한 번 더 입을 맞추고는 천천히 침대에서 벗어났다.

유독 아침에 잠이 많은 연인 탓에 아침은 언제나 유헌의 몫이었다. 오늘이라고 다르지 않았다. 앞으로도 달라지지 않을 예정이었고.

"뭐를 해 먹이나."

어울리지 않는 콧노래까지 흥얼거리며 냉장고 앞으로 다가가니, 주방에 남겨진 여러 흔적이 보였다. 어제는 이영에게 마냥 취해 있느라 지나쳤는데, 생각보다 집에 붙여진 메모지가 많았다.

유헌은 그녀가 붙여 놓은 기록들을 유심히 살폈다. 전부 위치에 관련된 메모였다. 냉장고 안에 어떤 반찬이 어디에 있는지, 그녀가 즐기는 차는 어디에 있는지, 요깃거리는 어디에 있는지 적혀 있었다.

주방을 벗어나 거실로 가니 TV 근처 장식장에도 메모지가 한가득이었다. 안에 놓인 물건에 대한 설명이 전부였다. 이 기념품은 어디서 샀고, 왜 샀고, 어떤 이야기가 숨겨 있고, 하나하나 세세하게 적혀 있었다.

어떻게든 기억을 잡아 두기 위한 흔적을 직접 보고 나니 기분이 이상했다. 이영은 유헌이 생각하는 것보다 훨씬 철저하게 상실에 대비하고 있었다.

"뭘 그렇게 유심히 보고 있어?"

익숙한 목소리가 들려왔다. 유헌이 곧장 소리를 따라 몸을 돌리니 이영이 활짝 웃으며 그에게 안겨 왔다.

"왜 더 안 자고."

"너 없으니까 허전해. 자꾸 깨."

말은 그렇게 하면서도 작은 잠의 조각들이 여전히 이영의 얼굴에 묻어 있었다. 그녀는 연인의 넓은 품에 얼굴을 묻고 한참이나 기대 있었다.

"뭐 봤어?"

그러다 겨우 잠을 털어 내고 유헌을 올려다봤다. 장식장을 바라보던 그의 얼굴이 유독 심각해 이유가 궁금했다.

"그냥, 이것저것."

유헌이 콕 집어 답하지 않으니 이영이 고개를 돌렸다. 그의 시선을 따라가니 그곳에는 그녀가 적어 둔 메모지가 가득했다.

"아……. 이거 봤어?"

왜 제 연인이 그런 표정을 지었는지 단번에 납득이 갔다. 유헌은 그저 웃어 보였지만, 이영은 그의 마음에 저 글자들이 어떻게 다가갔을지 충분히 알 수 있었다.

"그냥……. 잃어버리기 싫어서. 이렇게라도 적어 두면 덜하지 않을까 싶더라고."

애써 밝은 목소리를 냈다. 유헌은 잘했다는 듯, 그녀를 더 꽉 껴안았다. 때로는 말로 표현하는 것보다 가까이 닿아 전할 수 있는 온기가 더 많은 감정을 전하고는 했다. 유헌은 부디 그의 품이 그녀에게 힘이 되는 위로가 되기를 바랐다.

"아침은 네가 하려고?"

"맨날 내가 했거든."

"맨날?"

"응. 정말 맨날."

"그럼 오늘은 내가 할까?"

"아니. 가만히 앉아서 구경만 해."

분위기가 더 가라앉기 전에 화제가 바뀌었다. 유헌이 이영의 요리를 무척이나 단호하게 말렸다. 의심스러운 표정을 짓던 그녀가 눈을 흘겼지만, 유헌은 그저 웃고는 쓱 주방으로 도망갔다.

"내가 요리 못해서 오지 말라는 거야, 아니면 그냥 해 주고 싶어서 그러는 거야?"

"당연히 후자지."

"정말로?"

"그럼."

"정말?"

"그럴걸?"

확신이 꺾인 대답에 유헌과 이영 모두 웃었다. 어제와 같은 장면이었다. 이영이 스툴에 앉아 유헌을 구경하고, 유헌은 중간중간 이영을 살피며 요리를 이어 나갔다. 달라진 것이라고는 환해진 배경이 전부였다.

"일하시는 분은 언제 오셔?"

"이제 안 오셔."

"아, 그래?"

"응. 그러니까 이제 진짜 네가 나 먹여 살려야 돼. 내가 열심히 요리하려고 했더니 안 되겠네."

유헌이 알겠다며 제법 비장한 표정을 지어 보였다. 장난스러운 모습에 또 눈을 맞추고 한참 웃었다. 어제부터 웃음이 맺히지 않은 순간이 없었다.

"오늘은 일단 네 짐부터 정리하자."

"그래."

"그러고 나서는 뭐 하지. 영화 볼까?"

"그래."

동의밖에 하지 못하는 로봇처럼 그저 좋다는 말만 따라왔다.

"정말 좋아서 그러자는 거야, 아니면 그냥 내가 하자니까 그러자는 거야?"

"음, 둘 다."

"정말?"

"네가 하자고 하는 거는 다 좋으니까."

유헌의 솔직한 마음은 늘 이영의 가슴을 간질였다. 지금은 기억에 없지만, 그녀가 기억을 잃기 전에도 그랬다. 조금도 꾸며지지 않은 담백함은 예고도 없이 심장을 툭 치고 지나갔다.

"그럼 내가 뭘 하자고 하든 다 좋다고 할 거야?"

"응."

"내가 막 옷 벗고 돌아다니자고 해도?"

"응. 같이 잡혀 가지 뭐."

정말 잡혀 갈 자신이라도 있는 듯, 대답이 꽤나 진지했다. 이영은 그런 연인을 보고 못 말린다며 타박 아닌 타박을 했다. 그러면서도 슬쩍 올라가는 입꼬리는 감추지 못했다. 어떤 일을 하든 옆에서 함께하겠다는 사람의 존재는 엄청난 힘이 됐다.

"칫솔 두 개 있는 거 보니까 기분이 이상해."

"싫어?"

"아니. 싫을 리가 있나. 다 알면서 그러는 거지."

유헌이 장난스레 웃으며 고개를 끄덕였다. 이영이 한 번 더 눈을 흘기고는 칫솔을 입에 물었다. 밥을 다 먹고 나란히 서서 양치질을 하고 있으니 기분이 이상했다. 불과 몇 달 전까지만 해도 조용하고 적적했던 집인데 그가 들어오자마자 활기가 돈다는 게 신기했다.

열심히 손을 움직이면서도 시선은 서로에게 향해 있었다. 유헌은 거울에 비친 이영을 보고, 이영은 거울에 비친 유헌을 봤다. 꼭 짠 듯이 똑같은 시선에 누가 먼저랄 것 없이 웃음을 터뜨렸다.

"유헌아. 너 키 언제까지 컸어?"

"스물셋. 왜?"

"그냥. 너무 커서."

마냥 올려다보고 있으니, 그의 큰 키가 실감이 났다. 이영의 머리가 유헌의 어깨에 겨우 닿을 정도의 차이였다. 그래서 이영이 유헌의 품에 늘 쏙 감겼고, 그는 그 느낌을 무척이나 사랑했다.

다 씻고도 한참이나 욕실을 벗어나지 못했다. 입을 맞추고, 서로를 껴안기 바빴다. 분위기가 꽤나 깊어지기 전에 이영이 그를 살짝 밀어 내 겨우 밖으로 나올 수 있었다.

"영화는 뭐 보지?"

"너 보고 싶은 걸로."

쓸데없는 물음이라는 걸 알면서도, 저 대답이 듣고 싶어 괜히 묻게 됐다. 원하는 답을 들은 이영은 바쁘게 리모컨을 돌렸다. 수많은 DVD가 쌓여 있었지만, 딱히 구미가 당기는 게 없어 영화 채널을 뒤졌다.

"어?"

마침 딱 시작한 영화가 있었다. 자연스레 손을 멈춘 이영은 왼쪽 상단에 뜨는 제목을 확인했다. 〈첫 키스만 50번째〉라고 적힌 글자가 눈에 확 들어왔다.

"다른 거 볼까?"

기억 상실증을 다룬 무척이나 유명한 영화였다. 내용을 아는 유헌이 조심스럽게 물었지만, 이영은 고개를 저었다. 왜 하필이면 저 영화가 눈에 들어왔는지 조금 멍해지기는 했지만, 그렇다고 피하고 싶지는 않았다.

"보자. 이거 재밌어."

유헌의 얼굴에 걱정이 스친 걸 알기에, 이영이 활짝 웃으며 그를 바라봤다. 결국 그가 알겠다며 고개를 끄덕였다. 이영은 유헌이 이 영화를 안 봤다고 생각하는 듯했지만, 이전에 둘이 함께 본 영화였다.

영화 속 여주인공은 단기 기억 상실증을 겪는 환자였다. 기억 상실증이라는 큰 범주는 이영과 같았지만, 영화의 주인공은 이영보다 훨씬 병의 정도가 심했다.

그녀가 기억할 수 있는 최대는 24시간이고, 하루가 지나면 교통사고가 났던 10월 13일로 돌아갔다. 교통사고가 원인이라는 것도, 사고 이전의 기억을 잃는 퇴행성 기억 상실증이라는 것도 같았지만, 그 점을 제외하고는 전부 달랐다.

영화를 보면 볼수록 주인공의 모습에 이영의 모습이 비쳤다. 영화가 절정에 치달을수록, 이영은 말수가 줄었다. 유헌은 영화가 시작할 때부터 내용이 아닌 이영에게 집중했기에, 계속 애가 탔다.

"이영아. 우리 다른……."

"나도 기억이 하루로 주는 날이 올까?"

멍하니 바라보던 이영이 물었다. 답을 원하는 질문이 아니었다.

"그럼 나도 저렇게 매일 아침마다 비디오로 확인을 해야 할까?"

뭐라 대답을 하기가 어려워서, 말을 하는 대신 조용히 그녀의 뺨을 어루만졌다.

"만약에 그래야 되면 나 예쁜 사진으로 잔뜩 넣어 줘. 못생긴 거 말고, 제일 예쁜 걸로."

유헌이 웃으며 입을 맞췄다. 몇 번이고 그렇게 하겠다고 다짐했다. 다시 돌아온 밝은 표정에 마음이 놓이고, 마주할지 모르는 미래의 일에 그를 지우지 않았다는 사실이 고마웠다.

이영이 '하루'에 대한 이야기를 했을 때, 유헌은 그녀가 다시 그를 밀어낼까 두려웠다. 이영이 하루만 기억하게 되면, 아무런 미련 없이 떠나가라고 말할까 봐 걱정이 됐다.

그러나 그녀는 그러는 대신 유헌을 옆에 묶었다. 그가 무척이나 바라던 일이었다.

"근데 저 여자는 10월 13일 이전의 기억은 다 가지고 있잖아. 그건 부럽다. 나도 사고 나기 전의 기억이 다 있으면 너를……."

밝아졌던 목소리는 금세 가라앉았다. 영화처럼 사고 이전을 기억한다면 이영은 그것만으로도 감사할 수 있었다. 아주 오랜 연인이니, 뫼비우스의 띠처럼 사고가 난 날로 계속 돌아가면, 적어도 유헌을 못 알아보는 일은 일어날 수 없었다.

시간이 만든 풍파에 달라진 모습을 보고 놀랄지언정, 유헌이 누구인지, 유헌과 어떤 사이인지 못 알아볼 일은 없었다.

"그래도 보면 놀라긴 하겠지? 내가 기억하는 너는 이십 대 초반인데, 계속 나이가 들어가는 거잖아."

"그렇겠지. 그럼 싫어하려나?"

순식간에 유헌의 미간이 구겨졌다.

"글쎄? 좀 아쉽기는 하지 않을까?"

"뭐야. 그래도 멋있다는 소리 나올 줄 알았는데."

유헌이 진심을 담아 툴툴대며 실망스러움을 감추지 않았다. 이영은 장난에 제대로 걸려든 그가 마냥 귀여워 참지 못하고 그의 입술에 꾹 도장을 찍었다.

"그래도 멋있어."

"이미 늦었어."

그를 더 달래려 바짝 몸을 붙여도 찡그려진 미간은 펴지지 않았다. 사실 서운한 마음은 조금도 없고, 실망스러움도 이미 가신지 오래였지만, 그에게 더 신경 쓰는 이영의 모습이 좋아서 일부러 표정을 풀지 않았다.

"근데 별로 티도 안 나. 너 옛날 사진이랑 지금이랑 비교해도 사실 잘 모르겠어. 할아버지 되지 않는 이상 안 놀랄걸."

이영이 제법 진지해지고 나서야 유헌이 웃음을 터뜨렸다.

"그때랑 비슷해?"

"응. 안 늙었어."

장난스러움이 가득한 한 마디, 한 마디가 오갔다. 이영의 두 팔이 유헌의 목에 감기고, 유헌의 두 팔은 이영의 허리를 꽉 감아 붙잡았다.

"나 그때 인기 정말 많았는데, 서이영 땡잡았네. 애인이 그때랑 똑같고."

"정말 인기 많았어?"

"장난 아니었어. 엄청 비싼 카메라 들고 나만 찍는 사람들도 있었는데? 그래서 너 맨날 질투했어."

"거짓말."

"진짜로."

"······진짜? 내가 질투했어?"

"응. 엄청 심하게."

"아무리 들어도 거짓말 같은데."

'엄청 심하게'는 과장이었지만, 유헌이 유명해질수록 이영은 입을 삐죽 내밀었다. 출전한 두 올림픽에 나가 금메달을 딸 때마다, 그는 매번 신드롬을 만들어 냈다.

잘생긴 외모와 재치 있는 인터뷰 덕에 유헌의 인기가 절정에 다다랐을 때였다. 사방에서 그를 부르기 바쁘고, 그가 모델로 있는 브랜드들은 온갖 행사를 만들어 유헌을 적극적으로 활용했다.

이영과의 미래를 계속해서 준비하던 그는 하나도 빼지 않았다. 덕분에 올림픽 시즌 전후로 그를 담은 온갖 인터뷰와 CF, 화보가 쏟아졌다.

유헌이 기억하는 이영의 질투 어린 순간이 나오게 된 계기도 그가 모델이 된 스포츠 브랜드 행사에서 본 광경 때문이었다.

공개적인 포토월 레드카펫 행사가 있었는데, 엄청 많은 사람들이 몰려 유헌에게 환호를 쏟아 냈다. 그를 보겠다고 몰래 와 멀리서 지켜보던 이영이 뿌듯해하던 것도 잠시, 형언할 수 없는 복잡한 감정이 그녀를 덮쳤다.

딱 봐도 예쁘고 화려한 미모의 여자들이 유헌의 이름을 부르며 사인지를 내밀었다. 브랜드 행사이기도 하고, 워낙 팬들에게 싹싹하게 잘하기로 유명한 유헌이었기에, 가볍게 웃으며 그들의 요구를 다 들어줬다. 사진도 찍어 주고, 사인도 해 주고, 짧게 손도 스쳤다.

누가 봐도 사심 없이 의무감과 고마움에 해 주는 행동인 게 보였지만, 이영의 기분이 점점 가라앉았다. 괜히 유헌에게 심술이 나기도 하고, 계속 그를 붙잡는 사람들을 신경 썼다.

인정하기 부끄러워 꽁꽁 감췄지만, 분명 질투였다.

'유헌아.'

'응?'

'정색하는 연습 한번 해 봐.'

'정색하는 연습? 갑자기?'

'너 사람들한테 잘 웃어 주는 것 같아. 그러면 얕보이기 딱 좋잖아. 요즘 같은 세상에.'

행사가 끝나고 다시 만난 자리에서 평소의 이영이라면 하지 않을 말들이 쏟아졌다.

'알겠지? 아무한테나 그렇게 웃어 주면 안 돼.'

제법 비장하기까지 했다. 잠시 어리둥절했던 유헌은 빠른 눈치로 원인을 찾아냈다. 행사를 내내 지켜봤다고 했으니, 이영이 아닌 여러 사람들에게 웃어 주는 모습에 마음이 꼬인 게 분명했다.

'왜? 어제는 사람들한테 친절하게 대하라고 나 연습시켰잖아.'

'그건 어제고! 이제 안 돼! 특히 여자들⋯⋯.'

장난기가 잔뜩 발동해 던진 함정에 이영이 보기 좋게 걸려들었다. 애써 덤덤한 척 말하던 그녀의 볼이 화르르 타올랐다.

'질투했구나.'

'아니거든.'

'맞는데? 내가 다른 여자들한테 웃어 주니까 싫었어?'

'……좋으면 이상한 거지.'

살살 이영을 놀리던 유헌의 얼굴에 환한 웃음이 번졌다. 질투가 이렇게나 사랑스러운 감정이었던가. 쉽게 볼 수 없는 이영의 모습에 마냥 마음이 부풀었다.

'앞으로 어떤 상황에서든 여자들한테는 절대 안 웃어 줄게. 너 볼 때만 웃어야지.'

'……그래도 그러면 어떡해. 행사장에서는 어쩔 수 없지.'

'방금은 안 된다며?'

'아니…… 그래도 너무 그러다가 욕먹으면…….'

'그럼 그냥 다 웃어 줘도 괜찮아? 활짝 웃어도?'

'……안 돼. 그냥 웃지 마. 잘려도 괜찮으니까.'

단호한 대답이 따라왔다. 이영을 계속 놀리던 유헌은 행복함을 감추지 않고 그녀를 끌어안았다. 광고 모델에서 다 잘리는 날이 오더라도 표정을 굳히고 있겠다는 다짐을 몇 번이고 했지만, 이영은 그걸로 만족할 수 없다는 듯 사진을 바리바리 싸들고 와 오피스텔 곳곳에 채워 넣었다.

넘실대는 옛 추억에 웃음이 번지다가도 씁쓸함이 몰려왔다. 너도나도 유헌을 데려가려 애쓰던 시절의 잔상이 쉽게 사라지지 않았다.

사실 그래서 더 허무했다. 그렇게나 유난을 떨더니, 더 이상 사격을 못 하게 되자 세상이 그를 잊어 가는 속도가 너무도 빨랐다.

"잘생기긴 했지."

"정말?"

"응. 가까이서 보면 좀 놀라."

이영은 솔직하게 감상을 늘어놓았다. 동시에 손으로 그의 이목구비를 쓸어내리는 것도 잊지 않았다.

"다행이다."

"뭐가?"

"네 눈에 잘생겨 보여서."

실없는 대화였으나, 웃음이 멈추지 않았다. 이영은 고개를 끄덕이고는 다시 입을 맞췄다. 그녀에게 내재되어 있는 감각 어딘가가 계속 자극되는 건지, 유헌에게 계속해서 닿고 싶었다. 조금이라도 닿아 있으면 실실 웃음이 나고, 더 닿고 싶어 몸이 달았다.

버드키스로 시작된 입맞춤은 점점 질척해졌다. 입술이 벌어지고, 서로의 혀가 안에서 얽혀 갔다. 살짝 타액이 흐르고, 이영의 회색 니트 안으로 유헌의 손이 들어갔다. 둘을 둘러싼 온기가 후덥지근해진 건 이미 오래전 이야기였다.

유헌은 이영의 다리가 허리에 감겨 있는 채로 그녀를 안아 침대로 자리를 옮겼다. 다급한 키스가 계속 이어졌다. 자신을 들어올릴 거라고는 생각지 못한 이영의 몸에 바짝 힘이 들어가고, 그런 그녀를 달래기라도 하듯, 유헌은 아주 조심스럽게 이영을 침대위에 내려놨다.

살짝 몸이 떨어지자 풀린 눈동자가 서로를 마주했다. 수많은 말들이 눈빛을 타고 서로에게 흘러들어 갔다.

누가 먼저랄 것 없이 서로에게 매달렸다. 유헌이 팔을 교차해 제 옷을 벗어 던지고, 곧장 이영의 옷가지를 벗겨 내기 시작했다. 그를 돕기 위해 그녀의 허리가 들리고, 순식간에 둘을 가리고 있던 천들이 모두 사라졌다.

아직 빛이 쏟아져 방 안이 환했다. 커튼을 쳐도 소용이 없었다. 이영이 부끄러움에 얼굴을 가렸으나, 그마저도 유헌의 손에 저지당했다.

그가 입을 맞추지 않은 곳이 없었다. 이영은 그녀가 곧 녹아내릴 거라 생각했다. 그 정도로 온몸이 녹진해졌다.

할 수 있는 거라곤 낯선 소리를 지르며 하릴없이 흔들리는 것밖에는 없었다. 쏟아지는 감각의 폭격과 밭은 숨이 점점 버거웠지만, 가뭄 속에 물을 만난 것처럼 이영의 곳곳을 갈구하는 유헌을 밀어낼 수 없었다.

그는 어딘가 나사 하나가 풀린 사람처럼 이영에게 매달렸다. 그러면서도 그녀에게 닿는 모든 몸짓이 다정해서, 이영은 계속 울 수밖에 없었다. 단순히 생리적인 눈물은 아니었다.

이영의 온몸을 눈에 아로새기던 유헌은 그녀의 손목 안쪽을 보고 잠시 멈췄다. 숫자들이 적혀 있었다. 타투였다.

생전 가야 몸에 뭔가를 그릴 생각을 안 할 그녀라는 걸 알기에, 놀란 눈이 커졌지만 입을 맞추고는 그냥 넘어갔다. 말하지 않아도 사연이 보였다. 그녀가 뭔가를 몸에 새겨 넣어야 했다면, 그건 분명 기억과 관련된 일이었다.

유헌은 정신없이 몸을 섞는 와중에 슬퍼하고 싶지 않았다.

"이제 그만. 응?"

묶인 라텍스 비닐이 바닥에 몇 개나 뒹굴고 있는데도, 유헌은 조급했다. 이영이 다 쉬어 버린 목소리로 애원을 하고 나서야 그의 눈동자가 초점을 찾았다.

온몸의 힘이 완전히 빠져 버린 이영은 그제야 유헌의 품으로 안겨 왔다. 땀에 젖은 몸이 서로에게 붙는데도 마냥 좋았다.

유헌이 씻겨 주겠다며 그녀를 안고 일어나려 했지만, 이영이 고개를 저었다. 욕실 안으로 옮겨질 에너지도 없을뿐더러, 지금의 후희를 조금 더 만끽하고 싶었다.

"미안. 내가 너무……."

"이러고 그런 말 하면 이상해지니까 사과하지 마."

정신이 든 유헌은 그제야 붉은 흔적이 잔뜩 묻은 이영을 확인했다. 얼마나 정신없이 매달린 건지 눈에 보여 미안하다는 말이 절로 나왔다. 힘없이 웃은 그녀가 입을 막지 않았다면 하루 온종일 빌 기세였다.

"안 물어봐?"

"……타투?"

"응. 바로 물어볼 줄 알았는데."

둘 다 목소리가 한껏 잠겨 있었다. 유헌은 물음 대신 옅은 한숨을 뱉었다. 숨소리를 듣자마자, 이영은 그가 어디까지 짐작하고 있을지 훤히 보였다. 딱 봐도 기억과 관련된 흔적임을 아는 듯했다.

"노트북 비밀번호야. 여기 기록이 다 있으니까, 이건 잊어버리면 정말 큰일 날 것 같아서."

유헌이 고개를 끄덕였다. 크게 놀라지는 않았다. 이미 그가 예상한 바였다. 그러나 그녀가 이렇게 새겨 넣을 정도로 불안해하고, 또 그만큼 오랫동안 준비를 해 왔다는 사실이 참 아팠다.

"거기다 다 저장해 놨어?"

"응. 너한테 들은 얘기도 써 놓고, 사고 난 다음에 나 혼자 쌓은 기억도 써 놓고."

"그럼 아예 옛날 기억은?"

"그건 애기 때 사진 잔뜩 넣어 놨어."

이영이 피식 웃으니, 유헌 역시 그녀를 따라 웃었다. 웃는 그녀를 보며 따라 웃지 않는 일은 그에게 있어 불가능이었다.

"이런 거 물어보면 무드 깨질까?"

"뭔데?"

"옛날에는 어땠어?"

"우리 잘 때?"

"응. 그냥 궁금해서."

과거를 묻는 얼굴이 다시 빨갛게 달아올랐다. 거침없이 던지면서도 부끄러워했다.

"눈만 마주치면⋯⋯."

"거짓말하지 말고."

"진짠데?"

"⋯⋯진짜로?"

"이십 대 초반이었잖아."

마냥 좋았다고만은 할 수 없는 첫 밤을 보내고 나서, 유헌과 이영 모두 몸을 섞는 일에 있어서는 조심스러운 자세를 유지했다. 그러나 그것도 잠시뿐이었다. 섞으면 섞을수록 새로운 감각이 열리니, 입을 맞췄다 하면 옷이 사라졌다.

게다가 유헌이 한창 운동을 할 때였다. 지금도 크게 다르지 않지만, 그때는 이영이 울 때까지 그녀를 놓아주지 않았다. 몸이 여린 이영이 그를 온전히 받아 내기에는 다소 무리가 있었다.

그래서 유헌이 매번 더 신경을 쓰고, 더 조심하고는 했다. 오늘처럼 고삐를 완전히 놓지 않게 늘 스스로를 조절했다. 혹여 이영이 바스라지기라도 할까 봐, 살짝 닿는 손길조차도 조심스러웠다.

"이런 거 안 물어볼래. 부끄러워."

"다 물어봐 놓고?"

이미 저질러 놓고, 이영은 이불 속에 얼굴을 숨겼다. 그러곤 눈만 빼꼼 튀어나와 유헌을 바라봤다. 유헌이 한참 웃고는 그녀를 끌어당겼다. 한참이나 품에서 토닥이다, 이영이 깜빡 잠에 들기 전에 그녀를 데리고 욕실로 들어갔다.

욕조에서 반쯤 잠이 든 그녀를 씻기고, 더러워진 시트도 벗겨

냈다. 이영은 정리된 침대에 눕자마자 잠이 들었다. 그녀와 다르게 유헌은 잠들지 못했다.

이영과 헤어지고 나서 잃은 잠이 쉽게 돌아오지 않기도 했고, 자꾸 그녀의 손목이 보였다. 새근새근 자고 있는 그녀에게 다가가 조심스럽게 손목을 어루만졌다.

기억을 반드시 잃게 되는 운명 앞에서 차근차근 준비를 해 나가는 연인의 모습이 너무도 아팠다. 그럼에도 지치지 않을 자신이 있고, 그럼에도 그녀를 사랑했지만, 기억을 잃어 간다는 사실 자체가 덤덤해지는 건 아니었다.

유헌은 천천히 이영을 품에 안았다.

"잘 자."

이미 꿈나라로 떠나 버린 그녀에게 들리지 않을 인사라는 걸 알지만, 유헌은 그녀를 품에 안고 계속해서 이영을 토닥였다. 부디 꿈속에서는 그녀의 걱정이 전부 녹아 버리기를, 아무런 불안함 없이 그저 행복하기만을 바라면서.

▲▽▲

"세 시간이면 꽤 걸리기는 하네."

"차만 안 막히면 더 빨리 간대."

오로지 바다를 보겠다고 핸들을 잡은 여행이었다. 무척이나 충동적으로 결정된 일이기도 했다.

'바다 보고 올까?'

'그럴까?'

'응. 동해 바다.'

밥을 먹다 이영이 그냥 툭 던진 한마디를 유헌이 그대로 물어 버렸다. 그녀의 말이라면 진리인 것처럼 전부 따른다는 것을 알기에 매번 조심하는 중이었지만, 툭툭 나오는 생각의 흐름마저 조절하기는 쉽지 않았다.

너무 다 받아 주지 말라고 직접적으로 이야기도 했지만, 유헌은 그저 웃기만 했다. 그에게는 가능한 일이 아니었다.

"가을 바다 보러 오는 사람들도 많을까?"

"음……. 평일이니까 덜할 거야."

"사람 한 명도 없었으면 좋겠다."

목적지는 속초였다. 강릉과 속초를 후보지로 놓고 고민하다, 결국 이영이 속초를 골랐다. 유헌은 오래전에 선택권을 포기했다. 뭔가를 정해야 할 때면 항상 그랬다.

"나 옛날에도 하늘이랑 바다 좋아했다고 했지?"

"엄청 좋아했지. 하늘에 구름 없으면 그날 하루 종일 하늘만 봤어."

이영은 유독 하늘과 바다를 좋아했다. 특히 구름 없는 하늘과 겨울 바다를 좋아했는데, 어찌나 넋을 놓고 보는지 유헌이 질투를 할 정도였다.

"하늘도 질투했어?"

"엄청."

조금의 망설임도 없이 대답이 따라왔다. 이영은 웃으며 꽉 잡은 유헌의 손을 토닥였다.

"너 맨날 바다 앞에서 살고 싶다고 노래를 했어. 바다가 보이는 곳에서 살고 싶다고."

"정말?"

"응. 바다가 보이는 예쁜 벽돌집."

이영은 천천히 유헌이 설명하는 집을 머릿속에 그렸다. 상상하는 것만으로도 웃음이 났다. 예쁜 벽돌집의 커다란 창문에서는 바다가 내려다보이고, 속이 확 트이는 푸름을 감상하는 이영의 옆에는 그녀를 보고 있는 유헌이 있었다.

"그래서 내가 맨날 집 지을 돈 모은다고 그랬지. 나 돈 많이 벌었으니까 집은 꼭 내가 지을 거라고."

함께 그렸던 미래에 대한 이야기가 쭉 펼쳐졌다. 바다가 보이는 곳에서 작게 결혼식을 하고, 유헌과 이영을 닮은 아이를 하나씩 낳고, 나란히 손을 잡고 늙어 가자고 다짐했던 과거가 몽글몽글 피어났다.

바다로 가는 내내 이어진 청사진은 행복함과 씁쓸함을 동시에 안겨 줬다. 지금의 이영이 기억하지 못하는 것처럼, 미래의 이영도 기억하지 못할 그림이었다.

"정말 파랗다."

"그러게. 속이 뚫리는 기분이네."

"너 지금 눈 반짝거린다."

한결같은 게 신기하다며 유헌이 씩 웃었다. 이영 역시 그를 따라 웃고는 천천히 바다 가까이 다가갔다.

"예쁘다."

모래에 부딪쳐 거품을 만들어 내는 파도가 무척이나 예뻤다. 시선을 멀리 두고 바다를 보면, 눈이 시릴 정도로 파란 물빛이 그녀를 사로잡았다.

"너무 가까이 가지 마. 젖으면 감기 걸린다."

어느새 다가온 유헌이 그녀를 챙겼다. 손을 꽉 잡은 채로 해변을 걸었다. 아무 말도 오가지 않았지만, 서로가 느끼는 감정이 전해져 어떤 말도 필요하지 않았다.

모래사장에 자리를 잡고 바닷바람을 맞으며 나란히 앉았다. 유헌은 찬바람에 이영이 감기라도 걸릴까 전전긍긍했지만, 정작 그녀는 평온했다.

"있잖아, 유헌아. 우리가 결혼도 하고, 꿈꿨던 것처럼 바다가 보이는 집에서 살아가면, 아기는 낳지 말자."

유헌이야 이영이 하자는 대로 다 할 생각이었으니, 조금도 아쉽지 않았다. 그의 삶은 애초에 이영 하나만 있으면 됐다. 다만, 그렇게 생각하게 된 원인이 보여 마음이 아팠다.

"나는 주기적으로 기억을 잃을 텐데, 그럼 내가 낳은 애도 못 알아보는 거잖아."

상상할수록 끔찍했다. 어느 날 아침에 갑자기 엄마가 자기를 못 알아본다고 하면, 어떤 아이가 버틸 수 있을까. 이영은 그 죄책감을 감당할 자신이 없었다. 아이에게 못할 짓이었다.

"너랑 나랑 평생 도란도란 살면 재밌겠다."

"안 아쉬워?"

"응. 난 너만 있으면 된다니까."

조금의 망설임도 없는 대답이 그나마 이영을 위로했다.

"너랑 나 닮은 아이 낳고 싶다고 했다며. 내 소원이었어?"

유헌이 웃으며 고개를 끄덕였다.

"솔직히 말해서 나는 멋있는 아빠가 될 자신이 없었거든. 아빠라는 게 어떤 건지 잘 모르니까. 물론 신부님들이 잘 보살펴 주셨지만…… 그래도 나한테는 없는 거잖아."

"아니. 너는 누구보다 훌륭한 아빠가 될걸. 딱 보면 알아."

이영의 단단한 눈동자가 유헌에게로 닿았다. 그는 고개를 끄덕이고는 그녀에게 입을 맞췄다. 부모에 대한 이야기는 유헌에게나 이영에게나 그리 즐거운 화제가 아니었다.

"이제 아버지 걱정은 안 해도 될 거야. 나한테 아예 관심 끄셨거든. 나 집안에서 없는 딸 됐어."

해맑게 말했지만, 듣는 유헌은 가슴이 아팠다. 어느 정도 예상은 하고 있었다. 평소의 인겸이라면 둘이 이렇게 만나도록 내버려 둘 리가 없었다.

딸과 헤어지게 하기 위해 사격 선수의 손목까지 앗아 간 사람이었다. 그런 그가 둘이 집을 합치도록 가만히 있었다는 건, 이영의 병을 알고 그녀를 버렸다는 뜻이었다. 주기적으로 기억을 잃는 말은 장기판에서 아무런 쓸모가 없었다.

"너무 허무해서 말 꺼내기도 미안했어. 아버지 때문에 너는……."

"다 지난 일이잖아. 네 잘못도 아니고."

이영의 시선이 유헌의 오른손으로 향했다. 일상생활에는 무리가 없는 수준까지 돌아왔지만, 반동이 있는 사격은 여전히 불가능이었다. 갑자기 힘을 주면 팔 전체가 아릴 정도로 상처가 남아 있기도 했다.

"괜찮아. 나 계속 사격 했으면 지금 너랑 이렇게 못 있고 또 어디 갇혀서 합숙하고 있을걸?"

이영은 그가 애써 밝은 척 거짓말을 한다고 생각했다. 분명 짙은 아쉬움과 안타까움이 남아 있을 거라 단언했다. 그러나 유헌은 정말 괜찮았다.

사격이 그의 인생을 지탱하던 하나의 커다란 축이었던 건 맞지만, 그보다 이영이 더 거대했고, 더 의미가 컸다. 그녀를 되찾은 지금, 잃어버린 선수 생활과 손은 다 잊을 수 있는 시련이었다.

"그냥 이렇게 있을 수 있다는 거 자체가 너무 큰 행복이야. 눈 뜨자마자 감사하다고 계속 중얼거릴 만큼."

모든 음절마다 진심이 가득했다. 듣는 것만으로도 눈물이 나서, 이영은 그의 품으로 얼른 도망갔다. 단단한 품에 얼굴을 숨겨야 우는 걸 들키지 않을 수 있었다.

해가 지도록 서로에게 기대 바다를 바라보다, 몸이 차가워지는 걸 느끼고 숙소를 잡았다. 요 근래 부쩍 잠이 는 이영은 안으로 들어오자마자 침대로 몸을 던졌다.

유헌은 어느새 잠이 든 그녀를 지켜보며 입을 맞췄다. 그러다 같이 꿈나라로 떠났다. 눈을 떴을 때는, 해가 넘어가 어둑해진 지 오래였다.

"우리 피곤했나 봐."

"그러게. 잠 못 자겠다."

"안 자면 되지."

능글맞게 얼굴이 변하더니, 유헌이 이영의 입술을 조심스레 벌렸다. 장난기가 가득했던 움직임은 순식간에 농염해졌다.

한창 불타오르던 때처럼, 둘은 틈만 나면 몸을 섞었다. 닿지 못했던 지난 시간을 보상받기라도 하려는 것처럼, 계속해서 서로에게 매달렸다.

오늘도 별반 다르지 않았다. 편안하고 고요했던 분위기는 순식간에 달아올라 깊어졌다. 어느새 나신이 된 둘은 새벽의 한가운데에 오고 나서야 밭은 숨을 골랐다.

"이러고 있으니까 부끄러워."

씻기 위해 들어온 욕실 안 넓은 욕조에서 마주 보고 앉았다. 가득 채운 하얀 거품이 몸을 가리고 있었지만, 다 벗은 채로 환한 곳에서 눈을 맞추고 있으니 이영의 얼굴이 계속 달아올랐다.

유헌은 계속 웃으며 이영을 놀렸다. 조금 전까지만 해도 서로의 나신을 눈에 담아내기 바빴으면서, 그저 환해졌다는 것 하나로 수줍어하는 모습이 마냥 사랑스러웠다.

"너무 졸려. 요즘 왜 이러지?"

"긴장이 풀려서 그런 거 아닐까? 마음이 편해져서."

"그런가……."

따뜻한 물이 닿으니 이영의 눈동자가 점점 감겨 왔다. 부쩍 잠이 느니 별생각이 다 들었다. 그녀의 상태가 남들과 다르지 않았더라면 그저 피곤한가 보다고 넘길 수 있었지만, 이영은 언제 기억을 잃을지 모르는 사람이었다.

게다가 의사가 말해 준 전조 증상에 '늘어나는 잠'이 있었다. 그러니 두렵지 않을 수 없었다.

"생각해 본 적 있어?"

"뭐를?"

"눈 떴는데 내가 너를 기억 못 하는 상황."

수도 없이 생각했다. 먼저 잠든 이영의 머리를 쓸어 줄 때마다 생각했다. 그래서 잠자는 게 더 두려웠고, 깨어난 순간에는 그녀의 얼굴을 볼 수 있다는 게 감사했다.

"해 봤지."

"괜찮아?"

"음……. 아주 덤덤하지는 않지."

괜찮지 않았다. 이겨 낼 거고, 감당할 거고, 설명할 거고, 늘 그렇듯 사랑하겠지만, 아직도 생생한 지난 기억 속, 저를 두려워하던 그녀의 눈빛을 또 받아 낼 생각을 하면 한숨이 나는 게 사실이었다.

"기간 얼마나 남았는지 말해 줬어?"

유헌이 조심스럽게 물었다. 그들에게 남겨진 시간이 얼마나 되는지 알고 싶었다.

"1년 정도라고 했어."

"1년?"

"응. 근데 그 진단을 딱 1년 전에 받았어. 그러니까……."

이영은 말을 잇지 못하고 눈을 감았다. 유헌의 질문을 받고 곱씹으니 잠이 늘어난 요즘의 제 상태가 심상치 않았다.

"얼마 안 남았을 거야. 내가 다시 기억 잃어버리는 거."

순간 눈물이 차올랐다. 유헌이 괜찮다며 그녀의 볼을 어루만졌지만, 쉽게 멎지 않았다. 몸의 거품을 다 씻어 내고, 침대로 다시 눕는 순간까지도 눈물이 계속 흘러나왔다.

"괜찮아. 다 괜찮아."

우는 연인을 끌어안은 채 연신 그녀를 달랬다. 어둠이 점점 물러나는 시간이 되어서야 이영이 잠이 들었고, 유헌은 그 뒤로 한참이 지나서야 겨우 눈을 감을 수 있었다.

잠이 들 때까지만 해도 몰랐다. 그들이 말했던 순간이 이렇게나 빨리 찾아올 것이라고는.

"이영아?"

깊게 잠들지 못하는 유헌이 옆으로 손을 뻗었을 때, 이영이 있어야 할 곳이 비어 있었다. 깜짝 놀라 눈을 뜨고 몸을 일으키니, 침대에서 멀찍이 떨어져 벽에 기대 혼란스러워하고 있는 그녀가 있었다.

"이영아, 너 설마……."

당황한 유헌이 빳빳하게 굳었을 때, 잔뜩 두려움에 젖은 눈으로 이영이 물었다.

"제 이름이 이영인가요?"

그 순간, 유헌은 입술을 짓이겼다. 그렇지 않으면 눈물을 참아 낼 자신이 없었다.

상상보다 끔찍했다. 모든 게 증발되어 버린 연인을 다시 마주하는 건.

9

아주 잘 해낼 거라고 생각했는데, 막상 마주하게 되니 몸이 굳었다. 재빨리 옷을 걸친 유헌은 차근차근 설명을 이어 나갔다.

우선 서이영이라는 그녀의 이름, 나이, 직업 같은 기본적인 사항을 전했다. 그다음에는 유헌에 대해 설명했다. 그의 이름, 나이, 직업, 그리고 그들의 관계. 왜 바다가 보이는 이곳에서 함께 누워 있었는지도 이야기했다.

"그럼 우린 연인인가요?"

유헌이 고개를 끄덕였다. 아주 많이 사랑한 사이라고, 아주 오래도록 서로의 옆에 있었다고 덧붙이고 싶었으나, 이영의 얼굴에 앉은 혼란이 너무 커서 차마 말할 수 없었다.

"가방에 다이어리 있을 거야. 거기에 많이 적어 놨다고 했어.

일단 그거 읽고, 집에 노트북 있는데 거기에 그동안 어떤 일이 있었는지…….”

“왜 나는 아무런 기억이 안 나요? 병이라도 있어요?”

달라진 말투가 유독 가슴에 박혔다. 다정함이 사라지고 두려움만 가득한 목소리가 무척이나 아팠다.

“기억 상실증이야. 5년 전에 교통사고가 났는데, 그 여파로 뇌를 다쳐서 기억이 계속 날아간대. 평생 저장할 수 있는 장치가 고장 나서.”

이영이 입을 막았다. 유헌이 어떤 말을 쏟아 내도 온전히 받아들이지 못하는 게 보였다.

“일단 집으로 가자. 가면 다 있으니까, 거기서 확인하는 게 나을 거야.”

그를 바라보는 이영의 얼굴에는 여전히 의심이 있었다. 난생처음 보는 남자와 한 침대에서 눈을 떴는데, 다짜고짜 기억 상실증이 원인이라 하니 당연한 일이었다.

“여기 앉아 있어. 내가 다 챙길게.”

그러나 지금으로서는 유헌 외에는 아무도 그녀에 대해 전해 주는 사람이 없었다. 이영은 멍한 눈으로 침대에 걸터앉았다.

유헌이 바쁘게 움직이며 적은 짐을 챙기고 그녀를 데리고 밖으로 나갔다. 어서 집에 돌아가야 한다는 생각밖에 들지 않았다. 그새 몸에 배어 버려 자연스레 그녀의 손을 잡으려 했으나, 이영이 화들짝 놀라는 바람에 정신이 번쩍 들었다.

"미안. 미안해요. 미안해."

놀란 건 그도 마찬가지였지만, 백지가 된 이영과는 비교할 수 없었다. 조심스럽게 그녀를 차에 태우고, 할 수 있는 선에서 최대한 빠르게 달렸다.

대화와 웃음소리가 끊이지 않던 차 안은 언제 그랬냐는 듯 정적만이 가득했다.

이영은 창밖에 시선을 고정하고 조금도 움직이지 않았다. 지금의 상황 자체를 받아들이지 못했다. 머릿속이 잔뜩 엉킨 게 보였다.

유헌은 한숨을 쉬지 않기 위해 무던히도 애썼다. 불과 몇 시간 전까지만 해도 함께 사랑을 나눴다는 사실이 믿겨지지 않았다. 이렇게나 갑작스럽게, 이렇게나 당황스러운 상황에서 기억을 잃을 거라고는 그 또한 예상하지 못했다.

"여기가 집이야. 노트북 갖다 줄게. 거기 보면 알 거야."

이영의 움직임은 무척이나 부자연스러웠다. 그녀가 아끼던 것들을 모두 처음 보는 것처럼 바라봤다. 그녀가 아끼던 소파, 그녀가 아끼던 램프, 그녀가 아끼던 그림, 그녀가 아끼던 러그를 보던 따뜻한 시선이 전부 사라졌다.

"비밀번호는 손목에 있는 타투 보면 돼. 그거 넣으면 된댔어."

짐을 한구석에 던져 놓고 바로 이영의 노트북을 안겨 줬다. 여전히 멍한 그녀의 손이 덜덜 떨렸다.

당장이라도 손을 뻗어 잡고 싶고, 다 괜찮으니 걱정 말라며 안

아 주고 싶었다. 그러나 지금의 이영에게 그는 그저 낯선 남자였
다. 기다려야 했다.

이영은 천천히 노트북을 열고 손목을 보며 비밀번호를 입력했
다. 몇 번 소리가 나더니 천천히 그 안에 있는 기록을 살폈다. 그
저 숨죽인 채로 화면에 가득 찬 글자들을 읽어 내려갔다. 유헌은
멀찍이 떨어져 그 과정을 지켜봤다.

"저기……. 이유헌 씨라고 하셨죠."

유헌이 곧장 자리에서 일어나 그녀에게로 다가갔다. 존댓말도,
이름을 낯설어하는 모습도 가슴을 후볐지만, 하나하나 연연할 시
간이 없었다.

"병원 좀 데려다주시겠어요? 바로 병원으로 가라고 되어 있어
서."

머뭇거릴 틈도 없이 병원으로 향했다. 병원에서는 '서이영'이
라는 이름 세 글자를 듣자마자 그녀를 의사 앞으로 데려갔다.

"저 혼자 갈게요."

"괜찮겠어? 아, 그리고 말 놔도 돼. 우리 원래……."

"천천히요. 일단 혼자 다녀올게요."

이영은 경계를 늦추지 않았다. 그녀가 노트북을 켜고 가장 처
음 마주한 문장이 '이유헌이라는 사람을 믿어라'였지만, 잔뜩 뻗
은 가시를 한 번에 잠재우기에는 부족했다.

"기다리고 있었습니다."

진료실 안으로 들어가니 중후한 의사가 이영을 맞았다.

"저는 지난 5년간 서이영 씨 주치의였던 박경민입니다. 기억
안 나시죠?"

"……네. 정말 하나도 안 나요."

이상하게 의사를 마주하니 왈칵 눈물이 났다. 아침에 눈을 떴
을 때부터 참을 수 없는 두통이 찾아왔다. 깨질 듯한 두통이 가시
고 나니 새하얘진 머릿속이 그녀를 혼란스럽게 했다. 아무것도 생
각나지 않았다.

그녀가 누구인지도 알 수 없었고, 눈을 뜬 이곳이 어디인지도
알 수 없었다. 처음 보는 남자가 그녀 옆에서 자고 있는 상황 또
한 납득하기 힘들었다.

"아침에 눈을 떴는데, 제 이름도 생각이 안 나고 그냥 아무것
도 생각이 안 났어요. 정말 아무것도요."

"이전에 기록해 두신 건 확인하셨나요?"

"조금요. 거기에 바로 병원으로 가라고 적혀 있어서 왔어요."

"혼자 오셨나요?"

"아니요. 같이 있는 사람이 있었어요. 그 사람이랑 같이 왔는
데……. 너무……."

당황스러움이 가득하던 유헌의 얼굴을 떠올렸다. 이영이 두려
워하는 모습을 보자마자 잘생긴 얼굴에 어둠이 드리웠다. 그는 어
떻게든 그녀에게 상황을 설명하려고 했다. 계속 이영의 주위를 맴
돌며 쩔쩔맸다.

나쁜 사람은 아니겠다 싶고, 과거의 이영이 적어 놓은 기록에

도 유헌을 믿으라 적혀 있으니 두려워할 이유가 없었다. 그러나 단번에 세상이 하얘진 이영으로서는 어떤 조언도 바로 받아들일 수 없었다.

"뭐든 믿기 힘든 상황이시죠. 천천히 시작합시다. 이영 씨께서 어떤 병을 앓고 계시는지부터 차근차근 설명해 드릴게요."

의사는 자세하게 그녀의 병에 대해 설명했다. 5년 전의 사고가 뇌를 어떻게 망가뜨렸는지, 그래서 앞으로 어떤 삶을 살아가게 될지, 조심스럽게 전달했다.

"완전히 나을 가능성은 없는 건가요?"

"백방으로 찾아보고 있습니다만, 현재로서는 기억을 잃는 속도를 둔화시키는 정도밖에 할 수 있는 일이 없습니다."

"그럼 제가 1년이 아니라 그것보다 더 빨리 기억이 사라질 수도 있는 건가요?"

"네. 아마 점점 짧아질 겁니다. 약이 잘 들어서 기간이 더 늘어날 가능성도 있지만, 희박합니다."

이영이 눈을 감았다. 절망적이었다. 지금부터 기억을 쌓아도 1년 후면 다시 기억이 사라진다는 사실을 어떻게 받아들여야 할지 알 수 없었다.

"상황이 어떻게 변할지 모르니 하루하루를 최대한 자세하게 적어 두세요. 그래야 혼란이 덜할 겁니다."

눈동자가 점점 비어 갔다. 침묵 속에 자리를 지키다 겨우 고개를 끄덕였다.

"약을 조금 늘려 보죠. 효과가 있을 수 있습니다. 스트레스에 취약하니 조심하시고, 술은 절대 드시면 안 돼요. 그 외에도 주의할 만한 것들 정리해 드릴 테니 꼭 지키셔야 합니다."

진료실 밖으로 나오니 유헌이 대기석에서 벌떡 일어났다. 이영의 눈동자가 흔들렸다.

"의사 선생님이 뭐래? 괜찮대? 더 나빠졌다거나 하는 말은 없지?"

그녀를 바라보는 유헌이 너무도 절박해 보여서, 홀린 듯이 괜찮다며 대답했다. 이상이 있어도 괜찮다 대답해야 할 것처럼, 그의 표정이 너무도 애절했다.

다시 집으로 돌아가는 길에도 아무런 말이 없었다. 유헌이 틈틈이 이영을 살피고, 그녀는 멍하니 창밖만 바라봤다.

안으로 들어가고 나서도 이영은 서재에 틀어박혀 노트북에만 집중했다. 그 안에 담겨 있는 기록을 찬찬히 살폈다. 뭐라고 말을 걸기가 미안할 정도로 몰입한 탓에 유헌만 애가 탔다.

이영은 그녀의 과거를 읽고 또 읽었다. 오랜 시간 공을 들여 살려 낸 기록은 무척이나 생생했다.

"뭐라도 먹어야 할 것 같아서. 가볍게 만들었는데 안 먹을래? 오늘 하루 종일 아무것도 안 먹었잖아."

늦은 밤이 되어서야 유헌은 겨우 말을 걸 수 있었다. 이영이 여전히 과거의 기록들을 읽고 있었으나, 하루 내내 아무것도 먹지 않은 그녀가 걱정돼 참을 수가 없었다.

"이것도 안 들어가면 다른……."

"괜찮아. 오늘은 뭐든 먹으면 체할 것 같아서 못 먹겠어."

이영의 존댓말이 사라졌다. 유헌이 놀라 멍해졌다가 다시 표정을 가다듬었다.

"그래도 약 먹어야 하니까 요거트라도 챙겨 줄게."

사라지는 뒷모습에 짙은 한숨이 붙었다. 노트북 안에 있는 기록은 이영의 것이라기보다는 유헌의 것이었다. 열여덟의 기록에 처음으로 모습을 보인 그는 그 이후로도 계속 등장했다.

그녀가 사고를 겪어 처음으로 기억을 잃었다는 스물셋부터 스물여덟까지의 기록을 제외하고는 계속 유헌이 나왔다. 심지어 그가 없는 공백의 기록은 무척이나 단조로웠다.

글을 쓰고, 유럽을 누볐다는 간단한 서술이 전부였다. 유럽에서 보고 느낀 점들이 제법 자세히 적혀 있었으나, 유헌이 나오는 기록의 세세함과는 비교가 되지 않았다.

글자 하나하나에서 애정이 느껴졌다. 특히 가장 최근의 기록에는 유헌과 뭘 했는지만 잔뜩 적혀 있었다. 그와 영화를 보고, 그와 키스를 하고, 그와 몸을 섞고. 온통 '유헌'이라는 이름이 뒤덮었다.

"복숭아 요거튼데, 네가 엄청 좋아하던 거야. 잘 맞을 테니까 이거라도 먹어. 계속 공복이면 속 다 망가지잖아."

요거트가 쟁반에 예쁘게 담겨 내밀어졌다. 잠시 그릇에 머물렀던 눈동자가 뚫어질 듯한 시선이 되어 유헌에게로 옮겨졌다.

"네 얘기밖에 없어."

"응?"

"너랑 같이 있었던 순간들은 내 얘기가 아니라 네 얘기만 써 있는 느낌이야. 네가 뭘 해서 내가 어땠는지, 그것만 잔뜩 적혀 있어."

유헌의 눈동자가 가라앉았다. 이영의 기록의 중심이 그라는 사실이 무척이나 행복하다가도, 어떻게든 그와 관련된 기억과 감정을 잡아 두기 위해 애를 쓴 모습이 보여 가슴이 아팠다.

"기억을 잃기 전의 내가 너를 엄청 사랑하고, 너도 나를 많이 좋아했다는 게 보이는데."

잠시 말에 쉼표가 찍혔다. 서로의 눈동자가 마주쳤을 때, 이영이 기록을 읽는 내내 궁금했던 질문을 던졌다.

"너는 괜찮아?"

궁금했다. 이영이야 모든 게 지워져 남아 있는 게 없다지만, 유헌은 아니었다. 그녀가 글자로 남겨 둔 모든 기록을 머리와 가슴에 품고 있는 사람이었다.

그런데도 슬퍼하거나 좌절하는 기색 없이 오로지 이영만을 살폈다. 그녀가 뭘를 어색해하는지, 뭘를 불편해하는지, 뭘를 걱정하는지를 살폈다. 그 스스로에 대한 걱정은 어디에서도 보이지 않았다.

유헌은 대답 없이 그저 웃었다. 잘생긴 얼굴이 부각되는 근사한 웃음이었다. 그러나 슬픔이 가득 밴 웃음이기도 했다. 많은 감정을 참아 내는 게 보였다.

"괜찮아. 믿으니까."

잠기는 목소리를 겨우 가다듬고 내뱉은 대답은 제법 단호했다.

"너무 늦게까지 보지 말고 꼭 자. 침실은 나와서 왼쪽으로 가면 있어. 혹시 뭐 필요하면 꼭 말해. 나는 침실 맞은편 방에 있을게."

불과 하루 전까지만 해도 같은 침대에서 몸을 섞었고, 이영이 글자로나마 둘의 관계를 이해했지만, 그렇다고 해서 어색함과 불편함이 가신 건 아니었다.

유헌은 이영을 몰아붙이고 싶지 않았다. 그러기에는 그녀가 지금 감당해 내고 있는 혼란스러움이 지나치게 컸다. 끌어안고 싶고, 딱 붙어 수많은 감정을 속삭이고 싶은 욕심이 차올랐으나, 그녀를 위해 참아야 했다.

"잘 자."

부드러운 인사말이 서재를 채웠다. 이영은 뭐라 답하지 못하고 작게 고개를 끄덕였다. 그 모습을 확인하고 나서야 유헌이 문을 닫았다.

이영은 사라진 그의 잔상을 되새겼다. 돌아서는 뒷모습이 유난히 작아 보였다. 노트북에 있는 가장 마지막 날의 일기를 다시 읽은 그녀는 천천히 그가 알려 준 방으로 다가갔다. 문이 살짝 열려 있었다.

조심스럽게 틈 사이를 엿봤다. 그녀가 보이지 않을 때의 유헌이 궁금했다. 겨울이 부쩍 다가와 날이 찬데도, 커다란 창을 활짝 열어 놓고 있었다. 창문 앞에 선 유헌은 한참이나 멍하니 밖을 바라보다 담배를 꺼내 들었다.

곁으로 다가올 때도, 짧게나마 함께 있을 때도, 담배 냄새는 물론이고 흔적도 찾아볼 수 없었기에 꽤 놀라웠다. 이영이 본 기록에서도 유헌의 담배에 대한 기록은 없었다.

그는 자연스럽게 담배에 불을 붙였다. 길게 빨아들이고, 길게 내뱉었다. 그 과정이 느리게 오래도록 반복됐다. 그러다 꽁초가 되면 새 담배를 꺼내 다시 불을 붙였다. 줄담배가 한참이나 이어졌다.

불을 끄고도 오랫동안 찬바람을 맞던 그는 창문을 닫고 나서 그대로 무너졌다. 바닥에 주저앉은 그는 그제야 얼굴을 가리고 울었다. 소리가 새어 나가지 않도록 안간힘을 쓰는 모습이 안쓰러웠다.

이영은 계속해서 우는 그를 바라보다 천천히 돌아서 침실로 향했다. 그녀 또한 베개에 얼굴을 묻고 울었다. 서러울 이유가 너무도 많아 딱 하나를 꼽을 수 없었으나, 무너져 울던 유헌의 모습이 유독 짙게 남았다.

이영과 유헌 모두에게 힘든 밤이었다.

"일어났어?"

통통 부은 눈을 겨우 진정시켰다. 한숨도 자지 못한 붉은 눈으로 침실 밖을 나가니, 유헌이 이미 깨 있었다. 그는 아주 능숙하게 주방에서 아침을 준비했다. 일어난 이영을 맞는 움직임도 자연스러웠다. 어제 훔쳐본 눈물의 흔적은 어디에도 없었다.

"배고프지. 얼른 먹자."

보기 좋게 장식된 아침이 꽤나 화려했다. 예전부터 이영이 좋아하던 서양식 아침이었다. 빵이라면 사족을 못 쓰는 탓에, 매일 아침에는 빵이 빠지지 않았다. 과거의 그녀가 적은 기록에도 남아 있는 내용이었다.

"아참, 내가 깜빡하고 안에 있는 건포도……."

유헌이 말을 하기도 전에 이영이 먼저 빵을 베어 물었다. 바로 혀에 닿아 오는 건포도 맛에 그녀의 얼굴이 구겨졌다.

"나 건포도 안 좋아해?"

"엄청."

대답하는 얼굴에 장난기가 가득했다. 이영은 입에 남은 맛을 지워 내려 커피를 벌컥벌컥 들이켰다.

"안 뜨거워? 아직 안 식었을 텐데."

"건포도 맛이 너무 싫어서."

따라온 대답에 유헌이 한참을 웃었다. 아무리 기억을 잃어도 여전한 취향이 참 신기했다. 그에게는 참 소중한 일이었다.

"또 싫어하는 거 뭐 있어?"

"계피랑 생강. 향 진한 거 별로 안 좋아해."

머뭇거림 없이 바로 대답이 튀어나왔다. 이영 스스로보다 그녀를 잘 알고 있는 모습에 괜히 얼굴이 붉어졌다.

"좋아하는 건?"

"일단 빵이라면 무조건 먹고 봐야 되고, 파스타도 좋아하고. 생각해 보니까 밀가루 음식이면 다 좋아하네."

누가 보면 이영이 아니라 유헌의 기호를 말하는 중이라 생각될 정도로 자연스러웠다. 오랜 시간과 관심이 만들어 낸 익숙함이었다.

"땅콩은 알레르기 있어서 아예 못 먹어. 살짝이라도 먹으면 두드러기 올라와서."

절대 먹지 말라며 경고하는 목소리도 다정했다. 당부를 듣던 이영이 유헌을 빤히 바라봤다.

"중요한 건 다 적어 놨다고 나한테 자랑이란 자랑은 다 하더니, 엄청 허술했네. 그런 것도 안 적어 두고."

남들보다 낮은 목소리가 듣기 좋았다. 경계심을 풀고 가까이서 마주하니, 왜 과거의 이영이 그토록 목을 맸는지 이해가 갔다.

누가 봐도 사랑하는 이의 눈이었다. 처음 보는 이도 단번에 알수 있을 만큼 눈에 감정이 묻어났다.

"오늘도 계속 서재에 있을 거야?"

"아마도."

"그래. 필요한 거 있으면 언제든지 말해."

눈빛만 보면 당장이라도 이영에게 달려와 그녀를 껴안을 기세인데, 막상 행동을 보면 그녀와 거리를 뒀다. 기억을 잃기 전의 그녀와 연인이었다는 이유로 무작정 달려들지 않았다.

"눈에서 티 나."

"응? 뭐가?"

"엄청 가까이 오고 싶어 하는 거."

유헌의 얼굴이 붉어졌다. 나름 잘 숨기고 있다고 생각했는데, 보기 좋게 걸려 버렸다. 머쓱한 얼굴의 눈동자가 방향을 잃고 흔들렸다.

"부담스럽지. 미안. 절대 일부러 그러는 건……."

"됐어. 그런 것도 숨길 수 있으면 안 믿었을 거야."

이영의 목소리가 단호했다. 충분히 의심할 수 있는 상황에서 그를 밀어 내고 있지 않은 건, 순전히 그의 눈 때문이었다. 기록에 남겨진 애정도 있었지만, 그녀를 바라볼 때 보이는 유헌의 눈이 더 신뢰가 갔다.

"왜 안 밀어붙여? 사랑하는 사이였다고 그냥 무작정 들이댈 수도 있을 텐데."

애초에 기억이 사라지고 처음 마주했을 때부터 옷을 입지 않고 있던 사이였다. 어디를 둘러봐도 깊은 사이라는 흔적이 가득했다. 그럼에도 유헌은 그저 기다렸다. 이영이 당장 무섭다며 집을 나선다고 해도 막지 않을 것처럼, 그녀가 원하는 만큼 거리를 뒀다.

"당연한 거니까. 네가 아직 나에 대한 감정을 확실하게 정리 안 했는데 거기서 무작정 들이대면 그건 치한이지."

물을 만한 질문이 아니라는 듯, 당연한 일이라며 유헌이 단호하게 답했다. 왜 묻는지 모르겠다는 얼굴이었다.

"아쉽지 않아? 당장 그저께까지만 해도 그렇게나 딱 붙어 있었는데, 지금 이렇게 된 거?"

일기를 보면 서로에게 붙어 있지 않은 날이 없었다. 이영의 하루는 유헌의 품 안에서 시작해 그의 품 안에서 끝이 났다. 하루의 1분 1초에 그가 새겨져 있었다.

"아쉽지. 근데 그만큼 믿어."

"내가 다시 너를 사랑하게 될 거라고?"

"응."

무척이나 확신에 찬 대답이었다. 지구는 둥그냐는 당연한 질문에 대답하기라도 하듯이, 일말의 의심도 없었다.

그 단호함이 이영의 심장을 뛰게 했다. 감각을 느끼자마자 서둘러 서재 안으로 들어갔다. 기억을 잃은 게 고작 하루인데, 혼란스러움도 잠시 그에게 다시 빠져드는 스스로가 당황스러웠다.

이영은 서재에서 그녀가 썼다는 책을 계속 읽었고, 유헌은 서재의 문이 보이는 거실 소파에 앉아 그곳만 바라봤다. 그런 식으로 며칠이 갔다. 함께 식사를 하고, 짧은 대화를 나눴지만 그게 전부였다. 유헌은 멀찍이 이영을 지켜보고, 이영은 서재에서 생각을 정리하며 기록을 살폈다.

몇 번이고 과거의 기억을 읽고 또 읽은 이영은 밖으로 나와 집 곳곳에 붙어 있는 메모지를 확인했다. 옮겨진 시선은 유헌과 집을 합치면서 가져온 사진들에 오래 머물렀다.

"엄청 어리네."

장을 보러 간다며 유헌이 집을 비운 상태였다. 이영은 장식장을 열어 액자 하나하나를 매만졌다. 이전에 유헌의 집에서 보고 놀랐던 고등학생 때의 사진이었다. 그때의 기억이 없는 이영으로서는 앳된 모습의 둘이 마냥 신기했다.

사진 속의 둘은 무척이나 행복해 보였다. 서로에게 붙어 있으려 안달이 난 게 보이기도 했고, 옆에 있다는 이유로 세상을 다 가진 표정을 짓고 있었다. 손을 잡고 있는 사진, 껴안고 있는 사진, 입을 맞추고 있는 사진도 있었다.

누가 봐도 서로를 넘치게 사랑하는 연인이었다. 이 기억이 없다는 게 야속해질 정도로, 사진 속의 유헌과 이영은 참 행복해 보였다.

"어? 낮잠 자는 줄 알았더니, 일어났어?"

하염없이 사진만 보고 있을 때, 유헌이 집으로 돌아왔다.

"배 안 고파? 저녁 먹을래?"

이영을 기다리고 있는 유헌은 거리는 잘 두면서도 정작 다가가는 데는 서툴렀다. 혹시 이영이 불편해할까 몸을 사리는 탓에, 먼저 건네는 말이라고는 죄다 밥 이야기였다. 참 한결같은 모습에 이영이 피식 웃고 말았다.

"와. 웃었다."

기억을 다시 잃고 난 후에 처음 있는 일이었다. 그 이후로는 한 번도 유헌으로 인해 이영이 웃었던 적이 없었다. 분위기가 괜찮아질 때쯤이면 이영이 냅다 서재로 도망간 탓에 제대로 가까워졌다 싶은 순간이 없었다.

"아, 너무 오랜만이라……."

생각이 그대로 입 밖으로 흘러나온 게 당황스러웠다. 서둘러 가려 보려 했으나 이미 이영의 웃음보가 터진 후였다. 유헌은 그 모습을 한참이나 넋을 놓고 바라봤다. 환하게 웃는 그녀가 미치도록 그리웠다.

"책도 다 읽었어. 예전에 써 놓은 일기들도 다 봤고. 여기 있는 사진이랑 장식품도 다 보고."

그는 조용히 숨을 죽이고 이영에게 집중했다. 훨씬 편해진 그녀의 한 마디, 한 마디가 엄청난 위로가 되어 유헌을 토닥였다.

"이제야 조금 정리가 돼. 내가 누군지, 너는 누군지, 우린 어떤 사이인지. 근데 아직도 내가 뭘 어떻게 해야 하는지는 잘 모르겠어."

무척이나 솔직한 말이었다. 아직은 불안함이 남아 있었다. 유헌은 천천히 그녀에게 다가갔다. 이영의 커다란 눈이 그를 올려다봤다.

"시간이 알려 줄 거야. 하고 싶은 대로 하면 돼."

유헌의 마음 같아서는 당장 부드럽게 볼을 그러쥐고 입을 맞추고 싶었다. 다시 안아 달라고 조르고 싶었고, 다시 매달려 달라고 속삭이고 싶었다. 그가 생각했던 것보다 훨씬 조바심이 났다.

"너는 지금 어떻게 하고 싶은데?"

그는 대답하지 못했다. 이전처럼 그냥 웃어 보이기만 했다. 차마 속마음을 말할 수는 없었다. 이영에게 부담이 될까 두려웠다.

"그럼 내가 하고 싶은 대로 해 봐도 돼?"

"응. 뭐든지."

곧장 이영의 입술이 유헌에게로 포개졌다. 큰 키를 따라잡느라 발등이 들렸다. 전혀 예상치 못한 온기에 유헌의 온몸이 굳었다. 그러나 그것도 잠시뿐이었다. 자연스럽게 이영의 허리에 팔을 감고 그녀의 입술을 벌렸다.

금세 혀가 섞였다. 몸이 기억하는 감각은 아무런 어색함 없이 서로를 엮이게 했다.

"궁금했어. 어떤 느낌이 드는지."

딱 붙었던 몸이 살짝 멀어졌을 때, 이영이 속삭였다. 번들거리는 입술이 무척이나 자극적이었다.

"분명 내가 누군지도 기억이 안 나는데, 꼭 너에 대한 뭔가가 남아 있는 느낌이 계속 들었거든. 처음엔 너무 혼란스러워서 몰랐고, 예전에 내가 써 놓은 거 읽을수록 그런 생각이 들었어."

본인의 정체성마저 잃었으면서, 이상하게 유헌에 대한 감정은 익숙하게 피어올랐다. 일기에 적힌 과거의 이영은 그녀의 감정이 날아갈까 무척이나 두려워했다.

그녀가 유헌을 미친 듯이 사랑했던 사실을 잊을까 봐, 그로 인해 울고 웃었던 수많은 조각들을 전부 잃게 될까 봐 걱정했다. 그러나 이영의 우려와 다르게, 유헌을 볼 때마다 내재된 감정이 하나둘씩 깨어났다.

유헌이 이영을 내내 살핀 것만큼이나 이영 역시 유헌을 계속 살폈다. 이 세상에서 오로지 이영만 보이는 사람처럼 구는 그를 받아들이지 않는 일은 불가능했다.

"뭐라도 이렇게 남아 있어서 다행이다 싶은데, 그냥…… 그냥 다 혼란스러워. 모든 게 다 섞이는 기분이야. 지금 이게 뭔지 대체……."

"괜찮아. 천천히 해도 돼. 다 괜찮아. 아주 느려도 돼, 이영아."

넓은 품에 그녀가 갇혔다. 익숙한 온기가 닿으니 마법처럼 조바심이 사라졌다. 생각으로 가득 찼던 머릿속마저 비어 갔다.

"억지로 빨리 해결하려고 하지 않아도 돼. 서두를 필요 없어."

유헌은 그녀를 품에 안고 내내 토닥였다. 몸에 익은 감각이 금세 눈물을 만들어 냈다. 이영은 그의 옷이 젖어 버릴 때까지 계속 울었다. 왜 이렇게 우는지 모르겠다며 당황했지만, 유헌은 다 괜찮다며 가만히 그녀를 안고 있었다.

"우유 덥혀서 갖다 줄까?"

"아니. 그냥 이러고 있을래."

하도 울어 진이 빠진 이영을 소파에 앉혔다. 뭐라도 갖다 줄까 움직이려 하면, 이영의 작은 손이 유헌의 옷깃을 잡고 늘어졌다.

"이상하지 않아?"

"뭐가?"

"기억을 잃은 지 얼마 안 된 애가 그래도 너는 기억나는 것 같다고 이렇게 다짜고짜 키스하고 하는 거."

"하나도 안 이상하고 좋은데. 난 네가 눈 뜨자마자 나한테 키스할 거라고 생각했거든."

일부러 과장된 말투로 한껏 부풀리니 그제야 그녀가 웃었다.

"시간이 지나면 나아질까?"

"어색한 느낌?"

"응. 혼란스러운 거."

"그럼. 나아질 거야. 추억은 다시 쌓으면 그만이잖아. 괜찮아."

이후로는 말이 없었다. 이영은 유헌의 품에 안겨 온기만 느끼다 잠이 들었고, 유헌은 그런 그녀를 한참이나 안고 있었다. 그녀를 안고 있는 것만으로도 마음이 녹았다.

아무리 맡아도 갈증이 나는 체향을 오래도록 들이켠 뒤, 그녀를 침대에 눕혔다. 맞닿았던 온기가 사라지니 유독 몸이 시렸다.

편안히 자고 있는 그녀를 확인한 뒤, 유헌은 또 담배를 물었다. 작은방에서 커다란 창을 열어 놓고 줄담배를 피우는 게 새로운 일상이 되어 버렸다.

허공에 흩어지는 담배 연기에 생각을 담아 흘려보내면, 조금이나마 머릿속이 맑아졌다. 너무 갑작스럽게 찾아온 연인의 기억 상실에 대한 혼란스러움도 사라졌고, 이영에 대한 걱정도 조금이나마 옅어졌다.

다만 담배가 꺼지고 나면, 멀어졌던 생각이 잔뜩 엉켜 한 번에 유헌을 덮쳤다. 매번 맞서 보려 했으나, 고통이 너무 컸다. 그는 도망가는 법을 선택했고, 그 방법은 술이었다.

"술 마시려고?"

"어? 깼어? 잠든 지 얼마 안 됐잖아."

"다시 잠이 안 와. 자기도 싫고."

와인과 잔을 꺼낸 순간, 이영이 그에게로 다가왔다. 침대에 누힌 지 얼마 지나지 않은 시간이었다.

"잠깐만, 이거 넣고……."

"왜 넣어. 마시려고 했던 거 아니야? 그냥 마셔. 괜찮아."

"넌 못 마시잖아. 못 마시는 사람 앞에서 신나게 들이켜는 악취미 없어."

"난 기분만 내면 되니까 포도 주스만 한 잔 줘."

이영이 싱긋 웃었다. 와인을 정리하려던 유헌마저도 피식 웃고 말았다.

"내가 미안해져서 그래."

"뭐가 미안해. 내가 술 마실 생각을 안 하는데."

결국 유헌이 와인 잔 두 개에 같은 색의 다른 음료를 채웠다. 이영이 유독 좋아하던 치즈가 안주였다. 보랏빛 액체를 올려놓고 마주 보니, 저무는 해가 만들어 내는 붉은빛이 집을 가득 채웠다.

"술 좋아해? 기록에 그런 말은 없던데."

"너 안 보는 사이에 많이 늘었어."

"나랑 헤어져 있는 동안에?"

"응. 그때 좀 마셨지."

두 잔이 부딪쳤다. 알싸한 향이 유헌의 혀를 자극하는 동안, 달기만 한 맛이 이영을 휘감았다. 그녀는 신기한 눈으로 유헌을 바라봤다. 어디에도 적혀 있지 않은 새로운 그의 모습이 꽤나 흥미로웠다.

과거의 누구도 알지 못한 유헌을 알아낸 기분이었다. 꼭 과거의 자신을 경쟁자로 여기는 기분이 들어 불쾌했지만, 찰나였다.

"갑자기 와인은 왜 찾은 거야?"

"그냥. 마시고 싶어서."

"왜 마시고 싶었는데?"

기억을 잃어버린 이영은 궁금한 점을 넘어가지 않았다. 모든 물음표가 기억의 조각이었기에, 조금도 놓칠 수 없었다.

"이것저것 생각이 많아질 때는 술이 도움이 되더라고."

왜 생각이 많냐는 물음은 따라오지 않았다. 혀끝에 맴돌았으나, 웃음 너머에 있는 슬픔이 오늘따라 유독 짙어 차마 물을 수 없었다.

"담배는 언제 배웠어?"

"피우는 거 봤어?"

술에 대한 궁금증은 담배로 이어졌다. 기억을 잃은 첫날 봤던 줄담배가 계속 잔상으로 남았다.

반면 유헌은 화들짝 놀라 이영을 바라봤다. 그녀 앞에서는 대놓고 담배를 피운 적이 없어 알아채리라 생각지 못했다.

"줄담배던데."

"······들켰네."

머쓱함이 얼굴에 남았다. 이영은 살짝 웃고는 눈으로 다시 이유를 물었다.

"비슷한 이유로. 이것저것 생각 많을 때 담배 피우면 좀 낫거든."

"똑같이 나랑 헤어졌을 때 배웠어? 아무 데도 안 써 있어."

"응. 그때 배웠어."

"나쁜 건 다 그때 배웠네."

엷은 웃음이 둘 사이로 흘렀다. 술이고, 담배고 뭐든 매달리지 않으면 버틸 수 없는 시간이었다. 몸이 전부라는 운동선수도 그만뒀으니 두려울 것도 없었다. 갑작스런 음주와 흡연은 그의 시간이 얼마나 고통스러웠는지 보여 주는 방증이었고, 이영은 그 점을 놓치지 않았다.

"밉지 않았어?"

"누가? 너?"

"응. 나 때문에 술도 마시고, 담배도 피우고."

"그런 걸로 너를 왜 미워해."

"그런 거에 크게 연연해 하지 않아도 되는 상황을 만든 것도 결국 나잖아."

술과 담배가 문제냐며 흘러나왔던 웃음은 이내 씁쓸한 표정으로 바뀌었다. 기억이 사라졌다 한들, 모든 기록을 읽은 이영이었다. 과거의 이영이든, 현재의 이영이든, 그녀는 잃어버린 유헌의 손목으로부터 자유로울 수 없었다. 아무리 생각해도, 아무리 읽어봐도 그녀가 원인이었다.

"운동이야 어쨌든 그만뒀을 일인걸. 그리고 정말 네 잘못 아니야. 네가 한 게 아니잖아."

"사격은 다른 종목에 비해 수명이 길잖아. 내가 직접 한 건 아니지만 나랑 안 만났으면 네가 그렇게 될 이유도 없었으니까 내 탓도 있는 거 맞지."

"이영아."

"나만 안 만났으면 지금도 계속 선수 생활 하고 있을 텐데, 어떻게 내가 아무런 잘못이 없어."

손에 쥐고 있던 잔이 테이블에 닿았다. 유헌은 그 어느 때보다 단호한 표정으로 이영을 바라봤다.

"너 안 만났으면 거기까지 가지도 않았어. 기록에 안 써 있어? 내가 왜 사격 열심히 하게 됐는지?"

이영은 아무런 반응도 하지 않고 차분한 얼굴로 유헌을 바라봤다. 뭐라 입을 열 수 없었다.

"후원 행사에서 너를 처음 보고 반해 버려서 하루 온종일 학교에서 너한테 찝쩍대는데, 학교 애들이 다 수군거리는 거야. 고아 새끼가 국회의원 딸한테 수작 부린다고."

적나라한 단어에 이영의 눈동자가 커졌다. 그러나 유헌은 계속해서 말을 이었다.

"고아라고 뒷말 나오는 거야 유치원 때부터 시달렸던 거니 상 관없는데, 소문이 점점 너한테까지 이상하게 붙었어. 엄청나게 거 슬렸지. 그래서 어떻게 해야 되나 생각을 해 봤는데, 내가 올라갈 수밖에 없겠더라고."

추억을 되새기던 유헌이 잠시 눈을 감았다. 지금의 이영은 기 억하지 못할 열일곱의 푸르름이 떠올라 코끝이 시큰거렸다.

"그래서 그때부터 열심히 했어. 감독님이 맨날 뭐라고 했거든. 싹이 있는 놈이 열심히 안 해서 성적이 안 나온다고."

"⋯⋯."

"죽기 살기로 매달리니까 성적 나오기 시작하고, 상비군 되고, 국가대표 됐어. 이것저것 운이 따르기도 했지만, 어쨌든 내가 그 렇게 되고 나니까 아무도 고아 새끼가 어쩌고저쩌고 안 하더라."

벌써 십 년도 더 된 이야기였지만, 유헌은 아직 생생하게 기억 했다. 그의 세상이 새로 만들어졌던 때였다. 잊으려 해도 잊을 수 없었다.

"너한테 어울리는 사람이 되고 싶어서 시작했고, 그래서 잠깐 이나마 빛을 본 거야. 근데 그거 다 필요 없어. 나는 그냥 너 하 나면 다 됐던 거니까. 그때도 그랬고, 지금도 그렇고."

이어지는 말이 무척이나 단단했다. 눈빛, 표정, 음성, 그 어디 에도 흔들림이 없었다.

"너 하나 보고 시작한 일에 운이 좋아서 꽤 큰 영광을 얻게 된 거고, 그게 다야. 잃은 거에 대한 아쉬움은 너 하나면 다 채워져.

채워지고도 남아. 그러니까 너 아니면 내가 더 나아졌을 거라던가 하는 얘기는 하지 마. 절대 아니니까."

이영의 시선이 아래로 떨어졌다. 그녀가 읽어서 배우고, 무의식중에 남아 있는 감정의 끈으로 헤아리기에는 유헌의 사랑이 너무도 거대했다.

"단 한 순간도 없어? 나 만난 거 후회한 적?"

"없어. 정말 단 한 순간도."

"나랑 헤어지고 너 그렇게 망가져 갔을 때도?"

떨어져 있던 5년에 대해 유헌이 설명했던 기록을 기억했다. 과거의 이영은 그의 말을 옮기며 분명 이것보다 훨씬 괴로운 일이 많았을 거라 덧붙였다. 그녀를 생각해 줄여 냈을 거라고 확신했다.

그러나 적힌 기록만으로도 충분히 괴로움이 보였다. 자의가 아닌 타의로 헤어진 상황에서 이영을 보지 못해 몸부림치는 유헌의 모습은 누가 봐도 고통스러웠다.

그래서 궁금했다. 그렇게나 힘들었는데도 한 번도 이영을 원망하지 않았을까. 한 번도 후회하지 않았을까.

"원망하지도 않았어?"

"원망해 보려고 했지. 그러면 잊힐까 싶어서."

"그랬는데?"

"안 됐어. 원망이 안 되더라. 오히려 미안해졌지."

단순히 이영이 듣기 좋으라고 하는 말이 아니었다. 그녀와 다시 만났기 때문에 미화시켜 속이는 감정도 아니었다. 이영은 멍하니 유헌을 바라봤다. 그가 품고 있는 사랑의 끝이 보이지 않았다.

"특히 헤어지게 했던 마지막 날은……."

이영에게 솔직하게 전하지 못하고 속으로 품었던 날이 재생됐다. 그날의 잔상은 5년이 지났어도, 유헌을 붙잡는 단단한 후회의 족쇄였다. 그날 돌려보내지만 않았더라면, 하다못해 그렇게 싸우지만 않았더라도 이영의 사고가 나지 않았을 거라고, 유헌은 매번 생각했다.

그러니 원망이 아닌 미안함만 가득 남았다. 유헌의 잘못이 조금도 없는데도, 그는 자책에 자책을 거듭했다. 지난 5년이 더 괴로웠던 이유였다.

"네가 기억을 계속 잃는다는 이유로 멀어질 생각 한 적도 없고, 너랑 헤어지고 나서 너 원망했던 적도 없고, 손목 잃었을 때도 너 만난 거 후회한 적 없어. 그러니까 불안해하지 마. 절대 안 벗어나. 절대로."

과거에 가득한 후회는 이내 지금의 이영에 대한 강한 애달픔으로 바뀌었다. 다시는 그녀와 멀어지고 싶지 않았다. 다시는.

유헌의 간절하고 단호한 다짐을 들으며 이영은 눈을 감았다. 스스로가 원망스러웠다. 이렇게나 커다란 사랑을 받으면서, 주기적으로 기억을 잃어 그에 대한 감정을 잃고 혼란스러워야 한다는 사실이 끔찍했다.

원하지 않더라도 그에게 상처를 줘야 하는 상황이 싫었다. 그가 떠나가리라는 불안함은 없었지만, 그래서 생기는 죄책감이 그녀를 뒤덮었다.

"내가 싫어져."

"그게 무슨 말이야."

"나를 이렇게나 사랑하는 사람한테 계속 상처를 준다는 게 너무 끔찍해."

"누가 그래. 내가 상처 입는다고."

"나는 계속 혼란스러워할 거야. 지금처럼 주기적으로 너를 잃고 혼자 힘들어하겠지. 네가 정말 나를 사랑하는 건가, 내가 사랑하는 사람이 정말 네가 맞을까, 의심하는 과정을 계속 겪어야 하잖아. 너는 그걸 지켜봐야 하고."

결국 이영의 눈이 젖어 갔다. 그간 혼란 속에 감춰 왔던 감정이 드러나니 눈물을 참아 낼 수 없었다.

"너는 나를 그만큼 사랑하고, 기록들을 보나 내 안에 남아 있는 감정을 보나 나도 너를 그만큼 사랑했는데, 기억을 못 하잖아."

"……이영아."

"그래서 계속 의심하게 되는 게 너무 싫어. 내가 마주하고 있는 감정들이 진짠지 생각하게 되는 게 너무 싫어. 그걸 보는 너는……. 너는……."

유헌이 이영의 옆으로 다가가 그녀를 껴안았다. 이영이 자연스레 그의 품으로 파고들었다. 그러지 않고는 버틸 수가 없었다.

"어딜 봐도 내가 너를 사랑하고 있고, 네가 나를 사랑하는데, 그냥 계속 무서웠어. 이게 조작된 거면 어떡하지, 아무리 봐도 진실이 맞는데, 그래도 혹시 모르니까. 그냥 계속 그렇게 하루에도 수십 번씩 혼자 왔다 갔다 하는데……."

"괜찮아. 괜찮아."

이영을 안고 있는 팔에 더 힘이 들어갔다. 그녀를 더 단단히 안아 주고 싶었다.

"너무 미안해서 버틸 수가 없어, 유헌아. 나를 나보다 사랑해 주는 사람이 눈앞에 있는데, 그걸 의심하게 되는 게 너무 싫어. 네가 말하는 기억들, 노트북에 남아 있는 행복한 추억들을 기억 못 하는 나도 너무 싫어. 나도 기억하고 싶은데……. 나도 계속 담아 두고 싶은데……."

울음이 점점 짙어졌다. 유헌의 어깨가 이영의 눈물로 축축하게 젖어 갔다.

"다시 만들어 가면 돼. 네가 다시 잊어도, 다시 또 만들면 되는 거야. 그러니까 그렇게 생각할 필요 없어."

달래는 목소리가 무척이나 다정해서, 이영의 울음이 좀처럼 멈출 수 없었다. 듣기 좋은 낮은 목소리가 계속해서 마음을 건드렸다.

"네가 기억을 잃기 전에 그 기록들을 만들면서 나한테 그랬었어. 어디를 읽어도 내가 너를 사랑하고, 네가 나를 사랑한다고 알 수 있게 해 놨다고."

무너진 이영을 달래다 보니, 유헌의 속마음 역시 흘러나왔다. 그녀가 기억을 다시 잃고 난 뒤 유헌의 머릿속을 덮었던 고민이었다. 줄담배와 와인을 찾은 이유이기도 했다.

"처음에는 그게 마냥 좋았는데, 너 다시 기억 잃어버리고 나서 그게 생각할수록 무서워졌어."

이영이 그녀의 감정을 곳곳에 남겨 두었다는 말을 했을 때는, 아무런 걱정이 없었다. 오히려 안심이 됐다. 어딜 봐도 둘이 사랑했다는 내용이 있으면 백지가 된 그녀가 유헌을 덜 두려워할 거라고 생각했다.

그러나 곱씹을수록 그 사실이 부담이 될까 두려웠다. 모든 것을 잃고 나서 아무런 감정이 생겨나지 않는데, 오로지 그 기록만을 보고 사랑을 '학습' 하게 될까 봐, 너무도 두려웠다.

그건 이영에게도, 유헌에게도 비극이었다.

"네가 나를 사랑하지 않는데 그냥 사랑한다고 외우게 될까 봐. 감정이 없는데 감정이 있는 척 행동하게 될까 봐. 그게 너무 무서웠어."

기록을 머릿속에 새겨 가는 이영을 볼 때마다 생각이 많아졌다. 그래서 키스에 응하고 나서도 온전히 즐길 수 없었다.

"근데 너한테 조금이라도 그렇게 계속 감정의 끈이 남아 있으면, 그래서 그게 느껴지면, 나는 다 괜찮아, 이영아."

그러나 이영의 말을 듣고 나니 그의 머릿속을 뒤덮었던 걱정이 씻겨 내려갔다.

"의심이 들더라도, 이게 맞는 건가 싶더라도, 너한테 가슴 뛰는 감정이 다시 느껴지기만 하면, 나는 그걸로 됐어. 그거 하나면 돼."

유헌의 목소리가 조금씩 가라앉았다. 울컥 차오른 감정이 그의 목소리를 적셨다. 이영은 두 팔을 뻗어 그의 목을 감싸고 더 바짝 매달렸다. 이영의 얇은 허리를 감싼 커다란 팔 역시 그녀를 더 꽉 껴안았다.

"내가 너를 사랑하는 게 변하지 않고, 네가 나를 여전히 사랑해 주기만 한다면, 나는 네가 하루에 한 번씩 기억을 못 하게 된다고 하더라도 다 이겨 낼 자신이 있어."

그는 아무것도 두렵지 않았다. 이영이 그를 사랑하기만 한다면.

"그러니까 무서워하지도, 아파하지도, 미안해하지도 마."

무척이나 위안이 되는 목소리가 이영에게 닿고, 그의 커다란 손이 부드럽게 그녀의 눈물을 훔친 순간, 서로의 입술이 닿았다.

감정을 확인하기 위한 갑작스러운 입맞춤과는 차원이 달랐다. 서로에 대한 마음이 넘쳐흐르는 키스였다.

자연스레 벌어진 입술 틈으로 혀가 얽혔다. 느리게 시작한 움직임은 금세 격해졌다. 유헌은 그녀의 입 안을 한 곳도 빼놓지 않고 유영했다. 이영이 도망가면 놓치지 않고 쫓았고, 그녀가 멈춰 서면 천천히 굴려 그녀를 뛰게 했다.

숨이 차 살짝 멀어지는 것도 잠시였다. 느리게 떠진 눈이 서로에게 닿는 것 역시 찰나였다. 누가 먼저랄 것 없이 다시 눈을 감고 입술을 찾았다. 너무 급해진 나머지 타액이 입술 밖으로 흘러 나와도 아랑곳하지 않았다.

소파에서 멀어진 몸은 본능적으로 침대를 찾았다. 매트리스가 닿자마자 유헌이 이영의 스웨터를 벗겼다. 혹여 그녀가 두려워할 까, 유헌의 손이 잠시 멈췄지만, 이영이 그것을 허락하지 않았다. 더 매달리며 그를 독촉했다.

수도 없이 섞은 몸인데도, 오늘은 더욱 애가 탔다. 어느새 사라 진 옷가지 틈에서 모든 단어들이 뭉개졌다. 그나마 알아들을 수 있던 이름도 금세 사라졌다. 들리는 것이라고는 야릇한 신음과 살 이 부딪치는 소리가 전부였다.

당장 내일 지구가 멸망하는 것처럼, 닿아 있는데도 더 닿고자 애를 썼다. 유헌의 입술이 닿지 않는 곳이 없었고, 여운이 사라져 갈 때쯤이면 다시 흔들리기 시작했다. 온몸이 녹진해져 정신이 아 득할 때까지 살과 살이 닿았다.

목이 다 쉬고, 시트는 이미 질척해진 지 오래였다. 유헌이 숨을 몰아쉬며 멈췄을 때, 이영은 눈도 제대로 뜨지 못할 정도로 온몸 에 힘이 빠진 상태였다.

그 뒤는 여느 때와 똑같았다. 유헌이 지친 이영을 욕실로 안고 가 그녀를 씻기고, 더러워진 시트를 치우고, 다시 그녀를 눕혀 품 에 안고.

셀 수 없이 반복되고, 이어졌던 행위가 다시 온몸의 감각을 덮 으니 눈물이 차올랐다. 유헌은 이미 반쯤 잠이 든 이영을 껴안고 울음을 삼켰다. 다시 잃었던 동안 너무도 그리웠던 새벽이었다.

"숨 막혀."

갈라졌는데도 여린 목소리가 웃음과 섞여 귓가를 간질였다. 유헌은 얼른 팔에 힘을 풀고 이영을 살폈다.

"아팠어?"

"아니. 그냥 너무 꽉 껴안길래. 울었어?"

잠이 쏟아져 시야가 흐릿한데도, 유헌의 붉은 눈이 확연히 들어왔다. 이영은 손을 뻗어 그의 볼을 어루만졌고, 유헌은 그녀의 부드러운 손에 얼굴을 부볐다.

"아니. 안 울었어."

"새빨간데. 거짓말."

"울 뻔했는데, 참았어."

"그냥 울지 왜 참아. 울어도 돼."

유헌은 웃으며 고개를 저었다. 이영의 부드러운 입술이 다시 유헌에게 닿았다 떨어졌다. 수없이 많은 말보다 위로가 되는 짧은 입맞춤이었다.

"사랑해."

입술이 떨어진 순간, 유헌이 속삭였다. 그의 고백이 닿자 이영이 활짝 웃었다. 조금은 젖은 눈이 예쁘게 휘며 다시 그의 입술을 훔쳤다.

"나도."

기저의 불안함을 타고 흘러나온 의심은 그와 살을 섞는 동안 전부 사라졌다. 조금도 남아 있지 않았다. 혹여 이영이 다칠까 온 몸의 신경을 곤두세우고 그녀를 녹여 내는 모습에는 사랑만 가득 했다. 결코 거짓으로 만들어 낼 수 있는 감정이 아니었다.

"나도 많이 사랑해."

기억을 잃고도 다시 피어난 감정을 전하자 유헌이 다시 입을 맞췄다. 다가온 입술에 눈을 감았지만, 이영과 유헌 모두 느꼈다. 그들의 얼굴을 적신 굵은 눈물방울을.

10

"내가 책을 이렇게 많이 썼다는 게 너무 신기해."

"진짜 엄청 많네."

썼던 책을 꽁꽁 감추던 과거의 이영이 사라지고 나니, 그녀는 책장에 꽂힌 책들을 유헌 앞에 쭉 펼쳐 놨다.

이영 스스로도 믿지 못할 만큼 책이 꽤 많았다. 이유 모를 공허함을 달래기 위해 글에 매달린 결과였다. 게다가 책 제목을 검색하면 후기만 수백 페이지가 뜰 정도로 엄청난 베스트셀러였다. 대부분의 책이 그랬다.

"들어 봤어? 하나라도?"

"뉴스를 아예 안 보고 살아서 모르겠어. 좀 보고 살걸."

유헌이 진심으로 아쉬워했다. 세상 이야기를 접하고 나면 이영에 대한 생각이 더 짙어져 죄다 끊어 냈다. TV며 라디오며 뭐 하나 제대로 본 게 없었다. 그러니 그녀의 책이 아무리 유명했다 한들, 유헌이 알 리 만무했다.

"전부 잘 팔린 거 보면 재능이 있는 것 같지?"

"당연하지."

물어볼 가치도 없는 질문이라는 듯, 곧장 대답이 따랐다. 유헌의 입술이 이영의 이마에 내려앉았다.

"글을 다 읽어 봤는데, 되게 신기해."

"어떤 게?"

"사랑 얘기에 나오는 남자 주인공들에 대한 묘사가 거의 똑같아."

"그래?"

"응. 그리고 너 닮았어."

넓은 어깨, 커다란 키, 남들보다 훨씬 넓은 품, 뚜렷한 이목구비, 웃을 때 예쁘게 접히는 눈, 얼굴을 다 감쌀 수 있는 큰 손. 어디 하나 유헌이 아닌 설명이 없었다.

"기억을 잃고 나서 쓴 건데 이렇게 가득해. 신기하지."

유헌이 고개를 끄덕였다. 올라가는 입꼬리를 감출 수 없었다. 기억을 전부 잃었는데도, 어딘가 깊은 곳에 그를 내내 품고 있었다는 듯, 유헌이 생각나는 특징들을 다 써 놓은 게 마냥 행복했다.

"내가 너를 너무 사랑하나 봐."

"내가 더 사랑해."

유치한 싸움이었다. 서로를 향한 마음이 누가 더 큰지 겨루던 실랑이는 금세 입맞춤으로 변했다. 요즘 유헌과 이영의 일상이었다. 아침에 눈을 뜨고, 여느 때와 같은 일상을 보내고 나면, 커다란 소파에 기댄 채로 이런저런 얘기를 하다 수시로 입을 맞췄다. 하루도 몸을 섞지 않는 날이 없을 정도로 서로를 갈구하기도 했다.

"근데 사랑 얘기 아니어도 너에 대한 거 또 나와."

"정말? 설마 악당으로 나오는 거 아니야?"

"어떻게 알았어?"

"진짜?"

장난에 걸려든 유헌의 얼굴이 시무룩해졌다. 이영은 크게 웃으며 고개를 저었다.

"아니야. 내가 어떻게 그러겠어."

펼치고 있던 책을 내려놓고, 이영이 유헌에게로 바짝 다가갔다.

"사랑 얘기가 아니더라도 유독 멋있게 그려지는 매력적인 캐릭터가 나오면, 다 너랑 닮았어. 외형이 너에 대한 설명이거나, 아니면 성격이 너랑 비슷하거나."

"날 잡고 한번 읽어 봐야겠네."

이영이 전해 준 사실이 너무도 좋아서 유헌의 얼굴에서 웃음이 가시지 않았다. 그는 이영에게 버드키스를 퍼부었다. 이제 그만 놓아 달라는 말은 한 귀로 흘려보냈다.

"평생 이러고 있었으면 좋겠다."

쪽쪽대는 소리가 멎고 나니, 유헌이 이영에게 안기듯 커다란 몸을 구겼다. 꼭 대형견이 품에 달려드는 기분이 들어 이영의 웃음소리가 흩어졌다.

"이러고 있으면 되지."

"맞아. 이러고 있으면 되지. 이럴 때마다 내가 연금 타는 게 다행이다 싶어."

"음……. 나는 건물주인 거?"

"갑자기 초라해지네."

한참이나 높고 낮은 웃음소리가 계속 이어졌다. 책을 다 널브러뜨려 놓고, 넓은 소파에 나란히 누운 둘은 뭐가 그리 즐거운지 시답잖은 이야기들을 계속 이어 나갔다.

"새로운 사람을 만나는 것 같은 기분은 안 들어? 그러니까, 음, 아예 기억이 없는 사람을 상대하는 거잖아. 얼굴도 똑같고, 다 똑같지만."

가벼웠던 주제는 순식간에 무거워졌다. 이영의 맑은 눈이 유헌의 깊은 눈과 마주쳤다.

"전혀."

"정말?"

"기억만 없어졌다 생기는 거고, 나머지는 똑같으니까."

"외형적인 거 말고도?"

"응. 너 버릇 다 똑같아."

옆에 누워 있던 이영이 유헌의 몸 위로 올라탔다. 심장 소리가 느껴지고, 숨소리가 느껴지는 가까운 거리에서 서로를 바라봤다.

"어떤 버릇?"

"일단 지금 이 자세 좋아하는 것도 똑같아."

"이렇게 올라와 있는 거?"

"응. 어려서부터 이랬어. 심장 소리 들리는 거 좋다고."

"신기해. 그리고 또 뭐 있어?"

이영의 눈이 반짝거렸다. 유헌은 피식 웃고는 그가 기억하는 그녀의 버릇들을 전부 늘어놨다.

"검지에 껴 있는 묵주반지 계속 돌리는 것도 똑같고, 잘 때 이불 뺏어 가는 것도 똑같고."

"내가 언제 이불을 뺏어 가."

"너 맨날 돌돌 말잖아. 그리고 내가 그렇게 등 돌리지 말아 달라고 몇 년을 애원해도, 눈떠 보면 등 보이는 것도 똑같아."

"아니 그건⋯⋯. 내 의지로 되는 게 아니라니까⋯⋯."

목소리에 미안함이 가득했다. 안 그래도 이영 역시 마음에 담아 두고 있던 일이었다. 분명 눈을 감을 때는 유헌의 품에 안겨 그와 마주 보고 잠에 드는데, 아침에 눈을 떠 보면 몸이 돌아가 있었다.

"장난이야. 괜찮아. 내가 맨날 수시로 다시 돌려놓잖아."

또 웃음소리가 섞여 들었다. 거의 모든 날을 유헌이 먼저 잠에서 깼기에, 조심스럽게 그녀의 몸을 돌리는 게 그의 첫 일과였다.

그럴 때마다 이영이 잠투정을 부리고는 했는데, 유헌은 그 순간을 무척이나 사랑했다.

"음료수 마실 때 빨대 씹는 것도 똑같아. 힘들 때 내 뒤로 와서 등에 머리 콩 박는 것도 똑같고."

유헌은 수도 없이 많은 그녀의 버릇을 나열했다. 이영도 모르는 게 존재할 정도로 세세했고, 또 많았다. 사랑하지 않는다면 놓칠 것들이 전부 담겨 있었다.

"그냥 너야, 이영아. 그러니까 기억에 너무 신경 쓰지 않아도 돼."

"그게 잘 안 돼. 그냥……. 이렇게 행복한 기억도 언젠가는 잊힌다는 게 너무……."

아무리 기억을 잃는다는 생각을 지우려고 해도 소용이 없었다. 넘치는 행복에 잔뜩 웃고 나면, 지금의 기억을 다시 잊게 된다는 생각이 그녀를 괴롭혔다.

"모든 순간을 기억할 수는 없잖아. 나조차도. 그러니까 그냥 순간에만 집중하고 흘려보내도 돼. 기록도 해 놓고 있고, 내가 기억하잖아."

깊게 한숨을 뱉은 이영이 고개를 끄덕였다. 그녀는 스스로의 상태를 받아들이는 연습을 하는 중이었다. 그렇지 않고서는 버틸 수가 없었다.

"있지. 우리도 비디오 만들까?"

"비디오? 어떤 비디오?"

"어제 또 읽었는데, 그 영화에서 본 부분이었거든."

"영화? 아, 〈첫키스만 50번째〉 그거?"

"응. 그거. 거기 보면 아침마다 비디오 틀어 주잖아. 기억하라고."

이영은 수시로 노트북의 기록을 다시 읽었다. 밤에 잠이 들기전, 아무 곳이나 집어내 읽고 또 읽었다. 유헌은 그렇게 노력할필요 없다며 그녀를 달랬지만, 이영은 그렇게라도 해야 마음이 놓였다.

"글로 다 적어 놓지만, 읽는 시간이 오래 걸리기도 하고, 또 나도 언제 그렇게 짧아질지 모르니까……."

말끝이 흐려졌다. 영화 속 주인공처럼 하루만 기억하게 될지모른다고 생각하면 숨이 막혔다. 유헌은 단 몇 시간만 기억해도상관없다고 했지만, 이영은 아니었다.

"그럼 뭐 넣을지 얼른 찾아야겠네."

이영의 기분이 가라앉고 있음을 느낀 유헌이 서둘러 분위기를환기시켰다.

"나 소개하는 부분에서는 제일 잘생기게 나온 사진 넣어야지.금메달 따던 영상도 넣고. 유명한 광고 영상도 다 넣을까?"

"뭐야. 네 소개만 계속하려고?"

"뭐 어때. 너를 사랑하는 사람이 이렇게나 멋있다, 네가 사랑하는 사람이 이렇게나 대단하다, 이런 거지."

"못살아."

장난스러운 말에 절로 고개가 저어졌다. 유헌은 한참이나 웃다가 진지하게 인터넷을 뒤지기 시작했다. 동영상 사이트에 그의 이름을 치니 나오는 영상이 수두룩했다.

"여봐, 나 인기 진짜 많았다니까."

"그러네. 총 쏘는 영상이 몇 개야, 대체."

작은 국내 대회부터 올림픽까지 없는 영상이 없었다. 5년 전이 마지막 활동임에도 최근까지 옛 영상이 다시 올라왔다.

"이거 진짜 멋있어."

예전 모습을 보니 신이 나는지, 유헌이 이것저것 눌러 가며 이영에게 보여 줬다. 그녀는 반짝이는 눈으로 영상을 담았다. 꼭 사탕을 처음 본 어린아이마냥 신이 났다.

"총 진짜 잘 쏜다."

"괜히 올림픽에서 금메달 두 번 딴 게 아니야."

한껏 어깨에 힘이 들어간 게 보여 웃음이 안 날 수가 없었다. 이영은 한참이나 웃으며 입술 도장을 꾹 찍었다.

"그러게. 너무 멋있네. 자랑스러워."

이렇게나 멋있는데, 이제 다시 총을 쏘지 못해 어떡하냐는 안타까운 이야기는 하지 않았다. 뱉어 봤자 해결되지 않는 말이기도 했고, 이런 화제가 나올 때마다 유헌이 무척이나 아파했다. 그는 이영의 가슴에 조금의 죄책감도 남아 있는 걸 원하지 않았다.

"이거 넣자, 이거. 금메달 따는 거."

"신났네, 신났어."

열심히 경기 영상을 내려 받고 난 다음은 그가 나온 광고 영상
이었다. 슈트를 입고 찍은 커피 광고부터 선수단복을 입고 찍은
공익광고까지, 여간 많은 게 아니었다.

"돈 많이 벌었겠는데?"

"많이 벌었지. 서이영 씨 먹여 살리려고."

장난스런 물음에 제법 진지한 답이 따랐다. 한참 웃은 이영은
잘했다며 유헌의 볼을 토닥였다. 그녀를 뒤에서 껴안고 있던 유헌
이 얇은 목에 입을 맞췄다.

"이거 다 저장해 두자. 나 심심할 때마다 볼래."

시간이 갈수록 이영이 더 즐거워했다. 유헌이 보여 주지 않은
영상까지 다 눌러 가며 전부 저장했다. 앳된 모습의 연인이 마냥
신기했다.

"이러다 정말 영상에 나만 들어가는 거 아니야?"

"그래도 상관없지. 네가 제일 중요하니까."

예쁜 눈웃음에 유헌의 가슴이 사르르 녹았다. 다시 노트북으로
시선을 고정한 이영의 허리를 더 꽉 껴안고서 목에 연신 입을 맞
췄다.

"이러면 다른 걸 어떻게 찾아."

"안 찾아도 돼. 천천히 해도 되잖아."

"안 넘어갈 거야."

점점 입술의 움직임이 진득해지자, 이영이 허리에 감긴 팔을
쳐 냈다. 유헌이 마구 앓는 소리를 냈건만, 이제는 제법 익숙해진

그녀가 아랑곳하지 않고 그를 밀어 냈다.

"너무해. 동영상한테 밀리다니. 과거의 나한테 진 기분이야."

"아무래도 젊은 때가 더 좋지."

"와. 너무하네."

유헌이 한껏 과장된 표정으로 서운한 티를 냈다. 이영은 그를
달래는 척 더 매달렸고, 그제야 유헌의 표정이 풀리고 웃음이 내
려앉았다.

"나는 뭘 어떻게 해야 하지? 옛날 사진을 슬라이드로 만들까?"

"어렸을 때 사진부터 찾아보자."

유헌의 영상과 사진을 잔뜩 저장하고 난 뒤, 이영의 기록을 살
폈다. 그녀가 빼놓은 어릴 적 사진들이 쭉 펼쳐졌다.

"와. 나 혼자 찍은 사진이 없어."

"괜히 뿌듯하네."

이영이 눈을 흘기며 유헌을 바라봤다. 그가 웃으며 다시 이영
의 머리에 입을 맞췄다.

"진짜 다 너랑 찍은 거야."

"너 사진 찍는 걸 별로 안 좋아했어. 저것도 거의 다 내가 빌고
빌어서 찍은 거야."

교복을 입고 있던 시절의 사진은 전부 유헌과 함께였다. 사격
장 앞에서 찍은 사진부터 졸업식 사진까지, 독사진이 없었다.

"왜 싫어했어?"

"안 예쁘게 나온다고. 그래서 내가 말도 안 되니까 제발 찍어

달라고 했지. 나중에 나한테 고마워할 거라고."

"말 듣길 잘했네."

교복을 벗고 나서도 딱히 달라지지 않았다. 조금 더 성숙해진 둘의 모습은 늘 함께였다. 유헌 역시 경기 때의 사진을 제외하고는 혼자 찍은 게 없었다. 대부분 둘이 딱 붙어 서로 안고 있는 사진이거나, 함께 장난을 치고 있는 사진, 그것도 아니면 입을 맞추고 있는 사진이었다.

"나랑 너를 알려 주는 게 아니라 그냥 우리 연애 스토리 같은 느낌이겠다."

"좋네. 그치?"

이영이 웃으며 고개를 끄덕였다.

"유럽 여행 간 사진 열면 독사진 좀 있지 않을까? 그러고 보니까 나한테도 안 보여 줬어, 그때 사진."

"진짜? 그럼 지금 보자."

유헌이 모르던 이영의 사진이 존재할 거라는 예상과 다르게, 그녀에게 남아 있는 건 전부 유럽의 전경을 담은 사진이었다. 이영 스스로도 당황할 정도로 그녀의 모습이 없었다.

"뭐야. 진짜 없나 봐."

"서이영 정말 한결같다."

유헌이 진심을 담아 감탄했다. 처음부터 끝까지 단 한 장도 그녀의 사진이 없었다. 결국 눈을 맞추고 한참을 웃었다.

"우리 다시 유럽 갈까? 영국도 다시 가고, 너 혼자 갔던 곳 같이 다 가는 거야."

"나야 좋지."

"네 사진 원 없이 찍을 거야."

한참 웃고 떠들다 겨우 다음으로 넘어갔다. 유럽에 대한 부분은 도려지고, 그녀가 작가임을 알 수 있는 사진 몇 장을 골라냈다. 이영의 책들을 모아 놓고 찍은 사진이었다.

"다시 기억이 안 나면 이거 보고 놀랄 것 같아."

"책이 너무 많아서?"

"응. 아, 오늘 꼭 써 놔야지."

"뭐를?"

"어느 책을 읽어도 네가 있다는 거."

이영이 활짝 웃었다. 유헌은 고개를 끄덕이고는 그녀의 턱을 살짝 들어 올려 입을 맞췄다. 사진을 보는 건지, 아니면 서로 입술을 꾹꾹 누르기 위해 슬라이드 쇼를 틀어 놓은 건지 알 수 없을 정도로 자꾸 입술이 닿았다.

"생각보다 얼마 안 된다. 난 더 길 줄 알았는데."

영상에 들어갈 사진을 골라내고 나니 생각보다 길이가 짧았다.

"계속 늘어날 테니까. 우리 추억이 앞으로도 쌓이잖아."

"우리 한 칠십 되면 장편 영화 하나 나오겠다. 그치?"

유헌이 고개를 끄덕이며 그녀를 꽉 껴안았다.

"멋진 인생 영화겠네. 우리 둘만 볼 수 있는."

"엄청 멋있다."

맞닿은 두 눈동자가 제법 촉촉했다. 가만히 눈을 맞추던 유헌이 품고 있던 소망을 꺼냈다.

"나 저기에 넣고 싶은 사진이 너무 많아."

"더 넣고 싶은 거? 그럼 넣으면 되지!"

"아직 안 일어나서 못 넣어."

"뭔지 물어보면 안 알려 줄 거야?"

"응. 그냥 가볍게 말하기 싫어."

유헌은 이영과 그리고 싶은 미래가 너무도 많았다. 아무리 세상 사람들이 불가능하다고 말하고, 이영조차도 그와 함께하는 미래를 걱정한다고 해도, 유헌은 흔들리지 않고 앞으로 나아갈 자신이 있었다.

"그럼 잔뜩 기대하고 있어야겠네."

"응. 절대 실망 안 시킬게. 대신 약속해 줘."

"어떤 약속인데?"

유헌이 이영의 뺨을 부드럽게 어루만졌다. 보드라운 감촉에 품고 있는 계획을 전부 풀어내고 싶었으나, 겨우 참아 냈다. 보여 줄 게 너무도 많았다.

"의심하지 않기. 이게 될까, 이래도 될까, 괜찮을까, 이런 생각 하지 말기."

커다란 손이 새끼손가락만 세운 채 이영에게로 다가왔다. 그녀는 걱정 어린 얼굴로 유헌을 바라봤다.

"이상한 거 하자고는 안 해. 근데 네가 걱정할 수도 있으니까,

그럴 필요 없다고 미리 선수 치는 거야."

이영의 눈빛이 흔들렸다. 유헌이 걱정하는 생각을 그대로 하고 있는 게 보였다.

"다 괜찮을 거고, 내가 다 괜찮게 할 거니까, 그냥 믿어 줘."

유헌의 목소리가 무척이나 간절했다. 잠시 망설이던 이영은 천천히 고개를 끄덕였다.

"그럴게. 안 흔들릴게."

이영이 단 몇 시간을 기억하더라도 괜찮다고 말해 주는 사람이었다. 그녀의 아버지로 인해 손목을 잃고, 그녀가 기억을 잃은 탓에 무척이나 긴 시간 동안 혼자 아파했으면서도 이영을 사랑하는 사람이었다.

그러니 이영은 믿을 수밖에 없었다. 유헌이 무엇을 하든, 그 중심에는 이영에 대한 사랑이 있을 것임을 알기에, 그의 말을 그대로 따르고 싶었다.

"절대로, 안 흔들릴게."

이영의 낮은 속삭임이 완성된 순간, 유헌이 그녀의 입술을 머금었다. 이전의 장난스러운 입맞춤과는 달랐다. 한껏 가라앉아 있으나, 이영에 대한 간절함이 가득 넘치는 키스였다.

그의 입술로 전해지는 온기와 감정을 느끼면서, 이영은 다시 한 번 확신했다.

유헌이 무엇을 하든, 그가 어떤 미래를 그녀 앞에 펼쳐 놓든, 결코 이영을 실망시키지도, 결코 이영을 울리지도 않을 것이라는

걸. 언제나처럼, 이영을 넘치는 사랑 안에 가둬 놓을 것이라는
걸.

△▽▲

"떨려."

"떨릴 게 뭐가 있어."

"다 나를 아시는데, 나만 모르잖아."

"괜찮아. 그런 거 신경 쓰실 분들 아니야."

차 안에서 이영이 연신 심호흡을 했다. 유헌과 함께 성당에 가
는 길이었다. 그의 과거에 대한 이야기를 틈틈이 확인하고 나니,
유헌의 가족인 그들을 만나고 싶었다. 유헌은 무리할 필요 없으니
서두르지 않아도 된다고 그녀를 달랬지만, 이영의 의지가 워낙 확
고했다.

결국 그녀는 유헌이 말릴 정도로 선물을 잔뜩 사서는 성당으로
향했다. 신부와 수녀들을 위한 선물부터 고아원의 아이들을 위한
것까지 한 아름 사 차의 트렁크가 가득 찰 정도였다.

"애들이 엄청 좋아하겠다."

"애들 중에도 나를 아는 애가 있을까?"

"많지. 너 틈만 나면 나랑 성당 갔었거든."

"정말?"

"응. 네가 신부님이랑 수녀님들을 엄청 좋아했어. 거기 있는 애

들도 마찬가지고."

던지는 질문마다 떨림이 가득했다. 유헌은 걱정과 설렘을 숨기지 못하는 이영 때문에 한참이나 웃었다. 그의 가족과 다름없는 사람들을 위해 애간장을 졸이는 모습이 마냥 사랑스러웠다.

"애들이 나 안 좋아하면 어떡하지?"

"좋아할 거야."

"그걸 어떻게 알아."

"원래 어린애들은 예쁜 사람 좋아해."

이영이 슬쩍 눈을 흘겼으나, 유헌은 뭐가 문제냐는 듯 어깨를 들썩였다. 장난스런 웃음이 차 안에 가득했다.

"엄청 떨려. 왜 이렇게 떨리지."

"막상 가면 괜찮아질 거야."

유헌의 말이 맞았다. 막상 성당에 도착하고 나니 이영의 마음이 한결 편해졌다. 그들을 맞은 요셉 신부의 표정이 무척이나 인자한 덕도 있었고, 꼭 몸이 기억하기라도 하는 듯 성당 건물을 보자마자 익숙함을 느낀 덕도 있었다.

"장례식 이후로 처음 보지? 여전히 예쁘구나, 이영이는."

지금의 이영으로서는 첫 만남이었으나, 요셉에게는 아니었다. 반갑다는 인사를 마주하며 이영 역시 산뜻하게 웃었다. 그녀의 사연을 모두 아는 사람이라 생각하니 마음이 훨씬 편했다.

"이영이가 선물 엄청 가져왔어요."

"아니 뭘 그래. 와 주는 것만으로도 고마운데. 이유헌 너는 안 말리고 뭐 했어."

"엄청 열심히 말렸는데, 안 된대요."

인사만 나누고 아직 말 한 마디 뱉지 못한 이영이 이리저리 눈동자를 굴렸다. 혹시 부담이 된 건가 싶어 몸에 잔뜩 힘이 들어갔다. 걱정과 달리 요셉은 미안한 얼굴을 하고서 연신 고마움을 표했다. 아이들에게 필요한 선물을 잔뜩 싸 온 덕이었다.

"잘 지냈니?"

유헌이 선물을 옮기는 동안, 요셉이 은은하게 웃으며 물었다. 그 물음이 무척이나 다정해서, 이영도 모르게 눈물이 고였다. 아주 오래전에 참 많이도 들었던 느낌이었다.

"네. 잘 지냈어요."

그래서 용기를 내 그녀도 되물었다.

"신부님도 잘 지내셨죠?"

요셉은 조금 놀란 표정을 짓더니 이내 특유의 푸근한 웃음을 지으며 고개를 끄덕였다. 지금은 그만 기억하고 있는 과거의 이영이 떠올랐다. 무척이나 예쁜 모습으로 유헌의 뒤에 쭈뼛쭈뼛 서서 낯을 가리더니, 이내 성당 아이들은 물론이고 성직자들의 마음까지 전부 사로잡았다.

유헌을 보면 전부 이영은 언제 오냐며 그녀를 찾을 정도였다. 그래서 사고 소식을 들었을 때 모두가 말을 잃었다.

"다음부터는 꼭 유헌이 놈만 끌고 와. 이런 거 챙겨 오지 말고."

요셉의 얼굴이 제법 엄했다. 목소리도 단호했다. 엷게 웃은 이영은 알겠다며 고개를 끄덕였다. 앞으로 틈만 나면 한 아름 품에 안고 챙겨 올 생각이었지만, 아닌 척 마음을 숨겼다.

"둘이 같이 지내는 거니?"

"네. 같이 있어요."

"그래서 저놈 얼굴이 저렇게 폈구나. 하여튼 맨날 말로만 지가 아들이라고 하면서 뭐 소식을 전하는 게 없어."

아이들에게 둘러싸인 유헌을 보며 요셉이 툴툴댔다. 푸념이었으나 유헌을 아끼는 마음이 가득 느껴졌다. 이영은 그저 싱긋 웃었다.

"종종 들르렴. 장례식 때 너 보고 나서 다들 네 얘기만 한단다. 많이들 보고 싶어 해."

요셉은 이영에게 그때의 기억이 존재하지 않는다는 사실을 몰랐다. 그녀가 주기적으로 기억을 잃게 된다는 이야기를 누구도 해 준 적이 없었으니 당연했다.

잠시 망설이던 이영은 조심스럽게 그녀의 이야기를 꺼냈다. 유헌에게는 아버지와도 같은 사람이었다. 앓고 있는 병을 털어놓지 않을 수 없었다. 무엇보다, 부탁하고자 하는 일이 있었다.

"신부님. 드릴 말씀이 있어요."

"뭐든지 해 보렴."

"저…… 장례식 때 기억 못 해요."

요셉이 이해가 안 간다는 표정을 지었다. 무슨 말인지 알아듣지 못하는 모습이 훤했다. 이영은 깊게 숨을 들이마신 후 뱉으며 말을 이었다.

"그때 사고로 다친 것 때문에 기억이 주기적으로 사라져요."

덤덤하게 전하려 했으나 목소리가 떨렸다. 그녀의 이야기를 듣는 요셉의 눈동자 역시 함께 요동쳤다.

"지금은 1년 정도인데, 언제 더 줄어들지 몰라요. 몇 달이 될 수도 있고, 며칠이 될 수도 있고, 몇 시간이 될 수도 있고."

다 받아들였다고 생각했건만, 그녀의 상태를 설명하는 순간 울컥 감정이 차올랐다. 차마 요셉의 눈을 마주하고 있을 수 없었다.

"근데도…… 유헌이가 제 옆에 있겠대요."

눈을 꼭 감고 감정을 다스린 뒤, 천천히 요셉의 맑은 눈을 마주했다. 오랜 기도로 만들어진 맑고 투명한 눈동자가 충격을 감추지 못하고 있었다.

"그래서 신부님께 드릴 부탁이 있어요."

"그래. 뭐든지 말해 보렴."

요셉은 잠시 숨을 골랐다. 이영이 생각했던 것보다 요셉의 목소리는 훨씬 차분했다.

"유헌이가 힘들어할 때마다 마냥 다독여 주세요. 저는 기억이 없어서 한계가 있을 거예요. 그리고……."

"천천히 말하렴. 서두를 필요 없어."

이유 모를 조바심에 말이 빨라졌다. 숨까지 거칠어지자 요셉이 그녀를 진정시켰다.

"유헌이가 너무 많이 힘들어하면 저를 놓아도 된다고 꼭 말해 주세요."

"⋯⋯이영아."

"저랑 약속해 주세요. 저는 하나도 생각 안 하고 오로지 유헌이만 생각하는 유헌이 편이 되어 주시겠다고요."

요셉은 눈앞의 가여운 어린양을 바라봤다. 사랑 때문에 그렇게나 혹독하게 앓았으면서도, 사랑에 취해 연인만 챙기는 모습이 유난히 아팠다. 유헌을 볼 때도 그랬지만, 이영 역시 그의 딸과 다름없었기에 마음이 아렸다.

"유헌이는 이런 말 하는 거 싫어해요. 자기가 괜찮다는데 뭐 어떠냐고, 전혀 지칠 일 없다고요. 저도 믿어요. 쉽게 포기할 아이도 아니고, 제가 저 자신을 사랑하는 것보다 더 저를 사랑해 주는 사람이니까요."

"⋯⋯."

"그치만 지치지 않을 수 없는 상황이잖아요. 언젠가 그런 순간이 오면, 그때 유헌이가 다 놓을 수 있도록 도와주세요. 억지로 붙잡고 있지 않게요."

조용하게 울려 퍼지는 목소리가 무척이나 간절했다. 요셉은 깊게 한숨을 뱉었다.

"그래. 그러마. 네 부탁인데 어떻게 거절하겠니."

요셉의 말에 이영이 활짝 웃었다. 걱정이 사라지고 이제야 안심할 수 있겠다는 얼굴이었다. 요셉은 그 얼굴마저 아팠다.

"그런데, 이영아."

"네, 신부님."

"유헌이 놈은 너랑 헤어지는 게 더 고역일 거다."

이영의 눈이 커졌다. 유헌이 틈만 나면 이야기하던 내용이었다. 그 말을 요셉에게서까지 들으니 기분이 이상했다.

"네가 없으면 살지 못할 애야. 너랑 헤어져 있는 5년을 빠짐없이 지켜본 사람의 말이니 의심 않고 믿어도 돼."

요셉은 밤새 마음 졸이던 5년을 기억했다. 틈만 나면 성직자들끼리 모여 유헌을 위해 기도했다. 혹여 허튼짓을 할까 싶어 성당에 데려왔을 때는, 24시간을 붙어 그를 지켜봤다. 그 당시의 유헌은 영혼이 없는 사람이었다. 틈만 나면 넋이 나갔고, 틈만 나면 숨죽인 채 울었다.

시간이 약이라지만, 유헌은 시간의 경과에도 무뎌지지 않았다. 이영에 대한 감각을 잊을까 두려워 무엇이든 붙잡고 있는 사람에게 시간의 흐름 따위는 아무런 효과가 없었다.

"그때 유헌이 어땠는지 말씀해 주실 수 있나요?"

조심스러운 물음이었다. 요셉은 그저 씩 웃고는 입을 열지 않았다. 당시의 유헌의 모습은 떠올리기조차 두려워지는 아픔이었다.

"살아 있는 게 감사했지. 그냥 매일 아침에 그놈이 움직이고 있는 걸 보면 감사했어."

이영이 질끈 눈을 감았다. 그가 얼마나 고통스러워했을지 느껴져 마음이 찢어졌다.

"네 탓 아니란다. 혹여 그런 생각이 들거든 당장 지워 버려. 전혀 네 잘못이 아니야."

막 자책이 시작되려는 무렵, 요셉의 단호한 목소리가 그녀를 막아 세웠다.

"사고가 난 건 네 탓이 아니잖니. 무엇보다 그 사고로 가장 크게 다친 건 너고."

"하지만 신부님, 저는 유헌이가 그렇게 아파하는 동안 그냥……."

"기억을 잃게 된 것도 네 잘못이 아니잖아. 너는 그저 네 상황에 주어진 삶을 살았던 것뿐이란다. 가장 소중한 걸 잃었는데, 누가 감히 너를 탓하겠니."

결국 이영의 뺨을 타고 눈물이 흘러내렸다. 울지 않겠다고 다짐에 다짐을 하고 왔는데, 요셉의 말을 들으니 좀처럼 참을 수가 없었다.

"너 울렸다고 유헌이한테 혼나겠구나. 예전에도 그랬거든."

요셉이 손수건을 내밀었다. 보드라운 천에 눈물을 닦아 내던 이영이 눈을 빛냈다. 요셉이 아는 과거의 그녀와 유헌이 궁금했다.

"한창 너 대입이다 뭐다 힘들어할 때, 나나 글라라 수녀님 붙잡고 이런저런 얘기 하면서 올 때가 있었는데, 처음에는 유헌이 놈이 엄청 뭐라고 했어. 내가 맨날 너 울린다고."

앞뒤 가리지 않고 이영이 울었다는 사실 하나에만 집중한 결과였다. 참 한결같은 모습에 이영이 웃고 말았다.

"질투도 했다니까? 나랑 글라라 수녀님이 너랑 점점 친해지니까 그만 친해지라고 뭐라고 한 적도 있어."

"정말요?"

"그렇다니까? 아주 질투의 화신이야, 화신."

마주 본 얼굴에 나란히 웃음이 앉았다.

"무슨 얘기를 그렇게 재밌게 하세요?"

"여봐, 귀신같지?"

아이들과 놀아 주던 유헌이 둘에게로 다가왔다. 요셉이 한껏 과장된 표정을 지어 보이며 이영을 웃겼다. 그녀는 고개를 끄덕이며 크게 웃었다.

"둘이서 내 험담 한 거예요? 섭섭하네."

"아주 시원하게 했다, 이놈아. 아니 연락 좀 하라니까 그게 그렇게 어려워?"

요셉의 잔소리가 유헌에게로 쏟아졌다. 유헌의 얼굴에 미안함이 가득했으나, 요셉의 말은 멈출 생각을 안 했다. 그간 쌓아 온 모든 섭섭함을 다 털어 냈다. 왜 연락을 안 하냐는 타박으로 시작된 잔소리는 건강 걱정으로 이어져 유헌의 귓가를 때렸다.

"언니!"

두 남자가 정이 가득한 투닥거림을 나누고 있을 때, 조그만 아이가 이영에게로 다가왔다. 넉살 좋게 언니 소리를 뱉은 아이는 눈을 반짝이고 있는 다른 아이들 쪽으로 손가락을 가리켰다.

"저기서 다들 기다려."

"나를?"

"응! 보고 싶었으니까!"

이제 초등학교 저학년쯤 되었을까, 노란 원피스를 입은 아이의 작은 손에 이끌려 이영이 아이들 속으로 스며들었다. 이영은 기억하지 못하지만, 아이들은 그녀를 기억했다. 큰오빠로 통하는 유헌의 옆에 있던 '예쁜 언니' 혹은 '예쁜 누나'를 모르는 아이가 없었다. 불과 5년 전이 마지막이었으니 잊을 수가 없었다.

"야 인마, 너는 어른이 말을 하는데 왜 시선이 다른 곳으로 가?"

잔소리를 늘어놓던 요셉이 한 소리를 다시 얹었다. 유헌의 눈동자가 마구 움직인 탓이었다. 그의 시선을 따라간 요셉은 그저 허허 웃고 말았다. 잔뜩 혼이 나는 틈바구니에서도 이영의 모습을 좇는 유헌의 모습에 웃음이 났다. 예전과 똑같았다.

"그렇게 좋으냐?"

아이들 사이로 금세 녹아드는 이영을 보며 유헌이 씩 웃자, 요셉이 물었다.

"그럼요. 말로 다 할 수 없을 만큼 좋죠."

닭살이라며 몸을 떨면서도, 요셉은 다시 돌아온 유헌의 모습에 안심이 됐다. 같이한 시간이 제법 되었는지, 어둠이 완전히 사라진 얼굴이 반가웠다.

"애들이 혼란스럽게 하면 안 될 텐데 걱정되네요."

"설령 그렇다고 해도 이영이가 잘 해결할 거야. 지혜로운 아이 잖니."

유헌이 고개를 끄덕였다. 아이들과 웃고 있는 모습을 보니 유헌 역시 옛 추억이 떠올랐다.

"저 아직도 이영이랑 여기 왔을 때 신부님 반응 생각나요."

"나는 안 나는데. 어땠든?"

"저번에 왔던 그 국회의원 딸 아니냐면서 놀라시더니 엄청 걱정하셨죠."

"그랬어?"

"네. 자꾸 데려오니까 더 걱정하셨어요."

요셉은 유헌이 다칠까 늘 걱정했다. 그는 현실을 아는 어른이었다. 순수한 마음으로 이어져 있는 아이들이 어른들의 계산으로 다치지 않기를 바랐다.

"나중에는 저보다 이영이를 더 좋아하셔서 별말씀 안 하셨지만, 걱정 엄청 하셨어요."

"그래. 걱정한 건 기억이 나는구나. 매번 마음이 안 놓였지."

차오르는 기억에 요셉이 긴 한숨을 뱉었다.

"그때 제가 신부님 말씀을 들었으면 어떻게 됐을까요?"

"들었을 리가 있나. 이영이랑 관련된 일인데."

"정답이네요."

두 남자가 마주 보고 한참을 웃었다. 가능하지 않은 가정이었다. 만약 그때 요셉이 유헌을 막았다면, 성당을 탈출해서라도 이영을 만났을 유헌이었다.

"이영이가 자기 병 얘기를 하더구나."

아이들과 이영을 바라보느라 찾아왔던 잠시간의 정적이 깨졌다. 유헌이 놀란 눈으로 요셉을 바라봤다.

"장례식 얘기를 살짝 했는데, 자기는 그게 기억이 안 난대. 그러면서 주기적으로 기억이 없어진다는 얘기를 해 줬어."

유헌의 눈빛이 훨씬 차분해졌다. 요셉 역시 목소리에 착잡함이 서렸다.

"괜찮니?"

물음에 걱정이 가득했다. 유헌은 작게 웃으며 고개를 끄덕였다.

"이영이가 옆에 있잖아요. 괜찮아요."

요셉의 투박한 손이 유헌의 어깨에 닿았다.

"힘들어지거든 찾아오렴. 이곳은 언제나 네가 쉴 수 있는 곳이잖니."

얼굴에 주름이 는 신부는 별다른 말 없이 유헌의 어깨를 토닥였다. 유헌에게는 무엇보다도 힘이 되는 응원이자 위로였다.

"글라라 수녀님이 이 모습을 못 보고 떠난 게 마음에 남는구나."

"저도요. 보셨으면 참 좋아하셨을 텐데."

"하늘에서 보고 계실 거야. 하느님 옆에서 너희를 지켜 주고 계실 거다."

유헌은 웃으며 고개를 끄덕였다.

"신부님. 저 부탁드릴 거 있어요."

"뭔데?"

부탁이 있다는 유헌의 표정이 꽤나 비장했다. 요셉까지 덩달아 심각해지게 하는 얼굴이었다.

"그럴 일은 없다고 확신하는데요. 혹시나 싶어서 부탁드리는 거예요."

"뭔데 그렇게 심각한 얼굴로 뜸을 들여. 사람 무섭게."

"혹시 나중에 제가 찾아와서 약한 소리를 하면요."

"약한 소리?"

"이영이가 계속 기억을 잃어버리는 거에 대한 약한 소리요."

요셉은 조용히 유헌을 바라봤다. 그의 말에 이영의 부탁이 겹쳐졌다. 요셉은 직감했다. 이영의 부탁과 정반대의 것을 유헌이 부탁하겠노라고.

"지칠 거라고 생각 안 해요. 놓아 버리는 일도 전혀 없을 거예요. 그런데 시간이 지나고, 벅찰 때가 올지도 모르니까. 그때 찾아와서 진상 부리면 따끔하게 한마디 해 주세요."

"뭐라고?"

"헤어졌을 때 생각하고 정신 차리라고요. 너는 이영이 없으면 못 산다고."

요셉은 곧장 답을 내놓는 대신 유헌을 빤히 바라봤다. 유헌의 부탁도, 이영의 부탁도, 전부 그 마음이 이해가 가 머릿속이 더 복잡했다.

"꼭 말씀해 주셔야 해요. 정신 차리라고 꼭이요. 아시겠죠?"

유헌의 닦달에 요셉이 고개를 끄덕였다. 그가 그들의 부탁을 품는 것만으로 위안이 될 수 있다면, 요셉은 몇 번이고 부탁을 들어줄 수 있었다. 그게 설령 충돌되는 것이라 할지라도.

"그리고 부탁드릴 거 또 있어요."

"또 뭔데? 이번에는 좀 기쁜 부탁이었으면 좋겠다."

"엄청 기쁜 부탁이에요."

유헌의 속닥거림을 들으며 요셉이 한참이나 크게 웃었다. 한껏 마음을 먹고 뱉어 낸 유헌 역시 함께 웃었다.

"어떤 얘기를 하셨길래 이렇게 웃음이 넘쳐요?"

그 순간, 아이들과 한참을 놀고 온 이영이 둘에게 다가왔다. 유헌이 자연스레 팔을 뻗고, 이영이 안으로 파고들어가 그의 허리를 감쌌다.

"비밀이야."

"비밀? 정말이에요, 신부님?"

요셉이 어깨를 들썩였다.

"입이 근질근질한데 언제까지 참아야 돼?"

"제가 연락드릴 때까지요."

유헌의 미래가 달린 부탁을 들은 요셉은 결국 입을 열지 않고 그저 웃기만 했다. 이영이 아무리 알아내려 애를 써도 소용이 없었다.

유헌과 이영이 연신 투닥였다. 이영은 서운한 목소리를 내고, 유헌은 장난스럽게 받아치며 도망갔다. 요셉은 참 오랜만에 다시 보는 평화로운 모습을 보며 조용히 기도했다.

둘의 위안이 되기 위해서는 무엇이든 할 수 있으니, 상처가 가득한 두 어린양이 부디 평화 속에서 행복하게 사랑하게 해 달라고. 요셉은 그 어느 때보다 간절히 기도했다.

11

"요즘 뭐 하느라 그렇게 바빠?"

"비밀."

"계속 비밀이래. 너 자꾸 비밀이 는다?"

이영이 미간을 구긴 채 유헌을 바라봤다. 그는 사랑이 가득한 눈으로 이영을 내려다보며 그녀의 볼에 입을 맞췄다.

"이런 걸로 안 넘어가. 너 수상해."

요 근래 유헌이 무척이나 자주 집을 비웠다. 외출을 할 때면 이영이 묻지 않아도 어딜 가는지, 누굴 만나는지 꼬박꼬박 이야기를 했던 그인지라, 아무것도 알 수 없는 그의 외출이 신경 쓰였다.

"내가 엄청난 걸 준비하고 있거든."

"엄청난 거?"

평소라면 이영이 조금이라도 얼굴을 찡그렸을 때, 무슨 일이냐
며 안달했을 유헌이었다. 그러나 요즘은 아무리 이영이 앓는 소리
를 내도 그저 장난기 가득한 얼굴로 그녀를 놀리기만 했다.

"궁금해?"

"궁금하지. 너답지 않은 행동을 계속하는데."

유헌이 살짝 몸을 숙여 이영의 얼굴을 쥐고는 또 입을 맞췄다.
볼에 살짝 닿았던 입맞춤보다 훨씬 진하고 달았다.

"왜 이렇게 기분이 좋아? 나는 궁금해 미치겠는데."

"그거 해결해 줄 수 있어서."

"정말?"

"응. 내가 왜 요즘 자꾸 바빴는지 이제 알려 줄 수 있게 됐어."

"그럼 바로 보여 줄 수 있어?"

"응. 그러려고 잔뜩 준비했거든."

잔뜩 기대된 얼굴이 살짝 붉어졌다. 이영은 상기된 유헌의 얼
굴을 살피며 물음표를 지우지 못했다.

"어디로 가야 하는 거야?"

"응. 시간이 좀 걸려."

"얼마나?"

"비밀."

"뭐야, 정말."

이영은 툴툴대면서도 차에 올라탔다. 그러면서도 몸을 아예 유
헌 쪽으로 돌려 궁금한 점을 쏟아 냈다.

"말 안 해 줄 거야? 뭔지?"

"가서 직접 확인해야 하니까."

"그럼 내가 가서 딱 보면 모든 게 설명돼?"

"응. 내가 왜 바빴는지, 왜 지금 말 못 해 주는지, 한 번에 납
득할 수 있어."

"진짜?"

"어. 진짜."

목소리에 확신이 가득했다. 게다가 아이처럼 신나 있었다. 이
영은 유헌을 빤히 바라보다 결국 웃고 말았다. 평소보다 유난히
즐거워하고 있는 모습에 웃지 않을 수가 없었다.

"가늠이 안 돼."

"엄청 좋은 거야."

"대체 얼마나 좋은 거길래 그렇게 많이 들락날락했어?"

"보면 깜짝 놀랄 만큼 좋은 거."

유헌이 매우 단호하게 대답했다. 이영은 열심히 머리를 굴리며
추리에 집중했다. 대체 무엇일지 아무리 생각을 해 봐도 머릿속이
흐렸다. 반면 유헌은 연신 흐르는 웃음을 감추지 못했다.

"더 가야 돼?"

"응. 조금만 더 가면 돼. 피곤하면 자, 이영아."

이영은 고개를 젓고 창밖의 풍경에 집중했다. 유헌이 보여 주려
는 것이 무엇인지 추측하는 건 그냥 접어 버렸다. 늘 그녀의 상상
을 뛰어넘는 연인이니, 생각해 봤자 소용이 없겠다는 결론이 났다.

한참을 달리고 달리다 보니 햇빛에 반짝이고 있는 바다가 보였다. 겨울의 차고 투명한 공기가 바다의 푸름을 유독 시리게 만들었다.

"바다 보여 주려고 한 거야?"

"바다도 있긴 한데, 그거 말고도 또 있어."

얼마 가지 않아 유헌이 차를 멈췄다. 구불거리는 길을 오래도록 파고들어 도착한 언덕 앞이었다.

"여기가 어디야?"

"아직 더 가야 돼."

"올라가야 돼?"

"응. 같이 걸어가자. 오늘은 걸어서 가고 싶어."

유헌이 손을 내밀었다. 이영은 익숙하게 커다란 손에 그녀의 손을 포갰다. 몇 번을 닿아도 포근한 온기가 느껴졌다.

"와, 경치 좋다. 올라갈수록 바다가 보이네."

손을 꽉 잡은 채로 한 걸음, 한 걸음 올라가니 파란 바다가 눈에 들어왔다. 이영은 넋을 놓고 끝없는 파랑을 바라봤다.

"뭐야. 왜 갑자기 긴장해?"

"긴장한 거 느껴져?"

"너 지금 내 손 엄청 꽉 쥐고 있어."

차 안에서 여유롭게 이영을 놀릴 때는 언제고, 언덕의 끝이 보일수록 유헌이 바짝 긴장했다. 벼르고 벼르던 선물을 보여 주는 날이었다. 처음에는 그녀에게 보여 준다는 사실 자체가 너무 행복하고 기대돼 아무런 걱정이 없었는데, 막상 선보이기 직전이 되니 심박이 빨라졌다.

"미안. 아팠어?"

"아니. 근데 조금 놀랐어. 대체 언덕 위에 뭐가 있길래 그래?"

이영이 유헌을 멈춰 세우고 그를 올려다봤다. 커다란 눈동자가 유헌을 뚫어져라 바라봤다. 답을 요구하는 눈이었다.

"가서 봐. 얼마 안 남았으니까."

깊게 숨을 들이쉰 뒤, 다시 이영의 손을 꼭 잡고 언덕 끝으로 향했다. 대체 뭘까 생각하느라 이영도 말을 잃었다. 둘 사이에 고요함이 흘렀다.

"아······."

그러나 침묵은 오래가지 않았다. 이영은 언덕 위에 있는 유헌의 선물을 보고 두 손으로 입을 막았다.

"안으로 들어갈까?"

바다가 내려다보이는 벽돌집이었다. 과거의 이영이 늘 꿈에 그리던 집과 똑같았다. 지중해식 하얀 벽돌과 푸른 지붕, 커다란 창이 눈에 확연히 들어왔다.

기억을 잃었어도 취향은 여전했기에, 이영은 미래에 대한 이야기를 할 때면 똑같은 집을 설명했다.

'지중해에 있는 예쁜 저택 같은 곳에 사는 거야.'

'바다가 보이는 벽돌집?'

'어떻게 알았어?'

'늘 얘기하던 거니까.'

'와…… . 나 정말 기억만 없구나.'

'말했잖아. 너는 변함없이 너라고.'

이영은 이전에 나눴던 유헌과의 대화를 떠올렸다. 그는 충격과 감동에 빳빳하게 굳어 버린 이영을 조용히 기다리고 있었다.

"이것 때문에 그렇게 돌아다닌 거야?"

"응. 열심히 준비했거든."

오래전부터 유헌이 찾아 둔 집이었다. 이영이 그리던 것과 똑같은 외형에 몇 년 전에 혼자 사들였다. 사연을 아는 민재는 미친놈이라며 혀를 찼지만, 유헌은 아랑곳하지 않았다.

다만, 몇 년 동안 아무런 관리 없이 방치하다 보니 여러모로 신경 쓸 점이 많았다. 집이 새롭게 단장하는 모습을 직접 확인하고 싶어 요 근래 매일같이 이곳을 찾았다.

"말도 안 돼."

안으로 들어가서도 이영은 말을 잇지 못했다. 여전히 입을 막고서 커다란 눈을 이리저리 굴릴 뿐이었다.

집의 내부는 이영의 취향을 그대로 반영했다. 그녀의 마음에 들지 않는 곳이 없었다. 커다란 창으로 들어오는 채광이며, 화이트 톤의 전체적인 인테리어며, 무엇 하나 빠지지 않았다.

"마음에 들어?"

유헌이 터질 듯한 심장을 안고 물었다. 그를 바라보는 이영의 눈에 눈물이 그렁그렁했다.

"울면 어떡해. 웃게 해 주려고 준비한 선물인데."

손가락으로 눈물을 훔치자, 이영이 그의 품에 와락 안겼다.

"위층까지 보면 오열하는 거 아니야?"

유헌이 일부러 장난스런 말을 덧붙였다. 꽉 잡은 두 손이 발을 맞춰 위층으로 올라갔다. 이영이 꿈에 그리던 집의 모습이 전부 담겨 있었다. 그녀는 믿을 수 없다는 표정을 지워 내지 못했다. 믿겨지지가 않았다.

"나 꿈꾸는 것 같아. 이거 꿈 아니야? 꿈이지?"

"꿈 아니야."

탁 트인 바다가 보이는 테라스에서 유헌이 입을 맞췄다. 쏟아지는 햇살과 어우러져 키스가 유독 더 따뜻했다.

"지금 이 감정을 어떻게 설명해야 하는지 모르겠어. 그냥 너무 벅차서…… . 정말…… . 아…… ."

"굳이 말로 표현 안 해도 돼. 다 느껴져."

다시 또 입술이 닿았다. 요즘 이영과 유헌은 부쩍 미래에 대한 이야기를 많이 하고는 했다. 기억을 잃게 되는 이영은 피하고 싶어 하는 주제였으나, 유헌이 틈만 나면 청사진을 그렸다.

'네가 그리는 집에서 사는 거야. 아침에 일어나서 테라스로 나가면 바다가 내려다보이는 곳에서.'

'또 그 얘기야? 음, 나야 좋지. 파란 하늘이랑 파란 바다가 아침마다 보이면.'

'너는 테라스에서 햇빛 쐬면서 책 읽고, 나는 네 무릎 베고 누

워서 잠자고.'

'천국이네. 그치?'

'응. 천국이지.'

이영은 이제야 왜 유헌이 유독 그렇게 집과 미래를 언급했는지 이해가 갔다. 이렇게나 준비를 하고 있었으니, 아무런 말이 흐르지 않을 순 없었다.

"늘 살고 싶어 하던 집이랑 비슷해?"

"똑같아. 눈물이 날 정도로."

작고 부드러운 손이 유헌의 얼굴을 어루만졌다. 닿아 온 손을 크고 따뜻한 손이 감쌌다.

"네가 가장 살고 싶어 하는 곳을 준비해 놓고 여기서 말하고 싶었어."

평소보다 유헌의 목소리가 낮았다. 잠깐 멈춘 숨에서 떨림이 느껴졌다. 이영은 그가 어떤 말을 꺼낼지 바로 알아챘다.

"유헌아."

그래서 그의 이름을 부르지 않을 수 없었다.

"나랑 얼마 전에 약속했던 거 기억해? 불안해하지 않고 그대로 따르겠다는 약속?"

이영이 두려움을 드러낸 순간, 유헌의 온기가 먼저 그녀가 흔들리지 않도록 막았다.

"수도 없이 생각했어. 정말 수도 없이. 최악의 상황을 가정해 보기도 하고, 혼자 별의별 일들을 다 상상해 보면서 이것저것 다

해 봤는데, 그래도 답이 하나야."

온도가 다른 두 손이 꽉 맞닿았다. 벌써 이영의 눈에 눈물이 가득 고여 있었다.

"네가 없는 세상을 상상할 수가 없어. 그게 얼마나 지옥 같은지 아니까, 더더욱. 네가 없는 미래는 살아갈 이유가 없어, 이영아."

"알아. 나도 같으니까. 근데 유헌아, 나는……."

"네가 뭘 걱정하는지 알아."

이영의 숨 가쁜 목소리를 달래는 유헌의 음성이 한없이 다정했다.

"나는 다 괜찮아, 이영아."

천천히 손을 어루만지며 유헌이 말을 이었다. 모든 음절에 진심을 담았다.

"가끔은 내가 무서워질 정도로, 정말 너를 사랑해. 네가 하나도 기억하지 않아도 돼, 이영아. 변하는 건 아무것도 없으니까."

"……."

"기억의 주기가 더 짧아져서 단 한 시간밖에 기억을 못 하게 돼도, 그래서 네가 나를 한 시간마다 낯선 눈으로 쳐다본다고 해도, 나는 상관없어. 그럴 때마다 환하게 웃으면서 너를 더 사랑할 자신 있으니까. 네가 나를 낯설어 할 때마다 소개할 거야."

"……."

"안녕, 나는 당신이랑 결혼한 이유헌이야. 내가 태어나서 제일 잘한 일은 당신을 만난 거고, 내가 가장 자랑스러워하는 건 내 세상이 당신이라는 거야."

차오른 눈물에 이영의 시야가 뿌옇게 흐려졌다. 유헌 역시 차오르는 감정에 점점 목이 메어 왔다.

"내가 이렇게 말할 수 있게 해 줘. 우리가 같이 만든 영상에 바다를 배경으로 웨딩드레스랑 턱시도를 입고 있는 사진을 넣고, 함께 나란히 늙어 가는 모습을 넣어 둘 수 있게."

"……."

"기억은, 기억의 상실은, 나한테 아무런 문제가 안 돼, 이영아. 너는 너야. 그리고 나는 너를 사랑하고. 그건 세상이 두 쪽 나도 변하지 않을 사실이고, 정말 세상이 멸망하는 날이 오더라도 나는 네 옆에 있을 거야."

쏟아지는 감정과 눈물에 이영의 손이 떨려 왔다. 유헌은 손을 더 꽉 잡아 그녀를 지탱했다.

"그러니까 결혼하자, 우리. 평생 남편이랑 아내로 묶여서, 우리 계속 사랑하자. 너랑 내가 그리던 집에서, 누구보다 행복하게, 그냥 우리한테 맞춰서."

한 손이 멀어졌다. 유헌의 손을 놓은 이영이 자유로워진 손으로 그녀의 입을 막았다. 차오르는 눈물을 막기 위한 방법이었다.

"결혼해 주세요. 세상에서 누구보다 당신을 가장 사랑할 테니."

유헌이 준비해 온 반지를 이영에게 끼워 줬다. 그녀가 좋아할 법한 심플한 디자인의 다이아몬드 반지였다. 뜨거운 손에 닿아 오

는 차가운 감촉이 느껴졌다. 이영은 계속해서 울었다. 목소리가
나오지 않을 정도로 눈물이 쏟아졌다.

"허락해 주시겠어요?"

다정한 물음에 이영은 입맞춤으로 답을 대신했다. 눈물이 엉긴
키스였다. 새로운 반지가 늘어난 두 손이 유헌에게 매달리고, 그
역시 진하게 입을 맞추며 이영의 허리를 껴안았다.

"정말…… 정말 괜찮을까. 정말……."

"응. 괜찮을 거야. 모든 게 다."

이영의 머릿속에 수만 가지 불안함과 수만 가지 물음이 쏟아졌
지만, 유헌은 단번에 차단했다.

"내가 지금 너 나한테 코 꿰이게 하는 거야. 네가 나를 묶어 두
는 게 아니라."

그녀의 머릿속을 지배했던 생각이 꿰뚫렸다. 이영은 혹여 결혼
이라는 도구를 통해 억지로 유헌을 잡아 두는 게 아닐까 두려웠
다.

"너 나중에 다시 기억이 없어졌을 때, 우리 결혼했다고 내가
선수 쳐서 너 어디 도망 못 가게 내가 묶어 두는 거야. 선녀 옷
뺏은 나무꾼처럼."

계속 흘러내리는 눈물이 유헌의 손가락에 의해 금세 사라졌다.
이영은 그저 말없이 그의 품에 파고들었다. 말로 표현할 수 있는
감정이 아니었다.

"그냥 사랑하면 돼, 이영아. 지금처럼."

넓은 품에 안긴 채, 이영은 고개를 끄덕였다. 그녀의 마음 깊숙한 곳에 자라나는 불안감과 긴장감을 적어도 오늘 하루만큼은 외면하고 싶었다.

"사랑해. 영원히."

귓가에 닿아 오는 고백이 절절했다. 계속 반복되는 밀어를 들으며 이영 역시 답했다.

"사랑해. 아주 많이. 그리고 고마워. 상상하지 못할 만큼."

오랜 시간을 돌고 돌아 마침내 닿은 결말이었다. 너무도 많은 시련과, 너무도 많은 고통이 둘을 덮쳤고, 지금도 사라지는 기억과 싸워야 했지만, 둘은 행복했다. 서로의 옆에 있을 수 있었으니, 그것으로 충분했다.

▲▽▲

"그럼 전에 신부님한테 부탁했던 비밀이 결혼식 얘기였어?"

"응. 나 곧 결혼할 거니까 청첩장 보내면 꼭 오셔야 한다고."

"뭐야. 나한테 청혼하는 건데 내가 제일 늦게 알았네."

투덜대는 목소리에 유헌이 쪽 소리를 내며 가볍게 입을 맞췄다. 이영이 청혼을 받아들이고 난 뒤, 일은 일사천리로 진행됐다.

둘이 원하는 날짜를 잡고, 결혼식에 초대할 사람들을 추렸다. 그들을 축하해 줄 사람들만 초대할 생각이라, 사실 성당 사람들이 전부였다. 이영은 그녀의 가족을 거부했다. 병을 알자마자 그녀를 내친 사람들을 품을 여유가 없었다.

"그냥 다음 날부터 바로 들어가서 살 걸 그랬나?"

"신혼여행 마치고 들어가서 살아야 기분 날 거라고 그런 게 누구더라."

"그치. 그건 그럴 거야. 안 그래?"

"맞아. 그래야 훨씬 기분 날 거야. 아, 우리가 결혼을 했구나 싶은 실감도 확 날 거고."

바다가 내려다보이는 강원도의 벽돌집은 신혼여행을 다녀온 후로 들어가 살기로 결정했다. 유헌은 이영이 원한다면 당장 짐을 옮길 태세였지만, 이영이 그를 말렸다. 결혼식 전부터 들어가 살면 신혼부부 기분이 덜 날 것 같다는 게 이유였다.

"런던 가서 그거 하자. 사진 똑같은 자세로 찍는 거."

"옛날이랑 비교하게?"

"응. 우리 늙은 것만 보이려나?"

"십 년도 안 됐는데, 뭘."

신혼여행지는 런던이었다. 유헌의 두 번째 올림픽이 열린 곳이기도 했고, 둘의 스캔들이 났던 곳이기도 해서 감회가 남다른 곳이었다. 무엇보다 둘의 추억이 곳곳에 흘러넘쳤다.

"이번에는 작정하고 네 사진만 찍을 거야."

"내 사진만? 싫어. 같이 찍어."

이영이 유헌에게 매달렸다. 앉은 채로 책을 정리하고 있던 그의 몸이 살짝 고꾸라졌다. 이영의 두 팔이 그의 목에 감겨 늘어졌다.

"나 하고 싶은 거 생겼어."

"어떤 건데?"

"우리 결혼사진 찍을 거잖아."

"그치."

"그거랑 똑같은 사진을 매년 찍자. 똑같은 배경으로, 똑같이 턱시도랑 드레스 입고."

유헌에게 있어 이영의 부탁은 곧 법이었다. 그녀가 하고 싶은 일이라면 무엇이든 할 마음이 있었다. 그녀만 행복할 수 있다면, 유헌은 다 좋았다.

"그래, 그러자."

"점점 늙어서 우리 몸도 구부정해지고, 둘 다 점점 살이 붙어서 옷을 바꾸게 되는 날이 오더라도, 나란히 손잡고서 똑같이 찍자. 오래오래."

유헌이 이영을 그의 위로 앉혔다. 마주 본 얼굴의 거리가 무척이나 가까웠다.

"행복하겠다. 그 사진들 쭉 보고 있으면."

"울지도 몰라. 한 마흔쯤만 돼도 사진이 열 장이 넘잖아. 우리가 어떻게 늙어 가는지 보일 거고. 기분 이상하지 않을까? 좋으면서도 신기하고, 함께 있었던 시간이 스쳐 가고. 나는 아마 대부분 기록으로 기억하겠지만."

청혼을 받고 난 뒤로, 이영은 이전보다 훨씬 차분하게 그녀의 상태를 받아들였다. 그녀의 불안함이 차오를 때마다 유헌이 계속 달래 안정된 것도 있지만, 날이 거듭될수록 점점 확신이 들었다.

몇 번이고 기억을 잃어도, 몇 번이고 유헌을 사랑하게 되리라는 확신이.

"웨딩드레스 입은 모습은 정말 결혼식 전까지 안 보여 줄 거야?"

"응. 절대 안 보여 줄 거야."

"한 번만 미리 보면 안 돼?"

"안 돼. 그럼 설렘이 줄잖아."

"왜 설렘이 줄어. 봐도 봐도 떨릴 텐데."

유헌이 달콤한 말로 그녀를 꾀어내려 했지만, 이영은 매우 단호했다.

"그래도 안 보여 줄 거야. 꼬시려고 해도 소용없어."

"너무하네."

"마음껏 기대하라고 도와주는 거야. 보면 김빠진다니까?"

"누가 그래? 김빠진다고?"

억울하기까지 한 목소리였다. 이영은 소리 내서 한참을 웃다가 유헌에게 버드키스를 퍼부었다.

"며칠 안 남았잖아. 조금만 참아."

"나 빼고 다 본 기분이라 속상해."

"신랑이니까 제일 마지막에 보는 거지."

신랑이라는 단어에 유헌의 눈이 번쩍 뜨였다. 그간의 속상함을 모조리 녹일 수 있는 단어였다. 그 단순함 때문에 이영은 또 몇 번이고 웃어야 했다.

"아녜스 수녀님이랑 민영이가 자꾸 나한테 자랑해. 자기들은 봤다고."

"사진도 있을걸?"

성당에서 여자아이들 중 가장 나이가 많은 민영과 아녜스 수녀가 드레스를 고르는 곳에 함께했다. 민영은 예전부터 이영을 잘 따르던 아이였고, 아녜스 역시 글라라 못지않게 이영을 아끼던 수녀였다.

온갖 드레스가 펼쳐진 곳에서 두 여인은 그저 감탄만 내뱉었다. 어떤 드레스를 입든 이영이 너무도 아름다웠다. 드레스 숍의 직원들까지 입을 모아 칭찬할 정도였다.

"조금만 참아. 이제 사흘 뒤잖아."

"벌써 사흘 뒤네."

청혼을 하고, 이것저것 준비를 시작한 게 엊그제 같은데, 시간은 계속해서 달려 오늘이 벌써 결혼식 사흘 전이었다. 결혼식만 생각하면 둘의 심장이 빠르게 뛰었다. 10년 넘게 이어져 온 사랑이 결실을 맺는다는 생각을 하면, 자다가도 벌떡 일어날 만큼 설렘이 가득했다.

"우리 정할 거 있어."

"정할 거? 거의 다 하지 않았어? 남은 게 있나?"

"호칭."

"호칭?"

"결혼하고도 나 유헌이라고 부를 거야?"

순식간에 이영의 얼굴이 새빨개졌다. 유헌이 어떤 이야기를 꺼내려 할지 가늠이 된 탓이었다. 사실 이영 역시 여러 번 생각했던 점이었고, 그럴 때마다 낯간지러워 몸을 가눌 수 없어 매번 얼굴만 붉혔다.

"뭐 어때. 이름 부르는 게 어때서."

"결혼도 했는데?"

"그래도 부를 수 있지."

"난 싫어."

유헌은 아주 단호했다. 이것만큼은 물러날 수 없었다.

"듣고 싶은 거 있지, 너."

"응. 말하면 불러 줄 거야?"

"들어 보고."

이게 뭐라고, 유헌은 무척이나 비장한 표정으로 숨을 골랐다. 이영이 사랑해 마지않는 낮은 목소리가 무척이나 간지러운 호칭을 담아냈다.

"여보."

예전부터 유헌이 꼭 들어 보고 싶던 말이었다. 아주 어려서부터 결혼을 하면 꼭 아내를 이렇게 부르리라고 생각하기도 했다. 별다른 이유는 없었다. 그저 듣기가 좋고, 달달해 보인 게 전부였다.

그러나 유헌의 '여보' 소리를 듣자마자 이영의 얼굴은 홍당무가 됐다. 어찌나 부끄러운지 고개를 들 수가 없었다. 그러면서도 자꾸 들고 싶어져 괴로웠다.

"한 번만 불러 줘. 응?"

"싫어. 부끄러워."

얼굴을 푹 숙인 채로 시선을 피하자, 유헌이 고개를 꺾어 이영에게 입을 맞췄다. 몇 번을 닿아도 여전히 달큰한 맛이 나는 키스였다.

한참이나 입술을 나누니 결국 이영이 백기를 들었다.

"노력은 해 보겠는데, 바로 하지는 못해. 창피하단 말이야."

"괜찮아. 부르다 보면 늘걸."

"꼭 이걸로 부르고 싶어?"

"응. 꼭."

이영은 매번 유헌에게 받기만 한다고 생각했다. 그녀 또한 유헌을 넘치게 사랑하지만, 그가 이영을 사랑하는 무게는 차마 가늠도 되지 않을 만큼 거대했기에, 늘 조금의 미안함이 있었다. 이런 작은 부탁마저 들어주지 않으면 정말 죄라도 짓는 기분이 될 것 같아, 결국 크게 숨을 들이마셨다.

"여보."

개미만 한 목소리였으나, 어쨌든 이영의 청아한 목소리에 '여보'라는 단어가 담겼다. 듣자마자 유헌의 얼굴에 웃음꽃이 폈다. 누가 봐도 행복이 보이는 환한 웃음이었다.

그는 참지 못하고 다시 또 입을 맞췄다. 온몸이 터져 나갈 듯이 기뻐서 그녀의 입술을 찾지 않을 수 없었다.

"세상에서 서로를 가장 사랑하는 부부가 되자."

"그래. 그러자."

"엄청 자신 있는 목소리네?"

"너를 사랑하는 것만큼 쉬운 게 없으니까."

이영의 눈이 예쁘게 접혔다. 유헌의 진심 어린 말은 언제나 그녀의 마음을 녹였다.

서로를 마주 본 채로, 둘은 밤이 깊도록 이야기를 나눴다. 사흘 뒤에 있을 결혼식이 주된 내용이었고, 이후에 함께 맞이할 미래에 대한 계획도 가득했다.

맞닿은 심장 박동을 느끼며, 유헌과 이영은 모두 바랐다. 어서 빨리 사흘 뒤가 찾아오기를, 그리고 지금 느끼는 넘치는 행복이 영원하기를.

▲▽▲

사흘은 생각보다 훨씬 빠르게 달려갔다. 눈을 몇 번 깜빡이니 결혼식이었다.

"너무 떨려서 숨이 안 쉬어져요."

"이렇게 긴장한 이영이는 처음 보네. 너무 걱정하지 마렴. 이렇게 예쁜데 뭘 걱정해."

이영은 유헌이 그토록 보고 싶어 하던 예쁜 웨딩드레스를 차려

입었다. 모두가 입을 벌리고 쳐다볼 만큼 아름다웠다. 머리 위에 쓴 화관과 그 아래로 이어지는 면사포, 팔을 덮은 하얀 레이스와 그녀의 곡선을 그대로 드러내는 드레스가 말도 안 되게 잘 어울렸다.

"실수해서 잘못 대답하거나, 반지 못 끼우거나 하면 어떡하죠?"

"그럴 수도 있는 거지. 다 괜찮단다. 너와 유헌이 결혼식이잖니. 너희가 하는 건 다 용서되는 예식이야."

아녜스가 이영의 두 손을 꼭 잡았다. 결혼식 장소는 유헌이 자란 성당이었다. 주례를 맡은 신부는 요셉이었고, 성당 식구들이 한껏 차려입은 뒤 성당 안으로 모여들었다. 그 어느 때보다 성당의 분위기가 고조됐다.

"보고 실망하면 어떡하죠? 미리 보여 줄 걸 그랬나……."

"누가 실망을 해? 유헌이?"

"네."

"아이고, 얘야. 유헌이는 네가 거적때기를 입고 나타나도 세상에서 제일 예쁘다고 할 아이란다."

아녜스가 진심을 담아 말하자 함께 있던 민영이 까르르 웃음을 터뜨렸다.

"맞아요. 언니 너무 걱정하지 마세요. 오늘 진짜 예뻐요. 오늘 유헌 오빠 우는 거 아니야?"

민영까지 거드니 조금이나마 마음이 놓였다. 이영은 거울을 보며 몇 번이고 모습을 가다듬었다. 하얀 웨딩드레스를 입고 있는 것 자체가 현실감이 없었다.

기억을 다시 잃고 방황할 때까지만 해도, 유헌과의 결혼은 상상도 하지 못했다. 그에 대한 감정도 혼란스러웠기에 그 이상의 진전을 생각할 겨를이 없었다. 그러나 남겨진 기록을 살피고, 오로지 그녀만 바라보며 모든 것을 이영에게 맞추는 유헌을 보며 안정을 찾으니, 그를 사랑하지 않을 이유가 없었다.

"아직도 안 믿겨요."

"결혼하는 거?"

"네. 그리고……."

지금의 이 떨림과 설렘을 결국 잊고 말 거라는 사실 역시 믿기 힘들었다. 그러나 그 말 만큼은 뱉지 않았다. 마냥 행복한 날에 굳이 슬픔을 묻히고 싶지 않았다. 평생 담을 수 없다면, 최대한 이 순간을 즐기며 보듬어 소중히 다뤄야 했다.

"어머! 얼마 안 남았다. 준비하자구나."

아녜스와 민영의 안내를 따라 대기실에서 나와 성당 본당 앞의 문으로 향했다. 그곳에는 유헌이 있었다. 긴장한 기색이 역력하던 그는 이영을 발견하자마자 말을 잃었다.

"부끄러워. 무슨 말이라도 해 줘."

"뭐라고 말을 해야 될지 모르겠어. 너무…… 너무 예뻐서."

진심이 가득한 감탄이었다. 이영의 얼굴이 화르르 달아올랐다. 아녜스와 민영은 키득대며 하객석으로 자리를 옮긴 지 오래였다.

둘의 뜻에 따라 결혼식 시작부터 신랑과 신부가 함께 행진하기로 되어 있었다. 꿀이 뚝뚝 떨어지는 눈으로 이영을 바라보던 유헌이 멋지게 팔을 내밀었다.

"가실까요?"

이영은 고개를 끄덕이고 그에게 팔짱을 꼈다. 입장을 알리는 오르간 소리가 울려 퍼지고, 유헌에게는 익숙한 얼굴들이 박수와 환호를 아끼지 않으며 둘을 맞았다.

아주 친한 지인들만 불러 작은 결혼식을 진행하겠다고 마음을 먹었건만, 막상 사람을 추리기 시작하니 하객이 늘어났다. 결국 둘은 그들의 미래를 축하할 수 있는 사람이라면 전부 소식을 알리기로 했고, 꽤 많은 사람들이 성당을 채웠다.

유헌과 이영의 긴 이야기를 아는 사람들은 둘의 상황만을 보고도 눈시울을 붉혔다. 민재는 눈물을 참느라 입술을 꽉 깨물고 있을 정도였다. 제대에서 둘을 기다리고 있는 요셉 신부 역시 코가 시큰했다.

유헌을 키워 온 성당의 수녀들은 이미 손수건으로 눈물을 닦아 내는 중이었다. 성당 사람들 대부분은 이영이 한 번 기억을 잃었다는 사실 또한 알기에, 더더욱 눈물이 쏟아졌다. 해맑은 아이들만이 눈물 없는 순수한 기쁨을 쏟아 냈다.

"성부와 성자와 성령의 이름으로 아멘."

서로에게 닿은 채 멋지게 행진을 마친 둘이 제대 앞에 다다르자, 요셉이 혼배성사를 시작했다. 엄숙한 분위기의 예식 중간중간 눈물을 훔치는 소리가 들려왔다. 이영 역시 눈물이 고인 상태였다.

넘치도록 기쁜 날이었으나, 동시에 눈물을 참기 어려운 날이기도 했다. 그만큼 유헌과 이영의 사연이 길었다.

"신랑과 신부를 아버지처럼 오랫동안 지켜본 사람으로서 어떤 주례를 해 줘야 하나 많이 고민했는데, 참 어렵더군요."

요셉은 유헌과 이영을 번갈아 바라봤다. 그의 눈이 붉은 것만큼이나 신랑과 신부의 눈가도 젖어 있었다.

"그런데 아무리 생각해 봐도 이 말 하나만 남는 것 같습니다. 서로 열심히 사랑하거라, 그리고 눈꼴 시리게 행복해라."

농담 섞인 요셉의 말에 성당 곳곳에서 웃음소리가 터져 나왔다. 조용히 귀를 기울이던 유헌과 이영 역시 눈물을 거뒀다.

서로를 사랑하겠노라는 언약이 오가고, 신의 축복을 기원하는 요셉의 강복이 이어지자 결혼식이 끝이 났다. 같은 위치에 같은 반지를 나누고, 맞닿은 팔은 떨어질 생각을 안 했다.

부부가 되어 새 미래를 시작하는 신랑과 신부를 위한 큰 박수가 쏟아졌다. 벅찬 마음으로 행진을 마친 유헌과 이영은 둘만 남은 대기실에서 가볍게 입을 맞췄다.

"우리 정말 부부네."

"응. 이제 정말 남편이랑 아내야."

"믿겨져?"

"아니. 아직도 꿈같아."

"나도 그래."

사진을 찍기 전 주어진 짧은 여유였다. 얼마 안 있으면 둘을 성당 마당으로 데리고 나갈 안내자가 들어올 테니, 둘밖에 없는 찰나를 어서 즐겨야 했다.

"있지. 꼭 해 주고 싶은 말이 있어."

유헌의 허리를 감은 채로 이영이 속삭였다. 아주 오래전부터 하고 싶었던 말이었다.

"기억 잃기 전에 내가 남겨 놓은 기록 있잖아. 마지막 일기에 내가 뭐라고 적어 놨게?"

"뭐라고 적어 놨는데?"

쿵쿵대는 심장 박동이 서로에게 전해졌다. 이영은 누구보다 아름다운 미소를 안고서 유헌을 바라봤다.

"너를 사랑하지 않고는 못 배길 거라고 써 놨어. 어떻게든 너를 사랑하게 될 거라고."

유헌의 눈동자가 다시 젖어 갔다. 눈앞에 있는 아내가 사랑스러워 온몸이 붕 뜨는 듯했다.

"그 말이 맞아. 내가 몇 번이고 기억을 잃어도, 나는 너를 사랑할 거야. 왜냐면 너를 사랑하지 않고는 못 배길 테니까."

그녀의 말이 멎자마자 서로의 입술이 맞닿았다. 유헌은 넘치는 사랑을 담아 이영을 머금었다.

"나도 언제나 너를 사랑할 거야. 너를 사랑하지 않을 방법은 없으니까."

달큰한 말이 오가고, 서로의 이마가 맞닿은 상태에서 따뜻한 웃음이 흩어졌다.

넘치도록 행복한 날이었다. 오랜 시간을 돌아, 오로지 서로만을 바라보고 매달려 온 아픔의 시간을 보상받기라도 하듯, 그저 행복하기만 한 날이었다. 창밖의 찬 공기가 조금도 시리지 않을 만큼.

Epilogue

"야, 인간적으로 강원도 너무 멀어."

"뭐가 멀어요. 양호하지."

"어쭈?"

오랜만에 유헌을 찾은 민재가 억울한 표정을 지어 보였다. 놀리는 맛이 있는 반응에 유헌이 활짝 웃었다. 결혼식 이후로 근 1년 만에 보는 민재였다.

"아주 얼굴이 폈네, 폈어."

"형도 결혼하세요."

"됐어, 인마."

유헌은 누가 봐도 행복이 가득 묻어 있는 얼굴을 하고 있었다. 민재는 이전과는 확연히 달라진 후배의 모습에 헛웃음을 지었다.

이영이 돌아와 함께하고 있다는 사실 하나로 이렇게나 변해 버리는 게 신기했다.

"너나 제수씨나 돈복은 장난 아닌가 보다."

"갑자기 왜요?"

"별생각 없이 차린 카페가 이렇게 잘될 줄 누가 알았냐? 난놈은 난놈이야."

부러움 섞인 진심에 웃음이 번졌다. 집이 있는 언덕과 가까운 곳에 카페를 차리는 건 이영의 아이디어였다. 바다가 내려다보이는 곳에 커피 향이 가득한 공간이 있었으면 좋겠다는 바람이었다. 사람이 아무도 찾아오지 않아도 좋으니, 유헌과 이영이 함께 가꾼 곳을 만들기를 원했다.

그런데 좋은 위치 덕인지, 아무런 홍보가 없는데도 사람들이 하나둘씩 모여들었다. 이영과 유헌의 작은 공간은 어느새 도시의 명물이 되어 버렸고, 대한민국을 흔들었던 사격 국가대표 이유헌이 운영하는 곳이라는 소문이 퍼지면서 더욱 화제가 됐다. 둘의 정성이 가득한 공간은 고요함 대신 사람들의 말소리와 웃음소리로 가득 찼다.

"근데 제수씨는?"

"곧 올 거예요. 잠깐 볼일이 있어서요. 여기까지 왔는데 식사하고 가실 거죠?"

"그럴 시간 없어, 인마. 바로 합류해서 넘어가야 돼. 여기도 짬 내서 온 거야."

"그럼 그거 끝나고 오세요."

"3박 4일이야. 서울에서 끝난다."

"뭐가 그래요?"

"내가 하고 싶은 말이니까 조용히 해."

편안한 대화의 끝은 늘 장난스러운 웃음이었다. 각자의 살아가는 이야기가 오갔다. 물리적인 거리가 꽤 되다 보니 서로 만나지 못해, 평소보다 나눌 이야기가 많았다.

"그러고 보니까 제수씨 상태는 괜찮아?"

민재 역시 이영의 상태를 알고 있었다. 결혼 직전에 만난 자리에서 이영에게 부탁을 받으며 들었다. 그녀가 요셉에게 했던 부탁과 같았다.

"한 번 사라졌어요."

상황을 전하는 유헌의 목소리가 덤덤했다. 결혼식 이후로도 1년이었다. 주기가 돌아왔고, 이영의 머릿속은 다시 백지가 됐다.

"그래도 주기가 길어졌어요. 한 달 정도."

기억의 주기가 늘어난 게 커다란 위안이었다. 혹시 완전히 나아진 건가 희망을 갖던 순간에 다시 하얗게 변해 버렸지만, 길어졌다는 것만으로도 의미가 있었다.

"다행이네."

"좋아지고 있는 것 같아서 마음이 놓여요."

유헌이 워낙 차분하니 민재로서는 뭐라 덧붙일 말이 없었다. 별다른 반응 없이 그냥 고개만 끄덕였다.

"둘이 행복하면 되지, 뭐가 문제냐."

진심이었다. 민재는 유헌과 이영의 시련을 바로 옆에서 지켜봐 온 사람이었다. 더 이상의 불행은 보고 싶지 않았다.

"여보!"

가벼운 이야기로 화제를 돌렸을 때, 유헌의 표정이 갑자기 밝아졌다. 낮은 목소리에 담긴 '여보'라는 단어에 애정이 가득했다. 민재가 얼른 몸을 돌리니, 이영이 카페 안으로 들어오고 있었다.

"늦어서 죄송해요, 잠깐 볼일이 있어서요."

"어휴, 괜찮아요."

유헌에게 눈인사를 한 그녀는 민재에게 바로 사과의 말을 건넸다.

"김민재입니다."

"죄송해요. 오랫동안 봐 온 사이일 텐데, 제가 기억을 못 해서……."

"어휴, 그런 게 왜 문제예요. 걱정 마세요, 제수씨. 그러실 필요 없어요."

민재를 바라보는 이영의 눈에 새로움이 가득해서, 민재가 먼저 자신을 소개했다. 이영은 진심으로 미안함을 전했다. 그의 인적 사항을 비롯해 어떤 일이 있었는지 기록으로 확인했지만, 막상 직접 마주하니 낯을 가리지 않을 수 없었다.

"잘 끝났어?"

"응. 잘 해결됐어."

서로를 마주 보는 유헌과 이영의 눈에 사랑이 가득했다. 그저 보는 것만으로도 행복이 넘쳐나는 듯이, 애정이 넘쳐나는 눈으로 서로를 보듬었다.

"어디 애인 없는 사람은 서러워서 살겠어?"

좀처럼 그들만의 세상이 끝날 것 같지 않았다. 민재가 한껏 툴툴대니 그제야 둘의 시선이 민재에게로 향했다.

"억울하면 형도 결혼하라니까요."

"그게 쉽냐?"

민재의 말에 테이블이 웃음으로 가득 찼다. 분위기는 기억이 없는 이영이 전혀 불편해할 만한 내용 없이 편안하게 흘러갔다.

"아, 저 결혼사진 너무 예쁘더라."

"집 배경으로 하고 있는 거요?"

"어. 따로 찍은 거야?"

"네. 매해 찍기로 했어요."

셋의 시선이 카페 벽에 걸려 있는 사진 한 장으로 향했다. 웨딩드레스와 턱시도를 입은 채 손을 잡고 웃고 있는 사진으로, 매해 찍어 시간을 쌓기로 한 약속의 결과물이었다.

"그럼 올해도 찍는 거야?"

"네."

유헌이 대답한 뒤 이영과 눈을 맞췄다. 맞닿은 시선이 입가에 호선을 만들어 냈다. 민재에게는 이야기하지 않았지만, 오늘이 같은 사진을 찍는 날이었다.

그저 바라보기만 해도 행복한 티를 팍팍 내는 모습을 보며 민재가 자리에서 일어났다. 떠나야 할 시간이 되기도 했고, 둘만의 시간을 더 만들어 주고 싶었다. 조금씩 기억이 쌓일 때의 1분 1초가 소중할 테니, 방해하고 싶지 않았다.

"난 이제 가야 돼."

"벌써요? 식사하고 가세요. 급한 일 있으신 거예요?"

"네. 일이 많네요. 유헌이 놈이랑 제수씨 잘 지내는 거 봤으니까 됐어요. 신혼부부 둘이 재밌게 놀라고 얼른 빠져 줘야지."

너무 빨리 가는 거 아니냐며 잡는 소리가 이어졌지만, 민재는 일말의 미련 없이 작별을 고했다. 힘든 시간을 견딘 둘이 행복한 모습을 확인하는 것만으로 큰 힘이 됐다.

다음에는 여유롭게 오래 머물다 가겠다는 약속을 몇 번이고 받아 낸 다음에야 민재가 풀려났다. 민재의 차가 멀어져 시야에서 사라지니, 이영이 깊게 숨을 뱉었다.

"실수한 거 없겠지?"

"전혀."

"이럴 때마다 너무 화나. 기억하고 있으면 이런 걱정 안 해도 되는데."

유헌이 괜찮다며 이영을 토닥였다. 다시 기억을 찾아가고, 또 새로 만들고 있었지만, 기억을 오래 담아 둘 수 없다는 점은 늘 그녀를 아프게 했다.

"괜찮아. 걱정할 거 없어."

유헌의 따뜻한 목소리가 그녀를 감쌌다. 이영이 다시 기억을 잃었을 때, 다시 혼란이 그녀를 덮쳤다. 유헌 역시 처음보다는 많은 준비를 한 상태에서 그녀를 마주했지만, 아픔이 조금도 없던 건 아니었다.

그러나 이전보다 훨씬 빠르게 평소의 궤도를 찾아갔다. 이영의 무의식은 유헌을 수월하게 받아들였고, 그에게 의지했다. 유헌은 다시 안겨 오는 이영을 꽉 품었다.

다시 한 번 반복된 상실에서 그는 확신을 얻었다. 평생 이영의 옆에서 지치지 않고 함께 사랑할 수 있다는 확신이었다.

"해지기 전에 얼른 찍자. 배경 잘 맞추려면 서둘러야 돼."

이영이 유헌을 재촉했다. 그는 웃으며 이영이 이끄는 대로 끌려갔다. 매해 똑같은 날짜에, 똑같은 시간대를 배경으로, 똑같은 옷을 입고, 똑같은 자세로 찍는 사진이 그들을 기다리고 있었다.

어제 미리 준비해 둔 턱시도와 웨딩드레스가 이전처럼 꼭 맞았다. 면사포 대신 화관을 쓴 이영이 환하게 웃으며 유헌의 손을 잡았다.

"작년에 찍을 때는 어땠어?"

"신기했어. 아직 너랑 결혼했다는 것도 실감이 안 나는데, 이렇게 다시 빼입고서 사진 찍는다는 게 믿어지지가 않았거든."

이영은 기록으로만 당시의 상황을 익혔기에, 그날의 생생한 감정이 궁금했다.

"떨렸어. 꼭 결혼식 다시 하는 기분이라."

다정하게 웃으며 이영의 머리카락을 정리해 준 뒤, 유헌이 카메라를 고정시켰다. 이 사진을 남기기 위해 산 성능 좋은 카메라였다. 조작법을 배우느라 꽤나 헤매야 했지만, 담기는 사진이 워낙 예뻤다.

"나한테 보여 줬던 영상에 있는 사진도 다 이걸로 찍은 거야?"

"아니. 이건 이 사진 찍을 때만 쓰려고 산 거야."

이영과 유헌이 한참이나 웃으면서 만든 영상은 백지가 된 그녀에게 무척이나 도움이 됐다. 스쳐 가는 수많은 사진들이 휘몰아치는 혼란을 조금이나마 줄여 줬다.

"됐다."

타이머를 맞춘 유헌이 서둘러 이영 옆으로 뛰어갔다. 다정한 눈빛이 맞닿았다 떨어졌다. 시선이 카메라 렌즈로 고정된 순간, 셔터 소리가 들리며 둘의 모습을 담았다. 석양으로 붉게 물든 하늘과 바다가 배경이었다.

"와, 예쁘다."

찍힌 사진을 확인하며 이영이 웃었다. 그 모습이 넘치도록 좋아서, 유헌이 입을 맞췄다. 도무지 닿지 않고는 못 배길 만큼 마음이 벅차올랐다.

"이 사진도 카페에 붙여 놓자. 매해 하나씩 늘리는 거야. 벽 다 덮을 때까지."

"그래. 그러자."

유헌이 이영을 품에 가뒀다. 듣기 좋은 웃음소리가 언덕 위로 흩어졌다.

"나 할 말 있어."

"뭔데? 기대되네."

가볍게 입술만 나누던 키스가 이어지던 중에, 이영이 유헌을 올려다보며 말을 꺼냈다.

"포기하지 않아 줘서 고마워."

기억을 다 잃은 후에, 여러 가지 기록을 확인하고, 그녀를 보며 환히 웃는 유헌을 보며 내내 생각했던 말이었다. 지쳐 사라질 수 있는 수많은 이유를 덮어 두고 그녀의 옆을 지키는 사랑이 마냥 고마웠다.

"그리고 미안해. 아픔을 줄 수밖에 없어서."

유헌은 고개를 젓고는 그녀에게 입을 맞췄다. 미안하다는 말은 듣고 싶지 않았다. 들을 이유가 없었다.

"미안하다는 말이 생각나면, 대신에 사랑한다고 해 줘."

이영의 얼굴이 붉게 물들었다. 지고 있는 석양이 그대로 옮겨진 것처럼 달아올랐다.

"미안할 이유가 없잖아. 너랑 내가 같이 사랑하는 걸. 그러니까 앞으로는 그런 말 하지 마."

다시 입술이 맞닿았다. 따뜻한 온기가 둘을 감쌌다.

"오래오래 사랑하자. 백발이 된 사진이 걸릴 때까지."

"그래. 아주 오래오래 사랑하자."

한참이나 서로의 눈동자를 마주하던 둘은 누가 먼저랄 것 없이

다시 입을 맞췄다. 이전의 간질간질한 키스와 다른 깊은 입맞춤이
었다.

몇 번을 섞어도 황홀한 키스를 나누며 유헌은 생각했다. 아직
도 헤쳐 나가야 할 일이 많고, 언제 또 시련이 찾아올지 모르지
만, 이렇게 함께 온기를 나눌 수 있으니 충분한 해피엔딩이라고.

오직 한 과녁만을 바라보고 당겨진 방아쇠는, 결국 과녁의 가
장 정중앙에 있는 사랑에 무사히 닿았다. 불완전해 보이지만 그
무엇보다도 완전한 형태로.

— fin

후
기

이겨 내기 힘든 역경과 오랜 시간의 벽에도 무너지지 않고 '사랑' 하나로 버텨 낸 두 연인의 이야기처럼, 살아가기 힘들고 지칠 때 기댈 수 있는 사랑과 사람 곁에서 위로받을 수 있길.

여은우 드림